士族的晨昏

魏晋南北朝文学三百年

韩潇 著

中国出版集团有限公司
China Publishing Group Co., Ltd.

现代出版社

图书在版编目（CIP）数据

士族的晨昏：魏晋南北朝文学三百年 / 韩潇著.
北京：现代出版社，2025. 8. -- ISBN 978-7-5231
-1348-6

Ⅰ. I206.35

中国国家版本馆CIP数据核字第2025D6X531号

士族的晨昏：魏晋南北朝文学三百年
SHIZU DE CHENHUN WEIJINNANBEICHAO WENXUE SANBAINIAN

著　者　韩潇

责任编辑	司丽丽
责任印制	贾子珍
出版发行	现代出版社
地　　址	北京市安定门外安华里504号
邮政编码	100011
电　　话	(010) 64267325
传　　真	(010) 64245264
网　　址	www.1980xd.com
印　　刷	三河市宏盛印务有限公司
开　　本	710mm×1000mm　1/16
印　　张	19
字　　数	260千字
版　　次	2025年8月第1版　2025年8月第1次印刷
书　　号	ISBN 978-7-5231-1348-6
定　　价	78.00元

版权所有，翻印必究；未经许可，不得转载

目 录

前 言 / 1

第一讲 觉醒年代——文学"自觉"的来临 / 1
  一、文学"自觉"之前 / 1
  二、"经国之大业，不朽之盛事" / 3
  三、职业作家与文学团体的出现 / 4
  四、文体意识的产生 / 7
  五、文学理论的发展 / 9

第二讲 大江东去——"时代洪流"中的"历史插曲" / 11
  一、大势所趋 / 11
  二、英雄降世 / 13
  三、"分—合"代变 / 15
  四、"士—庶"更迭 / 18
  五、"文—质"升降 / 19

第三讲 魏武挥鞭——谁给曹操画上了"大白脸"？ / 21
  一、乱世悲鸣 / 21
  二、再造统一 / 25
  三、"奸雄"的真性情 / 28

第四讲 建安风骨——出道即巅峰的"黄金时代" / 31

一、被低估的"魏晋第一公子哥" / 31

二、"建安七子"与"邺下风流" / 35

三、"七子之冠冕" / 40

第五讲 文质彬彬——我还是从前那个少年 / 43

一、建安文坛的"当家诗人" / 43

二、雄心壮志 / 45

三、诗酒年华 / 48

第六讲 情兼雅怨——"才高命蹇"的宿命开启者 / 52

一、失和的兄弟 / 52

二、蛰居生活 / 57

三、萧瑟晚景 / 59

四、"建安风骨"的内涵 / 61

第七讲 正始之音——这是"最坏"的时代 / 62

一、"高墙之下" / 62

二、"玄学"之变 / 64

三、最后的"贵族风流" / 66

四、"穷途"的人不只会哭 / 69

第八讲 太康文华——走向经典与繁缛 / 72

一、统一的士族政权 / 72

二、"情""理"之中 / 74

三、"太康之英" / 78

第九讲 兴衰骤变——社稷的灾难与文学的生机 / 82

一、第一位"偶像派"诗人 / 82

二、有"风力"的寒素之声 / 85

三、命途各异的文士们 / 88

四、"何意百炼钢，化为绕指柔" / 89

第十讲 玄言理窟——一群用诗写论文的"哲学家" / 92

一、"王与马，共天下" / 92

二、"游仙"与"入玄" / 94

三、坠入"理窟" / 98

四、兰亭之会 / 99

第十一讲 奇闻志异——谈谈那些"怪力乱神"的故事 / 102

一、"道听途说"的"小说家言" / 102

二、"谈玄"与"志怪" / 104

三、民间故事的宝库 / 108

第十二讲 归去来兮——不是打渔的，也没什么福气 / 111
一、走向没落的门阀政治 / 111
二、"主流之外" / 113
三、弃官归隐的真正原因 / 115

第十三讲 一语天然——菊与酒的田园牧歌 / 120
一、"田园将芜胡不归" / 120
二、"豪华落尽见真淳" / 122
三、田园之乐 / 126

第十四讲 声色大开——文与质之间的骤然转变 / 130
一、从"门阀"到"士族" / 130
二、"庄老告退，山水方滋" / 132
三、特点鲜明的"大谢体" / 133
四、"颜谢之孤高" / 138

第十五讲 不平则鸣——挣扎中奋起的寒士 / 140
一、夹缝中求生存 / 140
二、"俊逸鲍参军" / 142
三、《拟行路难》与杂言歌行 / 146

第十六讲 名士风流——士大夫生活的必修课 / 150

一、志人小说的滥觞 / 150
二、名士的"教科书"与"回忆录" / 153
三、以人物为中心 / 156

第十七讲 山水方滋——诗仙诗圣的共同偶像 / 159

一、"竟陵八友" / 159
二、"谢朓每篇堪讽诵" / 161
三、"中间小谢又清发" / 163

第十八讲 永明声律——枷锁与出路一同到来 / 169

一、"天子圣哲"的奥义 / 169
二、从"言志"到"游戏" / 172
三、沈约与"四声八病" / 173
四、"永明声律"的功与过 / 177

第十九讲 古近分野——终于走到分岔路的路口 / 179

一、尽态极妍的"永明体" / 179
二、江郎未必才尽 / 182
三、"双一流"的梁武帝 / 186

第二十讲 宗经正纬——诗文创作的"风向标"与"指北针" / 188

一、文学理论的原始与兴起 / 188

二、"一波未平，一波又起"的魏晋诗论 / 190

三、"居其所，而众星拱之" / 194

第二十一讲 品鉴源流——"乘风破浪"的前辈诗人 / 197

一、"成团"的规则和纲领 / 197

二、"等级评定" / 201

三、与谁"乘风破浪" / 204

第二十二讲 文章大成——中国古代最伟大的"语文教科书" / 206

一、"文学教父"——昭明太子 / 206

二、"集"中之"经" / 208

三、"事出于深思，义归乎翰藻" / 210

四、"次文之体，各以汇聚" / 213

第二十三讲 纵横翰墨——那些"灵光鲁殿"与"沧海遗珠" / 215

一、"文笔之辨" / 215

二、从都邑到山水田园 / 217

三、"使百尺之冲，摧折于咫书" / 221

第二十四讲 南腔北调——什么节奏最摇摆，什么歌声最开怀？／224

一、乐府的门类／224

二、吴侬软语／227

三、"言情之绝唱"／230

四、"最炫民族风"／231

第二十五讲 宫体浮沉——堕落！南朝君臣集中创作艳情诗歌／234

一、"商女不知亡国恨"／234

二、"万幸"中的"大不幸"／236

三、被误会的"宫体诗"／239

第二十六讲 凌云健笔——贵族少年的"青春修炼手册"／243

一、徐庾父子与"徐庾体"／243

二、大动荡与再偏安／246

三、"词客哀时且未还"／248

第二十七讲 文章老成——新时代"苏武"与前世"杜甫"／252

一、尴尬的北朝文学／252

二、"庾信文章老更成"／255

三、"摇落秋为气，凄凉多怨情"／257

第二十八讲 春尽江南——当扬州的最后一朵桃花凋落 / 261

一、"阴何苦用心" / 261

二、最后一声高唱 / 264

三、"落红满地归寂中" / 268

第二十九讲 分久必合——那些年我们一起误会过的"昏君" / 270

一、三股文化势力 / 270

二、文学的"救星" / 272

三、新时代，新诗人 / 276

第三十讲 海纳百川——魏晋南北朝诗文的主线与支流 / 279

一、何为古？何为近？ / 279

二、诗之"体" / 281

三、近体诗律的形成原理 / 284

前　言

　　魏晋南北朝，一个战火纷飞、政权更迭如走马灯的时代，历史的断裂带仿佛吞噬着一切稳定与安宁。然而，正是在这个动荡的时代，中国文学如一朵奇异的花，倔强地绽放出前所未有的光彩。它第一次真正睁开了自觉的双眼，不再是经史子集的附庸或政教宣传的工具，而是开始思索自身存在的意义与价值。这段充满矛盾与生机的历程，正是中国文学不可复制的"青春期"——一个孕育无限可能、铭刻深刻经验、留下永恒精彩瞬间的关键阶段。

　　我们走进这段历史，首先因为它为中国文学的未来开辟了辽阔的疆域，埋下了无限可能的种子。当曹丕掷地有声地宣告文章乃"经国之大业，不朽之盛事"时，文学终于获得了清晰的身份与名字，这自觉意识的觉醒是青春最珍贵的礼物。从此，文学开始系统性地探索自身的边界与规律：建安诗人以慷慨悲凉之气塑造的堂堂风骨，成为后世仰望的精神脊梁；永明年间对诗歌声律的精雕细琢，如同少年开始关注仪容，学习如何更优美地表达；理论家们构建起理解文学创作与文学批评的北斗星图，文学拥有了认识自我的初步框架。审美的疆域也在狂飙突进：陶渊明在菊香与酒韵中开辟出精神的桃花源，让田园成为永恒的心灵栖所；谢灵运则让山水真正成为独立的审美主角，滋养了后世无数诗心；

名士们傲骨与才情的肆意挥洒，寒士们面对不公发出的激越呐喊，乃至那些记录奇闻轶事的笔触，都以前所未有的浓度将个体生命的鲜活体验注入文学的血脉。这些开创性的探索与实验，如同青春期旺盛的创造力，为即将到来的唐宋诗词的万丈光芒，播下了足以燎原的火种，奠定了坚实的路基。

然而，青春期也必然伴随着成长的阵痛与迷途的试错，这些经验教训构成了中国文学发展史上不可忽视的警示与镜鉴。如同少年有时会耽于玄思空想而脱离现实，文学也曾一度陷入"玄言理窟"，让诗歌沦为枯燥的哲学讲义，失去了形象的温度与生命的质感，这警示着后人，思想的深度必须与艺术的形象和生活的温度交融。同样，青春也易被浮华所诱，南朝君臣在声色大开中集体滑向"宫体"的绮靡泥潭，仿佛少年迷失在短暂的感官欢愉里，深刻揭示当文学失去对现实的深切关怀与精神的崇高超越时，便如无根之花，即使艳丽，也会迅速萎谢。而正是在社稷倾覆的巨大苦难中，催生出深沉老健的笔力，印证了文学真正的生命力往往在巨大的压力下迸发升华，困厄恰恰可能成为淬炼价值的熔炉。这些曲折与教训，如同青春路上的沟坎，为后世文学在追求文质彬彬、内外兼修的平衡道路上，树立了重要的航标。

纵然有曲折迷惘，魏晋南北朝文学本身所绽放的独特风华，已然成为中国文学星空中璀璨夺目、不可复制的永恒星座。这里有曹操挥鞭时吞吐日月的苍茫古直，有左思才高命蹇中郁勃的不平之气，有鲍照笔下奇矫凌厉的纵横翰墨……这些诗人才气共同熔铸成后世追慕的"盛唐气象"的基石。在形式上，沈约、周颙等人对诗歌声律的精密探索为近体诗格律奠定了雏形，志人志怪小说以其"怪力乱神"的笔触悄然开启了后世叙事文学的先河，而骈文则展现了汉语形式美所能抵达的极致。更为深刻的是这一时期对心灵的广度与深度的挖掘：陶渊明"归去来兮"的咏叹是对精神家园的终极叩问，谢灵运的山水之游蕴含着哲学性的审美开拓，名士们的言行举止被细腻捕捉，展现了中国文人精神世界版图的一次前所未有的扩张。这些瞬间，是青春最耀眼的定格，独一无二。

　　回望魏晋南北朝文学这三百年，就如同见证这场伟大的文学"成年礼"，而这正是本书的核心意义。让我们一起亲历那个"最坏也最好"的时代，感受大江东去的历史洪流如何孕育文学的生机，辨析南北交融中韵律的密码，品鉴那些散落的明珠与辉煌的殿宇，在江河汇聚的宏大视野中梳理文学长河的主线与支流。唯有读懂这段文学的青春期，触摸那个觉醒年代的温度，感受其青春脉搏的永恒跳动，我们才能真正理解中国文学何以成为今日之模样。这不仅是一次历史的回溯，更是一场关乎文学本质、精神成长与永恒魅力的深刻对话。

第一讲
觉醒年代
——文学"自觉"的来临

一、文学"自觉"之前

魏晋南北朝诗文在中国文学史上的地位是极为重要的——这首先突出地体现在文学的"自觉"上,换句话说,魏晋南北朝诗文是中国文人文学真正的开端。要注意,这个表述中有两个限定词:一是"文人"文学,二是"真正的"开端,其中的区别在哪里呢?这就不得不从魏晋南北朝之前文学的性质讲起了。

"文学"一词出现得很早,《论语》中就已经有了,《先进》篇中列了"孔门四科十哲",其中的子游、子夏就是"文学"科的佼佼者。不过这里可不是在说子游、子夏他们有灵感、有文采、会写诗、会作文,而是指他们通习儒家经典文献知识,《尚书》记得熟、《礼记》背得好、《春秋》理解得通透,用我们当今的视角来看就是夸他们博闻强识、博学多才,跟妙笔生花、健笔凌云这些就关系不大。所以说,早期的"文学"其实指的是"经典之学""文献之学",在含义上更接近于我们今天所说的"学术"一词。

不过,为了深入浅出地阐释学术思想,使之更加明辨、透彻,从而为更多的人所接受,尤其是为当时的统治者所接受,以孔子为代表的先秦"诸子百家",在撰写学术论著的过程中会综合使用各种表达方式、修辞手法、论证方法,会讲求声韵、辞藻和篇章结构,使之产生较强的可读性。这种可读性我们又可以称之为"文学性",如今我们对魏晋南北朝之前的作品进行的"文学研究",其实准确地说就是对这些文献的"文学性"研究。但我们很难说这种"文学性"是有意为之、自觉运用的结果,更不是创作的真正目的与追求,毕竟它们是直接服务于学术、依附于政治的,因此这时的"文学"还没有"自觉",只是为后世文学的"自觉"发展孕育了可能。

先秦文学除了作为学术、政治的附庸,没有独立地位,在艺术形式本身上也不具备独立性,而是一种"诗、乐、舞"杂糅的综合艺术。以先秦文献中文学性最强的《诗经》为例,其中收录的诗篇本质上都是周王朝的礼仪性乐章,主要应用于贵族政治生活中的各种场合,如朝会、宴射、外交、行军、婚丧嫁娶等方面,在使用时,这些诗篇、诗句并不是干巴巴地念出来,而是要配乐演唱,甚至有相应的舞蹈乃至戏剧情节演绎的——大家可以留心关注,先秦历史文献中但凡出现诗句,前面必定是"歌"或者"诵",区别是前者有乐器伴奏,后者只有人声,但都是有旋律的演唱;而《左传》中更是通过"季札观乐"这样一个情节,完整地展现了先秦时期"诗、乐、舞"共奏的场面,感兴趣的朋友可以查阅《左传》"襄公二十九年"的相关文本加以了解。

从这个角度来看,先秦文学活动的参与者,除了诗篇的写作者,还有为之谱曲的太师,以及参与演奏、歌唱、舞蹈的乐工和歌舞伎等,所以这更像是一个复杂的文艺团体参与的综合性文艺活动,而很难将其视作单纯的文人文学创作,就好比我们如今很难把歌词作者当作独立的作家来看待一样。

基于以上两点,我们可以说:因为"诗、乐、舞"的杂糅和太师、乐工、歌舞伎在文艺活动中的广泛参与,魏晋南北朝以前的文学还不是单纯的"文人"文学；同时，由于服务于学术、依附于政治的特性，魏晋南北朝以前的文学也还不是"真正的"文学。

二、"经国之大业，不朽之盛事"

前面讲到，早期的文学虽然没有"自觉"，但已经孕育了无限可能，文学的"自觉"也正是在历代文学参与者对于"文学性"的不断追求中最终实现的，毫无疑问，这是一个漫长的过程：

以屈原为代表的"楚辞"作者们最早实现了文学创作由"群体"向"个体"、由"外部"向"内部"的转向，逐渐开始追求独立的地位；以"苏李"、班固为代表的汉代诗人更是在乐府之外开出了徒诗的道路，使得文字得以在一定程度上脱离音乐和舞蹈，而具备了单独的审美价值；自庄周、荀卿以下，包括司马迁、扬雄、王充、仲长统在内的一批批思想家，则对文学的本质、特性、目的、功用等核心问题不断地展开探讨，并以具体的创作实践来印证各自的理论，从而使得世人对于"文学"有了更为清晰、广泛而深入的参悟……

这些伟大的灵魂如同颗颗璀璨的明星，在漫漫历史长夜中引领着中国文学发展的方向，终于，在经历了近千年迂回而漫长的上下求索之后，一个无比辉煌灿烂的文学"自觉"时代终于呼之欲出了。

吹响划时代号角的正是魏晋南北朝时期的第一位皇帝——魏文帝曹丕。他在《典论·论文》中说：

盖文章经国之大业，不朽之盛事。

这是来自于国家最高统治者的认可，将文学写作看作与治理国家同等重要的足以永垂不朽的事业，这标志着文学正式摆脱政治与学术的附庸地位，而成为一门独立的学科。

他还接着写道：

> 年寿有时而尽，荣乐止乎其身，二者必至之常期，未若文章之无穷。是以古之作者，寄身于翰墨，见意于篇籍，不假良史之辞，不托飞驰之势，而声名自传于后。

意思是说，人生是有限的，荣辱哀乐都止于今生今世，唯有文学作品却可以传之后世，达于永恒。这与自古以来"立德、立功、立言"的"三不朽"思想是一脉相承的，其突出的见识正在于将"立言"的范畴由儒家经典、圣人教训，拓展到了"翰墨"文采、诗赋"篇籍"，这等于进一步认可了诗赋作家通过文学创作实现自己人生价值的途径，为后世的广大读书人开辟了新的人生路径，同时也敲定了"有限"与"无穷"这一中国文学史上最基础的永恒母题。

不过话说回来，最高统治者的认可固然是文学"自觉"最好的胜利标志，但面对着泱泱中华的浩荡文脉，在追溯它的源流时，我们不得不说清楚，这并不是一件"吾辈数人，定则定矣"的小事，曹丕之所以做出这样的论断，我们之所以将魏晋南北朝视作文学"自觉"的时代，事实上是由以下三大要素共同决定的。

三、职业作家与文学团体的出现

魏晋南北朝文学"自觉"的第一个要素便是职业作家的出现与文学团体的形成。

前面讲了，魏晋南北朝以前的文学不是单纯的文人文学，严格地说，那个时候也并没有职业作家，我们不妨盘点一下那些稍稍具备"文学性"的作品的创作者们，便足以使这一结论一目了然：

先来看诗歌——《诗经》诸篇的作者多是周代的礼官、乐官和士大夫们，包括其删定者孔子在内，他们的主业都是维护朝廷和邦国的礼乐文明，诗篇的创作只是他们工作中的一小部分内容；而以屈原、宋玉等为代表的"楚辞"作者，虽然他们的创作更加"内转"，尤其是被放逐后的屈原，已经十分接近于职业创作者，但其主要身份仍然是贵族官员和君王的僚属，他们的作品也是明确指向讽喻、规谏的政治目的；汉代乐府诗则有着"民间采诗"与"乐官创制"两大来源，但无论是前者的街谈巷议还是后者的体察民风，都与职业创作存在着一定的距离。

再来看散文——魏晋南北朝以前的散文作品主要有三类：一是以《孟子》《庄子》《墨子》《荀子》《韩非子》等为代表的诸子散文，他们的作者主业是思想家和教育家；二是以《尚书》《左传》《国语》《史记》《汉书》等为代表的历史散文，毫无疑问，他们的作者是历史学家，而且是世代相传的职业史官；三是以《谏逐客书》《过秦论》等为代表的政论散文，但这些作品本质上都带有朝廷公文的性质，创作主体自然也是官员和政客。

魏晋南北朝之前最接近职业作家的文学创作者，当属两汉的辞赋家们，如枚乘、司马相如、扬雄等，他们拥有极佳的口才和文笔，擅长以华美的文辞为帝王、诸侯润色鸿业或消遣取乐，日常工作便是处在宫室池苑之中充任文学侍从，但值得注意的有两点：一是辞赋家从渊源上来说，是由长于舌辩的战国纵横家发展演变而来，他们铺张扬厉的文风本是为游说诸侯而生的，从生平事迹来看，枚、司马、扬无不继承了这一传统，一生辗转腾挪于各大政治势力之间追求君王赏识，他们的文学活动与创作在本质上其实都带有政治投机的属性；二是对于文学侍从的身份，他们都是心有不甘的，这就表明他们的文学创作成果虽然有了很高的"文学性"，却依然没有摆脱依附于政治的地位。所以，两汉辞赋家依然算不上是职业的作家。

而直到汉末的建安时期，在"三曹"父子的鼓励和引导之下，才诞生了中国文学史上第一批真正意义上的职业作家——"建安七子"，包括孔融、陈琳、王粲、徐干、阮瑀、应玚、刘桢，由于混乱的时势和高度凝固的门阀士族的政治环境，身为落魄士人的他们大多没有什么实现政治追求的可能，加之曹氏父子对文学价值的提倡和认可，他们也就将人生的主要精力投放到了文学创作上来。同时，曹操平定的北方大地，更是为他们提供了稳定、安逸的创作和交流环境，由此中国文学史上第一个真正意义上的文人集团"邺下文人集团"也随之产生。

对于"邺下文人集团"的日常活动，曹丕在《与吴质书》中有过这样的回忆：

> 昔日游处，行则连舆，止则接席，何曾须臾相失！每至觞酌流行，丝竹并奏，酒酣耳热，仰而赋诗，当此之时，忽然不自知乐也。

就是说曹丕与"建安七子"他们无论出入都待在一起，从不分开，整天喝着酒、开着party，唱着卡拉OK，然后各自快快乐乐地写诗，这就是人生中最幸福的事情——在这样的文学活动中，文人与君主的关系不再是严格尊卑的主从，而是平起平坐的友朋，他们在宴饮交游中写出的大量诗篇文赋也得以流传后世、万古扬名，可以说他们的人生价值和人生乐趣在文学活动中切切实实地得到了美好的实现，这就使得文学创作对于读书人来说，真正成为有意义、值得追求的东西。

自此之后，职业文人和文学团体才日益蓬勃兴起，他们追效"邺下文人集团"，在独立、平等、自由的环境和氛围中进行文学宴游、钻研文艺、进行诗文创作，将中国文学一步一步推向了新的阶段。纪传体史书上也自此多了一个叫作"文苑传"或"文艺传"的标目，专记历朝历代的文人才士、职业作家，中国文学也自此进入了"江山代有才人出"的历史时期。

四、文体意识的产生

文体意识的产生与明确是魏晋南北朝文学"自觉"的第二个要素。

魏晋南北朝之前是没有清晰的文体意识的，前面所提及的诗歌、楚辞、乐府、诸子散文、历史散文、政论散文、辞赋等分类都是后世按照相对应的标准溯源和追述的结果，对于创作者们而言，并没有一个明确的标准说"诗歌该怎么写""散文有什么分类""辞赋要符合怎样的要求"，因为在当时的环境和人们的心目中，这些作品根本就不属于"文"，一个连单纯的"文学"都还没有的时代，自然也就更不存在所谓"文体"的概念。

这一点最清晰地体现在班固的《汉书·艺文志》中，这是中国现存最早的目录学文献，也是我们了解中国早期学术分类体系的最佳门径，它将当时可以见到的书籍分为六艺、诸子、诗赋、兵书、数术、方技"六略"，这体现了魏晋南北朝以前最基本的学科格局，其中的"诗赋略"著录的便是最接近文学作品的典籍。而按照《汉书·艺文志》的体例，"六略"之下再分小类，便是对每一类学科的进一步细化，如"六艺略"下按所治经书分为九类，"诸子略"则按照学术思想分为"九流十家"，兵书、数术、方技"三略"也各自有着清晰的分类标准，唯独"诗赋略"之下，虽然分出了五个小类，却还是让人摸不着头脑，我们来看看具体的小类名称："屈原赋之属""陆贾赋之属""荀卿赋之属""杂赋""歌诗",除"歌诗"一类的作品在形式上与前几类有着明显的区别之外,"屈原赋""陆贾赋"和"荀卿赋"之间到底有着怎样的差异和区分,直到现在都还没能解释清楚,这也直接证明了当时文体分类的混乱与模糊,很有可能是班固凭借自己的阅读体验将风格比较相近的作品自然而然地归入了一类。

这当然是一种很不科学的分类,毕竟《汉书·艺文志》著录的诗赋作品还十分有限,先秦两汉时期能够划入这一类的典籍本就不多,但随着职业作家的出现和文人团体的形成,此后的文学作品必然大量涌现,体制、风格、艺术标准也注定会走向多元化和规范化,对其进行科学、合理的分类,既是总结文学成就的必然使命,也是进一步指导文学创作的内在需求,确定文体意识自然也就成了当务之急。

在文体探索上率先做出成绩的仍然是魏文帝曹丕,他在《典论·论文》中指出:

奏议宜雅,书论宜理,铭诔尚实,诗赋欲丽。

不但以现实功用为尺度,划定了奏、议、书、论、铭、诔、诗、赋这八大文体,还进一步指出了不同文体应当追求的风格特点,或雅正、或条理、或质实、或华丽,使得修笔撰文、吟诗作赋都有了标准与方向。其中"诗赋欲丽"一条又尤为突出,因为自此开始,华丽的文采才真正具备了独立的价值与意义,而成为文学创作中值得提倡和推崇的一种风格特点。

在此之后,文体意识成为文学发展中的一大核心问题,一度形成了"凡论文学者,必谈文体"的局面,其中影响比较大的如西晋陆机的《文赋》,就是对曹丕文体观的进一步发展与完善:

诗缘情而绮靡，赋体物而浏亮。碑披文以相质，诔缠绵而凄怆。铭博约而温润，箴顿挫而清壮。颂优游以彬蔚，论精微而朗畅。奏平彻以闲雅，说炜晔而谲诳。

在八大文体的基础上增加了碑、箴、颂、说，隐去了书与议，化为十大类，并将各文体的风格追求加以细化，不但一种文类对应一种风格，还将曹丕的一字之评大大扩充——分类的出入变化体现了文体意识的形成仍然处于曲折的探索之中，而风格追求的细化却足以说明文学创作短短数十年间取得的蓬勃发展、蔚为大观的成就。

与陆机同时期的一位叫挚虞的文人同样在文体探索上作出了重大贡献，他编订了中国历史上第一部按文体分类的文集《文章流别集》，并为之作了《文章流别志论》对各体文章加以分类评论，这应该足以代表魏晋时期文体探索的最高成就。可惜的是，由于年代久远，无论是文集还是志论都没能流传至今。

此后的齐梁时期，诞生了中国古代文学史上最重要的两部文学理论著作《文心雕龙》和《文选》，毫不意外，他们都是以"文体论"为核心构建的理论体系，前者以一半的篇幅论述了三十五种文体的源流发展和创作风格，后者则按照三十七个文类收录相关的作品，通过选集的方式展现了一代翰墨之成就与文学发展的内外规律，我们的文体至此也终于清晰健全、一目了然。

五、文学理论的发展

既然说到了《文心雕龙》与《文选》，接下来当然就要说魏晋南北朝文学"自觉"的第三个要素，那就是文学理论的专门化、体系化。

魏晋南北朝以前不是没有文学理论，比如孔子的"诗教说"，再比如前面提到的庄周、荀卿、司马迁对文学的讨论，但不可否认，这些理论没有一家是专就文学而言的。还是那句话，既然魏晋南北朝以前连单纯的文学都没有，又哪来的专门的文学理论呢？孔子"诗教说"的核心是服务于贵族政治的礼乐教化，文学的内容只是其中很少的部分，既不是重点、更不是主体；庄周的"言意之辨"虽然涉及文学的本质，其根本目的却是为了探究宇宙的哲学；至于荀子，虽然有《赋篇》，但这个"赋"却不是单纯的文学作品，而是纵横家干谒诸侯的游说之辞。

但随着魏晋南北朝时期职业文人的出现和文学团体的产生，以及文学作品的大量涌现，专门化、体系化的文学理论既有了应运而生的迫切需要、也有了广泛而丰富的文本基础来提供论据支撑，自然而然地就蓬勃发展了起来——前面提及的曹丕《典论·论文》、陆机《文赋》、挚虞《文章流别志论》都是专门化的文学理论著作，除此之外，还有钟嵘的《诗品》、沈约的《宋书·谢灵运传论》、萧子显的《南齐书·文学传论》等极具分量的论著，至于梁代产生的高度体系化的文学理论专著《文心雕龙》与《文选》，更是代表了中国古代文学理论发展的巅峰，历经后世千余年的发展，其高度至今仍无人能出其右！

随着职业作家与文学团体、文体意识、文学理论这三大成就的达成，中国古典文学在魏晋南北朝时期真正实现了自觉，那么这个时机究竟是天意巧合还是历史发展的必然呢？魏晋南北朝是怎样一个时代，足以完成文学史上如此伟大的成就呢？

我们下章再讲。

第二讲

大江东去

——"时代洪流"中的"历史插曲"

一、大势所趋

职业作家的产生与文学团体的出现，文体意识的产生与明确，以及文学理论的专门化、体系化，这是文学"自觉"的三大重要标志。当然，这三大成就是自先秦时期文学"萌芽"以来，历经了千余年的漫长发展而最终实现的，也就是一个由不断积累的量变逐渐发展为质变的过程——那么在足够量变的基础上，到底是什么契机促成了这一质变在魏晋南北朝的实现？魏晋南北朝这段历史时期的时局和文坛又有着怎样的特别之处呢？要搞清楚这个问题，我们还是要先回到当时的历史背景中去。

前面讲了，魏晋南北朝以前的文学是服务于学术、依附于政治的——于先秦时期而言，学术是"诸子百家"，政治是"礼乐文明"与"诸侯争霸"；而于秦汉时期而言，学术是"独尊儒术"，政治则是"王道教化"与"大一统"。从中不难看出，历史发展的趋势便是儒家思想与君主专制中央集权的不断突出与强化，这一趋势在东汉进一步发展，且学术与政治两者之间形成了一种紧密的结合。

政治上，国家权力逐渐由相权向皇权回拢，昔日掌管行政、监察、军事大权的"三公"在东汉时期已经完全沦为荣誉性的虚职，而与皇帝的亲疏关系则成为区分权力大小的主要标准，东汉中后期一度权势熏天的外戚和宦官，本质上都是因为与皇帝的亲密关系，才得以在朝政上掌握了一言九鼎的主导权。

学术上，儒家思想被列为官方学说，且与官员的选拔直接挂钩。有选拔自然就需要有标准，当时的标准便是对儒家经典的理解与掌握，我们后来称之为"经学"——"经学"的核心是传承，但由于文献稀缺、教育普及程度不高的客观条件，大量儒家经典不是轻易就能够看到的，想要理解甚至精通就更是难上加难，所以修习经书、研读圣训的"经学"大多时候都是在世代治学的大家族中以血缘为纽带传播的，这些世家大族垄断了学术话语权，渐渐地也就掌握了选官任官的特权，而后再以官僚特权反哺于他们的学术特权，这样就形成了世代治学、世代为官的特权阶级，我们如今称这种特殊的阶级为"士族门阀"，当然，由于中央皇权的强化，士族门阀们的特权往往更多地体现在他们所生活的州郡地方。

虽然东汉后期的士族门阀发展成了一股庞大的势力，但对于整个士人群体来说，还只是少数，更多的是一生有志于学、勤勉求知，却由于出身寒门，求学、求仕与晋升道路都异常艰难的"寒士"，他们虽然不具备在政治上呼风唤雨的能力，却是潜藏在社会中下层的一股巨大的力量。

综上所述，东汉后期的整体格局就是皇权贵族、门阀士族、中下层寒士和底层平民，这四大阶级的金字塔型结构，各阶层之间在利益分配上有着巨大的落差，且形成了不可逾越的森严壁垒。

这样的格局在文学上也有着相应的表现：四大阶级中参与文学活动的主要是门阀士族和中下层寒士——门阀士族们秉承着儒家"诗教说"的思想，立足于为皇权统治和中央集权服务的基本点，仍然创作着大量歌颂王道教化、风格典丽雅正、气势恢弘壮大的文字，典型的作品比如被称为"最后一篇大赋"的《鲁灵光殿赋》，这类文人、作品虽然不多，有生命力的佳篇更是少之又少，但由于政治地位突出、学术话语权重，故而仍占据着文场的主流。

中下层寒士们则大多饱尝世事艰辛，对于日渐明朗的社会问题和下层人民的苦难生活有着深切的感受和同情，同时郁积着一腔怀才不遇、有志难伸、拯民无力、报国无门的"不平之气"亟待抒发，也就形成了另一派创作风气，或排遣满腔忧愤、或直面社会现实，形成了颇具生命力和感染力的篇章文字，如乐府诗《东门行》《妇病行》以及著名的文人诗《古诗十九首》等，这些作品在下层民众中风靡一时，却由于创作者的人微言轻，长期难以登上主流文学的殿堂。

社会阶层的割裂，同时在文学领域上造就了不可调和的矛盾，对于蕴含着无穷力量的广大中下层寒士们而言，就如同他们立功报国的壮志被无限压抑一样，他们用言语表达情怀的欲望同样难以得到满足，而当这种情绪郁结到了一定的程度，则必然会迎来一次巨大的爆发，在这不可调和的矛盾之中，历史的潮流似乎和广大寒士们一起呼唤着一位英雄的出现。

二、英雄降世

这位应运而生的英雄人物就是曹操，得益于《三国演义》的影响，大家对于曹操并不陌生，但在这里，他的突出身份是三国两晋南北朝的第一位文人、第一位文坛领袖，同时也是扭转中国文学走向的一位英雄。

如果没有曹操的出现，中国文学的发展很可能进入两条歧途：一是主流文坛继续沿着经学化的道路，不断追求典雅、板正的风格，进一步沦为学术与政治的附庸，直到被历史所淘汰，具体形态可以参考西晋和北周的诗文；二是中下层文人的创作因为得不到官方的认可与推广，只能在底层传播，长期难以建立起一套创作规范，更不能形成相对稳定的风气，因而逐渐歌谣化、俚俗化，具体形态则可以参考历代的民谣、谚语。

而曹操的出现则避免了这两种情况的发生，在他的主导和影响下，中下层士人文学实现了对士族门阀主流文学的逆袭，获得了官方化的认可，并进一步取得了长足的进展，从而一跃成为新的具有更鲜活生命力的主流文学形态，也为中国文学日后的蓬勃发展奠定了坚实的基础，找到了正确的道路。

那么为什么曹操能够成为这样一位"天选之子"呢？总体看来，是三大原因共同作用的结果。

首先是时局的动荡。东汉金字塔型的社会结构随着各阶层间矛盾的加剧而逐步呈现出松动的态势——自汉殇帝之后，国家的最高统治者多为昏君、少主或外藩入继，顶层权力实际上由外戚和宦官轮流把持，两股势力经历了百余年你死我活的权力斗争，至汉末皆损耗殆尽，皇权左右出现了罕见的真空局面；同时，士族门阀们则经过长期的经营，在各郡县拥有了相对独立且有影响的势力，依托稳固而深厚的政权、财权和兵权，逐渐形成地方割据；公元184年，长期受到压迫与剥削的底层民众更是爆发了声势浩大的"黄巾起义"，这场旷日持久的动乱使得原本已经不太稳固的金字塔型格局自下而上地彻底崩塌，东汉王朝完全陷入了大分裂、大动荡的局面之中。旧格局的瓦解势必要迎来新格局的重建，而曹操正好抓住机遇成为新格局的重建者，在恢复统一与稳定的过程中，他凭借着雄才大略获取了国家的最高权力，也由此掌握了号令文场的指挥棒。

其次是对士族门阀的排斥和对寒士的扶持。曹操的出身虽然好过一般的寒士，父亲曹嵩一度位列三公，但距离士族门阀还相去甚远，尤其曹嵩的仕途大多得力于他的养父曹腾，而这位曹操名义上的爷爷，是一位宦官，在士族门阀们的眼中，最痛恨的便是宦官，所以可以说曹操生下来就与士族门阀集团是格格不入的。反过来，曹操对士族门阀集团也极为反感，他认为正是士族门阀垄断了选官任官的渠道才使得有识有才之士不能得到朝廷的任用，而这些身居庙堂之上的士族官员们终日所务的经学儒术对于治理国家也丝毫没有帮助，这才是致使国家动荡分裂的主要原因。因而，在掌权之后，曹操排抑士族，打击浮华之风，转而大力扶植寒士，他前后下了三道"求贤令"，要求"唯才是举"，而不考虑是否尊崇儒术、是否出自世家，甚至大胆突破儒家"忠孝仁义"的道德观，这就彻底打破了士族门阀与中下层寒士之间森严的壁垒，使得更具文学创造力的中下层寒士们逐渐掌握了话语权，也由此促成了文学发展道路的转折。

最后不能忽略的则是曹操本人的文学好尚和参与。曹操应该算得上是中国古代第一位兼备诗人与帝王双重身份的人物，他对文学的好尚是性格使然，《三国志》说他"登高必赋，及造新诗，被之管弦，皆成乐章"，虽然他本人在性格和文风上都崇尚刚健朴实，但对于擅长文采富丽之辞的文人们，他也并不是完全排斥，而是给他们提供了自由创作的空间，使得他们能够各尽所长，也因而造就了彬彬繁盛的邺下文坛。

综上所述，这三大原因共同造就了曹操这样一位奠定魏晋南北朝文学基础的时代英豪，同时，这三大原因也正好对应着贯穿魏晋南北朝文学始终的三组重要关系，我们不妨称之为"魏晋南北朝文学的三大基因"——"分—合"代变、"士—庶"更迭与"文—质"升降。

三、"分—合"代变

所谓"分—合"代变，也就是国家分裂与统一的交替，这是贯穿魏晋南北朝文学的第一组重要关系。

魏晋南北朝时代上起汉献帝建安元年，也就是公元196年，虽然此时汉帝国还没有终结，但曹操已经实际掌握了朝廷的最高权力；这一时段的下限则是隋文帝开皇九年，即公元589年，隋朝大军南下灭陈，结束了南北对峙的分裂局面，重建国家统一；也有人把下限定在了唐高祖武德元年，即公元618年，以唐的建立作为魏晋南北朝终结的标志。这两种分期都是可取的，但在文学研究的领域中，我们一般采取后一种观点，将隋代文学也算在魏晋南北朝文学之内，所以这里我们要探究的时间跨度便是从曹操到杨广的这423年。

对于这423年间的历史，如果只能用一个字来概括，那就是"乱"，用两个字，那就是"分裂"，因为即便是按照最宽松的标准算起来，在这423年中，名义上全国统一的时间也只有两段，一是西晋平吴到永嘉之乱间的37年，二是隋平陈到江都之变间的30年，加起来也才不过67年，连总年头的六分之一都不到，而如果再把"八王之乱""隋末民变"这些名义上统一，实际却战乱不休的时间除去，真正全国性的统一和稳定时间更是所剩无几。

但在全国性分裂、动荡的宏观历史背景中，往往也伴随着局部的统一和稳定，比如"官渡之战"后曹操统治下的北方、"永嘉南渡"后士族门阀共治的东晋，以及"侯景之乱"前梁武帝统治下"五十年中，江表无事"的南朝梁国等，在上述统治时代和区域中，政局都十分稳定，社会、经济、文化水平也都从战乱中得到了恢复，甚至获得了进一步的发展。

那么，这种"分—合代变"的格局对文学的影响具体体现在何处呢？首先，动荡的环境往往能为文学创作提供更多真切、感人的现实素材。司马迁在《太史公自序》中提出了"发愤著书"的思想，他说："《诗》三百篇，大抵贤圣发愤之所为作也。"认为文学创作往往最容易在逆境中激发。而对于大多数文人来说，国家的分裂残破、社会的动荡纷乱、黎民百姓的生灵涂炭、雄心壮志的难以施展，自然就是魏晋南北朝分裂、动荡的时局，带给他们的最真切的创作动力和素材，曹操的"古直悲凉""建安七子"的"慷慨悲歌"、庾信的"暮年诗赋动江关"，无不是对此最好的注解。

其次，分裂的时局往往更容易实现思想的解放。因为缺少"大一统"政权的干预和引导，往往也就难以产生占据统治地位的指导思想，从而使得各家学说勃然兴起，形成相互论辩、碰撞的"争鸣"格局，与此同时，在不同思想支配下的文学创作主旨也就变得更加自由、活跃且丰富多彩。

再次，整体的分隔和区域性的统一极易产生鲜明而多样的文学风格和文学形态。中国各区域自然环境差异巨大，因此生产生活习惯、社会风俗和文化风尚也存在着很大的不同，经过长期相对独立的发展，建立在此基础上的区域性文学风格自然也就呈现出千姿百态的格局，正如《隋书·文学传序》所说："南北好尚，互有异同：江左宫商发越，贵于清绮；河朔河义贞刚，重乎气质。"这就使得魏晋南北朝文学不仅在思想上再现了"百家争鸣"，在艺术上也达到了"百花齐放"。

最后，统一的向心力有助于促成各种文学形态的借鉴、整合与交融。虽然魏晋南北朝时期的主调是分裂与动荡，但核心与归宿却是统一和稳定，无论是早期的"三足鼎立"还是后来的南北对峙，没有一个政权的最终目的不是统一全国，这种向心力不但避免了各种文学思想、文学风格异化变质而自绝于中华文明之外，还促进了彼此之间的交流、借鉴，为日后在隋唐时期实现交融奠定了坚实的基础。

所以说，分裂与统一交替的魏晋南北朝时局对于其文学发展道路的塑造有着重要的影响。

四、"士—庶"更迭

贯穿魏晋南北朝文学的第二组重要关系，是士族门阀与中下层寒士的此消彼长，也可以称之为"士—庶更迭"。

前面介绍了，士族门阀与中下层寒士都是东汉中后期形成的社会阶层，前者一度在汉末垄断了选官任官的权力，以及在学术领域和主流文学领域的话语权，后者则只能沉沦下僚，游走于主流官场和主流文场的外围，二者之间有着不可逾越的壁垒。故而在立场上，前者是"大一统"皇权、儒家正统思想和经学的坚定拥护者，后者则更多地关注底层社会现实，抨击门阀制度，极力主张思想解放，好抒发"不平之鸣"。地位和立场的根本性区别，使得士族门阀与中下层寒士在文学追求上也呈现出了截然不同的面貌。

建安时期，曹操的掌权一度扭转了二者之间的地位格局，他大力扶植寒士，打压豪族，使得文坛吹起一股率性自由、质朴刚健的新风，成就了彬彬繁盛的"建安风骨"；但很快，随着曹操的去世和曹丕篡汉，曹魏政权开始向士族门阀妥协，他们也因此逐渐开始夺回失落不久的政坛、文坛话语权，直至两晋时期，士族门阀的地位发展到了巅峰，甚至在东晋时期，一度与皇权平起平坐，形成了所谓"王与马，共天下"的格局，相应的，主流文学形态也就回到了崇儒术、尚玄谈、爱好清虚、追求典丽雅正的道路上来；与此同时，寒士们也爆发了更为激烈的对于士族阶级和门阀制度的讽刺与抨击；此后的南北朝时期，士族门阀的地位依然稳固，但皇权也同样在中下层寒士的依附下日益复苏，对应的文学表现形态也更为多元、复杂——除了本已有之的士族门阀的悠游从容、文华典丽，以及寒士们的激愤慷慨、骨鲠直率，还增添了寒士们追随皇权而享有的纸醉金迷和士族们面对权利消解而产生的失落压抑。

从对文学演进的简单梳理中不难看出，"士—庶"更迭的本质是国家政权和文场话语权的不断再分配，士族门阀代表的传统上层主流文艺和中下层寒士代表的新兴文艺在每次再分配的过程中不断碰撞、错位，也随着原有对立格局的打破而最终走向交错互融，这便是"士—庶"更迭对于魏晋南北朝文学发展的影响。

五、"文—质"升降

贯穿魏晋南北朝文学的第三组重要关系便是"文—质"升降，即文学的思想性与艺术性的对立统一。

文与质的关系问题历来是文学理论中探讨的重点问题，在魏晋南北朝之前，其实对于二者关系的最高标准已经建立，那就是文与质相统一，比如《诗经》《楚辞》以至"建安风骨"，都是这样的典范。但值得注意的是，由于魏晋南北朝之前的文学还没有"自觉"，因而这种文与质的统一本质上是一种原始的、朦胧的、自然形成的状态，固然有着极高的思想和艺术价值，但不具备可学习性，故而在魏晋南北朝文学"自觉"的环境中，文学的发展究竟是更注重文，还是更注重质，这依然是一个值得探讨的问题。

魏晋南北朝文学按照阶段划分，大体有以下八个阶段，也就是：建安文学、正始文学、太康文学、东晋文学、元嘉文学、永明文学、梁陈文学、周隋文学，不得不承认，其整体的发展趋势是文升质降的，也就是说骈偶、藻丽、雕饰的色彩逐步增强，而深刻的思想和现实针对性愈发减弱，以至于到了唐代标举风骨的诗人陈子昂直斥其"文章道弊五百年矣"。

固然，过度地追求形式而忽略内容，不是文学发展的健康道路，但不可否认的还有两点——一是每当形式化的文学追求发展势头比较迅猛的时候，总有人能够适时地为之纠偏，从而几度形成了"复古诗学"的浪潮，使得文学的发展没有过度地偏离正道；二是从中国文学发展史的宏观角度来看，这个注重文学形式追求的发展阶段也是一段必然经历的过程。

所以，在魏晋南北朝以前文学在现实针对性和思想性漫长积累的基础上，又经过了魏晋南北朝文学"自觉"之后的形式化艺术追求，到了唐代，文学才真正又一次达到了文质彬彬的新境界，产生了唐诗这一中国古典文学的巅峰成就。

综上所述，"分—合"代变、"士—庶"更迭、"文—质"升降是魏晋南北朝文学最为重要的三组关系，决定了它的发展道路与方向。

第三讲

魏武挥鞭

——谁给曹操画上了"大白脸"？

一、乱世悲鸣

　　魏晋南北朝文学的第一个发展阶段是建安时代。建安是东汉末代君主汉献帝的年号，从公元196年至公元220年，前后延续了25年，严格来讲，这一时期仍是汉朝历史的一部分，但是建安十八年，曹操获封魏公，建立了具备独立领土、人口和官僚体系的魏国，成为后来曹丕受汉禅、建魏朝的实际开端，所以我们也将其视作魏晋南北朝历史的起点。相应地，建安文学指的就是活跃在这一时期前后的文人们的创作和文学活动，也包括了建安以前的汉末时期以及曹丕称帝后文帝、明帝时期的文人和作品。

　　众所周知，汉末是大分裂、大动荡的时代，我们在上一讲中也有所交代，尤其在黄巾之乱后，整个大汉王朝的社会结构彻底崩塌，完全处在军阀混乱的格局之中，社稷惨淡、民不聊生，建立在这一基础上的汉末文学也就弥漫着衰颓、萧瑟、悲观、压抑的气息，代表性的作品比如蔡邕的《饮马长城窟行》、蔡琰的《悲愤诗》，以及我们熟知的《古诗十九首》等，这些作品中充满了对现实的绝望和对死亡的恐惧，很多建安诗人在早期的作品中同样呈现出这样的面貌，如王粲的《七哀诗》、陈琳的《饮马长城窟行》等，因为他们彼时的确都生活在时衰世乱、朝不保夕、生命转瞬即逝的环境之中。

　　但在举世的哀嚎与悲叹之中，却有一人不屑于在纸面上哭天抢地，而是怀着满腔的悲悯与激愤，振臂一呼，势要以擎天巨臂收拢起破碎的山河、拯救万千黎民于水深火热之中，这个人就是曹操，他的登场，为颓靡萧条、毫无生气的汉末诗坛注入了一股雄豪的英雄之气，开启了"建安风骨"的先声。

　　身为汉末乱世的亲历者，曹操也少不了表现时衰世乱的作品，但相比于同时代其他的诗人诗作，他的文字于悲凉之中更化出了几分悲壮之气，于感时伤世、悲天悯人的同时，更有兼济天下的胸怀和舍我其谁的担当，其人格的高大在诗格当中也得到了充分的反映。他在这一方面的代表作有《蒿里行》《薤露行》和《苦寒行》等。我们先来看《蒿里行》：

　　　　关东有义士，兴兵讨群凶。初期会盟津，乃心在咸阳。
　　　　军合力不齐，踌躇而雁行。势利使人争，嗣还自相戕。
　　　　淮南弟称号，刻玺于北方。铠甲生虮虱，万姓以死亡。
　　　　白骨露于野，千里无鸡鸣。生民百遗一，念之断人肠。

　　《蒿里行》这个题目是汉乐府旧题，本是悼亡的挽歌，本篇则大而化之，用以哀婉时代的悲怆，以乐府旧题写眼前时事，这是曹操的创举，也是乐府诗发展史上的一大突破，足以与杜甫创制"即事名篇"的新题歌行和白居易"歌诗合为事而作"的"新乐府运动"相提并论。诗歌创作于公元190年，曹操会同关东诸侯讨伐董卓失败之后，前十句是对时局的记述：开篇基调定得很高，将关东诸侯称为"义士"，他们在盟津会合，势要杀进咸阳，立志为国"讨群凶"，曹操也是怀着这样一颗初心前去会盟的，然而随着事态发展，他才从"踌躇而雁行"的战阵中渐渐发现了同盟之中"军合力不齐"的事实，更看透了诸侯们想要竞逐权势、利益，各自保存实力以待日后自相残杀的险恶用心——作为盟主袁氏兄弟更是各怀异心，弟弟袁术在淮南自立为君，哥哥袁绍则在河北刻下玉玺，意图另立，如此篡逆之举与开篇的"义士"之名形成了鲜明对比，也从"扶植寒士，打压豪族"的立场上揭示了这些门阀士族们"金玉其外，败絮其中"的本质。诗歌的后六句则是面对满目疮痍的慨叹：铠甲上长出虮虱，说明将士们无一日不穿着它奋战，以致无暇浆洗，足见战乱之频仍，而白骨遍地、万姓死亡更是人间地狱的真实写照，至于"千里无鸡鸣"则意味着农业经济荒废、民生凋敝。在曹操眼里，这一切既是"群凶"作恶的结局，同时也是拜这些欺世盗名的门阀士族们所赐，朝野的"群凶"尚可以武力攘除，而枝节遍布全国的门阀士族们，又如何是一朝一夕可以打压殆尽的呢？想及此处，曹操不但为了"生民百遗一"的苦难而悲怆，更是为了复兴、统一之路上的任重道远而断肠，他将试图以一己之力打破整个时代的宿命，这就是英雄的使命与担当。

《薤露行》与《蒿里行》同为乐府旧题中的挽歌，曹操的这首《薤露行》同样表达了对世道衰亡的慨叹：

> 惟汉廿二世，所任诚不良。沐猴而冠带，知小而谋强。
> 犹豫不敢断，因狩执君王。白虹为贯日，己亦先受殃。
> 贼臣持国柄，杀主灭宇京。荡覆帝基业，宗庙以燔丧。
> 播越西迁移，号泣而且行。瞻彼洛城郭，微子为哀伤。

曹操在诗中历叙汉灵帝以来，何进、董卓等人接连酿成祸乱的历史，为大汉王朝一步步走向败亡而扼腕叹息，而这江河日下的丧乱时局也正贯穿了他的青春岁月。从这个意义上来说，曹操的人生轨迹和杜甫甚至有些相似，这也就不难理解他何以创作出这些极具现实意义的篇章。诗歌的末尾，曹操遥望荒废的昔日皇都洛阳，自比商朝的孤臣微子启，表达了深深的"黍离之悲"。周灭商后，微子启被封为宋公，延续商朝的宗庙祭祀，曹操以之自比，不难看出两重用意：一是认识到汉朝再难复兴已是历史的必然；二是即便如此，他也仍要为了延续国祚而贡献自己的努力，这是一种"知其不可而为之"的伟大精神。

《苦寒行》这首诗就表现了曹操在这条"知其不可而为之"的道路上追逐初心的艰辛历程和执着心境：

北上太行山，艰哉何巍巍！羊肠坂诘屈，车轮为之摧。
树木何萧瑟，北风声正悲。熊罴对我蹲，虎豹夹路啼。
溪谷少人民，雪落何霏霏！延颈长叹息，远行多所怀。
我心何怫郁，思欲一东归。水深桥梁绝，中路正徘徊。
迷惑失故路，薄暮无宿栖。行行日已远，人马同时饥。
担囊行取薪，斧冰持作糜。悲彼东山诗，悠悠使我哀。

这首诗创作于建安十一年，曹操率军深入太行山讨伐并州叛将高干之时，开篇便交代了行军途中经历的险要地形和恶劣环境：曹操自中原河南发兵，取道羊肠坂，翻越太行山，一路崎岖难行，就连战车的车轮都颠簸损坏了多个，更不必说兵马士卒的艰辛劳累了；而与崎岖巍峨的山路相应的，还有风雪的摧残和原始森林的幽深恐怖，从熊罴虎豹身边经过，即便是统领大军也不得不感到精神紧张。曹操行走此间，不单单为路途的艰险而忧虑，更体恤士卒们经历了连年的征战，却还不曾实现天下统一安定的追求，他一度想要放弃这份追求，却又割舍不下对社稷万民的怜悯，在延颈叹息之余，脚下的步伐却也更加坚定。然而不幸的事却接踵而至，先是在断崖边没有桥梁，不得不另寻道路，后来又在折返途中迷路，加之夜色将近，大军眼看只得露宿山林，人困马乏、饥寒交加，凿开冰面拔取野草做汤羹的画面，带给人极强的冲击力。在诗篇的末尾，曹操想到了《诗经》中的《东山》，那是周公平定管蔡之乱后士卒的歌唱，曹操有周公之志，也有周公之才，只不过眼下距离那样的伟业，还有继续为之奋斗的空间。这首《苦寒行》完全以行军的经历为线索展开，直白生动且有着很强的感染力，虽然整体氛围悲凉苍劲，却仍然怀有理想与希冀，这种在记述行进过程中夹杂情感体验的写作技法，及其沉郁顿挫的写作风格，对后来的诸多行役诗都产生了较大的影响，杜甫的名篇《北征》也是其受益者之一。

正是怀着这样包容天下的壮志和体恤士卒的仁心，经过艰辛的跋涉之后，曹操率领大军一举歼灭了高干的反叛势力，为北方的稳定和统一扫清了最后的障碍，他的《东山》之志终于取得了阶段性的成果。

二、再造统一

自189年于陈留起兵，至207年扫平乌桓，曹操用了近二十年时间，先后消灭了董卓、吕布、袁术、袁绍等势力，使得群雄割据、连年战乱不休的北方地区基本得到了统一与稳定，尽管还没能够重现全国范围的"大一统"，但已经占据了经济、文化最为发达的中原大地，这几乎算是中国历史上以一己之力对抗天下大势而能够取得的最大成功。

207年八月，曹操取得了北伐乌桓的决定性胜利，北方形成规模的割据势力全部被剿灭，同时，官渡之战中落败的袁绍之子也在此役后被翦除殆尽，随着士族门阀最大的代理人被铲除，曹操就此彻底完成了对北方地区的重建，一个稳定的以中下层寒士为主体的新兴统一政权呼之欲出，国家孕育着新的生机，曹操内心也充满了欣慰和喜悦。在回程途中，曹操路过碣石山，登临其上，眺望渤海，壮志豪情随着汹涌的波涛无限激荡，挥笔写下了传世佳篇《观沧海》：

> 东临碣石，以观沧海。水何澹澹，山岛竦峙。
> 树木丛生，百草丰茂。秋风萧瑟，洪波涌起。
> 日月之行，若出其中。星汉灿烂，若出其里。
> 幸甚至哉，歌以咏志。

这首诗选入了中学课本，大家也都很熟悉，我们这里就没有必要细讲了，但是有几个相关的点需要补充：第一是这首诗在题材上的意义，它是中国历史上第一首单纯以自然景物为审美对象的诗歌作品，也就是我们所说的"山水诗"，这个题材是由曹操开创的，首唱之作就是这首《观沧海》；第二，就是这首诗的气象洪大，足以吞吐宇宙日月，这在汉末这样一个整体氛围萧瑟、颓靡、抑郁的环境中就显得尤为可贵，大家都熟悉李白诗歌中那种将天地自然运于掌中的雄大气势，他在很大程度上是根植于盛唐全面繁荣的大环境中的，而曹操此篇在格局上和人格精神上与之相比丝毫不落下风，却对于一代士风与文风有着开创性、振动性的作用，从这个意义上来说，曹操比之李白还要更胜一筹，也正是在他的影响下，建安文风进入了一个全新的高昂、振奋的局面之中。

曹操一步一步以实际行动践行着他的理想与追求，重现统一之后，中国北方的社会经济与文化发展水平在稳定的环境中，很快就振兴了起来，曹操对此十分欣慰，也渐渐志得意满起来，当然，他是有这个资格的，于是也毫不掩饰地在诗歌中表达了对这一成就达成的喜悦，且看《冬十月》一诗：

> 孟冬十月，北风徘徊。天气肃清，繁霜霏霏。

鹍鸡晨鸣，鸿雁南飞。鸷鸟潜藏，熊罴窟栖。
钱镈停置，农收积场。逆旅整设，以通贾商。
幸甚至哉！歌以咏志。

这首作品一般认为成于208年冬，诗歌虽然与《苦寒行》一样都写冬日景象，但由于心境天差地别，景物的意蕴也就完全不同。这首诗中的"孟冬十月"是一派祥和的景象，北风不再凄寒凌厉，而是徘徊温柔；漫天霜雪不再给人彻骨之寒，而是清新肃爽；虎豹熊罴都蛰伏起来，不再拦路咆哮；而原本"千里无鸡鸣"的原野上，也有了鸡犬相闻之声。接下来的"钱镈停置，农收积场。逆旅整设，以通贾商"四句，是对曹操治理北方成果最直观的展现，不过短短一年之间，农业生产恢复，交通和商业也都大大发展起来，这在分裂的乱世是绝对不可能实现的！也正是因为这样的成就，大大激发了曹操更进一步的信心，也更坚定了他一统天下的雄心壮志，于是几个月后，他将视野对准了那条滚滚东去的长江天堑。

曹操的南征之路起初十分顺利，他很快收服了长江中游的重镇荆州，继而引水陆大军兵进赤壁，扫平江南眼看已指日可待，于是他来至江边，横槊赋诗，再次倾吐了笼络良才、再造盛世的博大心胸，这首诗便是著名的《短歌行》：

对酒当歌，人生几何！譬如朝露，去日苦多。
慨当以慷，忧思难忘。何以解忧？唯有杜康。
青青子衿，悠悠我心。但为君故，沉吟至今。
呦呦鹿鸣，食野之苹。我有嘉宾，鼓瑟吹笙。
明明如月，何时可掇？忧从中来，不可断绝。
越陌度阡，枉用相存。契阔谈䜩，心念旧恩。
月明星稀，乌鹊南飞。绕树三匝，何枝可依？

山不厌高，海不厌深。周公吐哺，天下归心。

　　诗歌共分为四解，情感和主旨是依次递进的：先点明"对酒当歌"的背景和人生苦短、宇宙无穷这一本源性的矛盾母题，引发听者的情感共鸣；继而化用《诗经》中《子衿》《鹿鸣》两篇的诗句，表达出求贤的意图；第三解为求贤提出了方针与策略，认为自己只要礼贤下士，必然能够宾客盈门；最后，曹操自比周公，渴求以真心换取天下士人的认同和支持，从而实现匡扶社稷的伟业。这首诗可以说是曹操一生心志的由衷倾吐——在性格上，他的真率坦荡；在立场上，他对中下层寒士的招揽和扶持；在追求上，他的周公之志、山海之愿，无一不淋漓尽致地展现在这大气磅礴、慷慨豪雄的文字之中。

　　然而无论人生还是历史，总归都难以做到尽善尽美。正如前面所说，曹操对北方的统一，已经是中国历史上以一己之力对抗天下大势而能够取得的最大成功，终归，他还是被长江和岁月抵挡住了继续前进的步伐，赤壁之战后，三足鼎立的格局形成，曹操再也无力追逐他的"大一统"理想了。

三、"奸雄"的真性情

　　赤壁之战虽然失意，但曹操在北方的根基依然稳固，既然一时达不到统一天下的目标，他便退而求其次，集中精力把北方经营好，于是他又前后三次下令求贤，将身怀一技之长却在士族门阀体系下难以施展抱负的广大中下层都收入帐下，又进一步推动了社会经济和文化的发展，同时，他个人的权力欲望和野心也逐步膨胀起来，当然，对于想要以一己之力对抗门阀士族的曹操而言，集权是必然的选择。

213年，曹操胁迫汉献帝封其为魏公，以邺城为都，独立建国，管辖北方最为富庶的冀州之地，并置百官，三年后又加封为魏王，此时的曹操，虽无天子之名，却已行天子之实，故而后世计算曹魏政权的开端，都要魏国的建立算起。作为魏国都城的邺城也自然而然地成为文化中心，一时的英豪才俊围绕着爱好文艺的曹氏父子，造就了中国文学史上第一个纯文学的高峰，史称"邺下风流"。

与曹操的日益强权同时到来的，自然不止社会经济的复苏、文艺的繁荣和中下层寒士的崛起，还有作为曹操权势下唯一的利益受损者的门阀士族的反扑，早在210年就有朝中大臣建议汉献帝给曹操加封食邑、改授虚职，以明升实降的方法抑制他的权力扩张。曹操当然也轻易地识破了这样的阴谋，他拒绝交出兵权，也辞谢了加封食邑的赏赐，并写了一篇《让县自明本志令》来表明自己的态度，这篇令文在魏晋朝廷公文中独树一帜，体现了曹操真率洒脱的性情，他先是历数了自己的生平和发迹经过，表达了自己复兴社稷的宏愿和被时局胁迫至此的身不由己。而后，他说道：

今孤言此，若为自大，欲人言尽，故无讳耳。设使国家无有孤，不知当几人称帝，几人称王！或者人见孤强盛，又性不信天命之事，恐私心相评，言有不逊之志，妄相忖度，每用耿耿。齐桓、晋文所以垂称至今日者，以其兵势广大，犹能奉事周室也。《论语》云："三分天下有其二，以服事殷，周之德可谓至德矣。"夫能以大事小也。昔乐毅走赵，赵王欲与之图燕。乐毅伏而垂泣，对曰："臣事昭王，犹事大王；臣若获戾，放在他国，没世然后已，不忍谋赵之徒隶，况燕后嗣乎！"胡亥之杀蒙恬也，恬曰："自吾先人及至子孙，积信于秦三世矣；今臣将兵三十余万，其势足以背叛，然自知必死而守义者，不敢辱先人之教以忘先王也。"孤每读此二人书，未尝不怆然流涕也。

这段话实在是大实话、真性情，同时又能够引经据典、有理有据，甚至可以看作一封曹操向门阀士族的正式宣战书——为了震慑那些打着忠君报国之名，谋取家族私立的门阀势力，曹操宁可撕破脸皮，做一个名副其实的权臣，与忠义名节相比，他更注重为国家的发展、黎民的生计趋利避害，这样的选择来自他性格中去华务实的本色追求。

文章的最后，曹操明说：

江湖未静，不可让位；至于邑土，可得而辞。今上还阳夏、柘、苦三县户二万，但食武平万户，且以分损谤议，少减孤之责也。

想让我让位，那是不可能的，只要你们这些士族门阀的势力还在，我就不会退让；至于你们虚情假意加封的食邑土地，我也并不在乎，一并交还回去，你们也就少些流言蜚语吧。言语之间，那种不可一世、不屑一顾、不拘小节的英雄气概跃然纸上，叫人直呼可爱、可敬。

然而，在滚滚历史洪流面前，再伟大的英雄人物也翻不起太大的波澜，曹操用尽一生之力与门阀士族为敌，与分裂动荡的时局对抗，终究只能延缓这一大势，却不能逆转历史，正如他在《龟虽寿》一诗中所说："神龟虽寿，犹有竟时。螣蛇乘雾，终为土灰。"其中有多少无奈、多少悲怆，都化作一声"老骥伏枥，志在千里。烈士暮年，壮心不已"的慨叹。

220年，曹操病逝于洛阳，结束了他光辉灿烂却也充满争议的一生。但却将一个彬彬繁盛的建安文坛留在了中华文明史册上，剩下的故事，还将交给后人书写。

第四讲

建安风骨

——出道即巅峰的"黄金时代"

一、被低估的"魏晋第一公子哥"

魏晋南北朝的第一位诗人曹操，同时也是建安文学的奠基人和开创者，虽然最终没能实现统一中国的雄图大业，但他造就的文学的黄金时代却足以彪炳史册，当然，这一伟大的文坛盛事不是曹操一个人的功劳，还得益于他文学上的接任者和辅佐者。

说起曹操的接任者，大家都知道他有两个杰出的儿子，与他并称为"三曹"，其中曹植可能更为大家所熟知，因为他的"才高八斗"、因为他的"七步成诗"，也因为他的悲剧色彩，当然，曹植作为建安头号诗人的地位和成就，谁也无法质疑。不过就事论事，要说起曹操在政坛和文坛上的名副其实的接班人，还要数曹丕，他在建安文坛的宗主地位和实际影响是曹植所不能比拟的。受夺嫡之争的影响，曹丕在人们心目中的形象大都不是特别正面，加之他寿命较短，年仅四十就英年早逝，因而大家对于他的文学成就也就不可避免地有所忽视，但他的文学成就却并不在其父、其弟之下，至于影响则更是有过之而无不及。

首先，曹丕的理论贡献在建安诗人中是首屈一指的。正如我们在第一讲中讲到，曹丕在《典论·论文》中作出了"盖文章，经国之大业，不朽之盛事"的重要论断，成为文学"自觉"的标志，仅就这一点而言，他的贡献便已是中华文明史上无法忽略的了。除此之外，他同时提出了"奏议宜雅，书论宜理，铭诔尚实，诗赋欲丽"，以及"文以气为主，气之清浊有体，不可力强而致"这两大观点，在文体论、作家论上都有着杰出的理论价值，对于魏晋南北朝乃至整个中国古代文学史都有着理论开创和奠基意义。

其次，曹丕在诗文创作上同样有着突出的贡献。这种贡献首先体现在他是中国历史上第一首七言诗的作者。虽然我们如今认可的诗歌格局是五七言平分秋色，但众所周知，最早的诗歌是以四言为主，到汉代才出现了完整的五言诗，而此后近五百年中都是五言诗一统天下，直到中唐以后七言诗才逐渐占据主流，而在五言诗刚刚定型的建安时期就创作出了一首体制完整且艺术水平颇高的七言诗，可以说曹丕在诗歌体裁的创新上领先了诗坛数百年之多。我们来看看这首七言诗的开创之作《燕歌行》：

秋风萧瑟天气凉，草木摇落露为霜。群燕辞归鹄南翔，念君客游思断肠。

慊慊思归恋故乡，君何淹留寄他方？

贱妾茕茕守空房，忧来思君不敢忘，不觉泪下沾衣裳。

援琴鸣弦发清商，短歌微吟不能长。明月皎皎照我床，星汉西流夜未央。

牵牛织女遥相望，尔独何辜限河梁。

这首诗以思妇为抒情主体，通过描绘她在草木摇落、更深露重的夜晚独守空房的场景，表达了对夫君的思念之情。诗歌先以环境描写起兴，以萧瑟的秋景奠定了凄凉的感情基调，又以群燕和鸿鹄的归家作对比，引入了丈夫的"淹留他方"和"慊慊思归"；而后又着重描写了思妇在长夜空闺中的表现，她先是忧思难耐、流泪沾衣，而后又弹琴作歌，试图排遣心情，却又无知音来赏，更加剧了心中的孤独。不经意间她看见明月照床，想以之寄托相思，却不想看见了空中隔河相望的牵牛、织女二星，想到他们一年一度的会面，却不知自己的丈夫何时才能回来，这份愁情便又加重几分。诗歌对于女子内心情感体察得极为细致，在表现上几度转折、几度递进，无论整体情境还是细节都非常感人，艺术上十分成熟。而在思想层面，虽然没有直陈天下大乱，却能引发读者的思考：她的夫君为何淹留他乡？为何夫妻数年不得团聚？很容易使人将其与动荡分裂的时局联系起来，是有现实针对性的。

与曹操古直悲凉的诗风截然不同，曹丕诗歌的整体特点是便娟婉约、流丽深情，这是由他的成长环境所决定的——曹丕虽出生于乱世，但身为曹操嫡子，其成长环境还是足以使他避免经历太多的颠沛流离和战乱饥寒。而在他二十岁前后，曹操便已经基本上实现了北方的统一，所以他真正参与文学创作的环境已经是比较稳定安逸的了；但同时，在他的童年时期，曹操率领士卒常年征战在外，曹丕随女眷们生活在后方，因而对于分离之苦、闺房之思也就能够体察得格外细致，从而养成了婉约柔情的诗风；成年之后，曹丕常常与汇聚在邺城的文士集团往来、交流文艺，因而相比于曹操的创作而言，他的诗歌文学化程度也就更高一些。

最后还要说说这首诗押韵的问题，想必大家也都看出来了，是每一句都押韵的，为什么会这样呢？这还是由七言诗的初创阶段所决定，因为相比于已经成熟的四言诗和五言诗，七言诗每一句的音节数多了近一倍，从而带来的一个问题就是，很难形成较强的韵律感，这也是七言诗成型最晚的主要原因。曹丕为了解决这个问题，采取了每句押韵的方法，使得每七个音节就能出现一次相似或重复，就解决了诗歌韵律的问题，这也是为什么魏晋南北朝的四言诗、五言诗都是隔句押韵，而七言诗却都每句押韵的原因。

曹丕的文学影响第三点体现，便在于他是建安文坛的实际主理人。上一讲中，我们说曹操开创了建安文坛、邺下风流，但他身为政权实际上的最高统治者，主要精力自然放在政务和军务上，文学事业的日常管理和活动主要是由曹丕负责的。曹丕与建安时期的主要文人都有着极为密切的交谊，我们所熟知的"建安七子"的名号，最早也是由曹丕实际提出的。他在《与吴质书》中这样评价他们的关系：

> 昔年疾疫，亲故多离其灾，徐、陈、应、刘，一时俱逝，痛可言邪？昔日游处，行则连舆，止则接席，何曾须臾相失！每至觞酌流行，丝竹并奏，酒酣耳热，仰而赋诗，当此之时，忽然不自知乐也。谓百年已分，可长共相保，何图数年之间，零落略尽，言之伤心。顷撰其遗文，都为一集，观其姓名，已为鬼录。追思昔游，犹在心目，而此诸子，化为粪壤，可复道哉？

这是曹丕在众人去世之后写下的怀念性文字，从中不难看出三点：一是，在陈琳、徐干这些人活着的时候，他们的交游非常密切，且没有严格的尊卑之分，是极为要好的文学之友；二是，他们的去世让曹丕十分痛心，不断地有所追思；三是，曹丕做了一项工作，就是将他们遗留下来的文字，各自编撰成了文集，使之得以流传后世，这实际上就是文坛主理人的工作。除此之外，他还对每个人的文品、人品进行了点评，其中多精道之语，足见曹丕的文学修养和文学见识，这也是身为文坛主理人所必备的。

正是有了以上三点影响，曹丕留下的作品数虽然不及曹操、曹植，名篇也只有《燕歌行》一首，但却足以与其父、其弟并称于史册，也正是如此，他才能够在曹操之后，将建安文学推向了新的辉煌。

二、"建安七子"与"邺下风流"

围绕曹氏父子活跃于建安文坛的主要有"建安七子"，他们包括王粲、刘桢、陈琳、徐幹、阮瑀、应玚和孔融。这七个人中，除了孔融是孔子后裔、士族门阀，其余六人都是中下层寒士出身，而事实上，真正与曹氏父子进行频繁的文学互动的也就是前六个人，不包括孔融在内，但为了方便起见，这一讲中仍以"建安七子"代称。这六人皆出生于汉末乱世，历尽颠沛流离，尝遍人情冷暖，故而对曹操再造统一的功业极为感佩，对于其扶植寒士、唯才是举的主张更是积极响应，因而主动聚拢在他的身边，形成了中国历史上第一个文人团体——"邺下文人集团"。

"邺下文人集团"的形成与建安时期由分裂走向局部统一的时局有着密切的关系。"建安七子"起初四散在全国各地，正如曹植《与杨德祖书》中的概括：

> 昔仲宣（王粲）独步于汉南，孔璋（陈琳）鹰扬于河朔，伟长（徐幹）擅名于青土，公干（刘桢）振藻于海隅，德琏（应玚）发迹于大魏。

他们不但分隔四海，在各自的政权中往往也得不到崭露头角的机会，虽然才名很高，但都沉沦下僚，抑郁不得志。而曹操在统一北方的过程中，逐步将他们招致麾下，可谓是"设天网以该之，顿八纮以掩之，今尽集兹国矣"，曹操不但为他们提供了稳定的创作环境和活动平台,还充分认可他们的才华、地位与人生价值,使得他们的人格精神由落魄消沉转向慷慨激昂,同时来自各地的不同文风和文学思想,也因为聚集而实现了交流、碰撞,才士们多年间被动荡时局和士族门阀压抑的才华得以充分地宣泄和展露,也造就了被称为"邺下风流"的文坛盛景。

也正是以"邺下文人集团"的形成为分界,"建安七子"的创作呈现出明显的前后分期。前期的他们与大多数汉末文人一样,诗文多表现动荡衰乱的时事,整体风格凄凉萧瑟深沉,流露出暗无天日的绝望情绪;而后期,由于处境和心境的颠覆性变化,其诗文也转为慷慨、刚健、振奋、明朗,还有一些作品走向了文雅、华美的方向。

"建安七子"前期的代表作比如王粲的《七哀诗》和陈琳的《饮马长城窟行》。《七哀诗》一共三首,第一首便是对董卓之乱后长安地区惨状的描绘:

西京乱无象,豺虎方遘患。复弃中国去,委身适荆蛮。
亲戚对我悲,朋友相追攀。出门无所见,白骨蔽平原。
路有饥妇人,抱子弃草间。顾闻号泣声,挥涕独不还。
未知身死处,何能两相完?驱马弃之去,不忍听此言。
南登霸陵岸,回首望长安。悟彼下泉人,喟然伤心肝!

开篇四句交代了诗歌创作的背景:董卓、李傕、郭汜先后在长安作乱,身为长安人的王粲目睹了帝都中刀兵不断、血流成河的惨状,为求生路只得离家远行,前往荆州避难。踏上远征路途的他正处在与亲戚朋友分别的苦痛之中,出门所见的惨状更给了他巨大的心理冲击——白茫茫的尸骨已经堆满了关中平原。接下来,他选取了一个极具代表性的场景:一位妇人将正在哺乳中的婴儿抛弃在路旁的草丛中,无论婴儿怎样哭嚎,她也只是流泪走开,不曾回头一顾,并无奈地说道:"就连为娘自己也不知将死在何处,又如何能够与孩儿一同保全?"若不是毫无生机可言,哪会有母亲忍心将自己的孩儿抛弃,由此一事便足见人间悲惨。听到此处,诗人能做的却只有驱马而去,他当然想要拯救黎民,却无奈没有这个机会,于是只有逃避,这是汉末文人普遍的悲哀与绝望。当他登上长安城南的霸陵岸,再一次回头眺望这座昔日荣耀的都城,才明白了《诗经·下泉》作者那份思念明主的心情,而不得不为之痛断肝肠。

再来看陈琳的《饮马长城窟行》:

> 饮马长城窟,水寒伤马骨。往谓长城吏,慎莫稽留太原卒!
> 官作自有程,举筑谐汝声!男儿宁当格斗死,何能怫郁筑长城。
> 长城何连连,连连三千里。边城多健少,内舍多寡妇。
> 作书与内舍,便嫁莫留住。善侍新姑嫜,时时念我故夫子!
> 报书往边地,君今出语一何鄙?身在祸难中,何为稽留他家子?
> 生男慎莫举,生女哺用脯。君独不见长城下,死人骸骨相撑拄。
> 结发行事君,慊慊心意关。明知边地苦,贱妾何能久自全?

这首诗主要讲述了塞北征夫修筑长城的故事,反映了统治者对民力的滥用,而频繁修筑长城本就说明了战乱的频仍。诗歌最感人的情节是抒情主人公给身在内地的妻子去信一封,要求她不必为自己坚守,而应当趁早改嫁。妻子却回信说,如今哪还有良家男子可嫁,都被征发去了前线,化作了三千里长城那战死、累死的累累白骨。与《七哀诗》中的"母亲弃子"一样,本篇中的"丈夫劝妻改嫁"同样是乱世之中极具代表性和震撼力的人伦惨剧,而面对此情此景,身为中下层寒士的诗人能做的也只有为之悲苦地哀吟。大家可以将这些作品与曹操的《蒿里行》《苦寒行》对比,虽然主旨十分近似,但其在风骨、境界、格局上的差异可谓高下立判，这也是建安诗人们追捧和尊奉曹操的原因。

归附曹操、集聚邺城之后，"建安七子"的诗文明显呈现出新的风貌，他们的报国之志和满腹才华得到了施展的机会，常在诗中以积极的笔调抒发重建统一、再造盛世的参与感，以及对高尚人格精神的追求和歌颂。代表作品如王粲的《从军诗》和刘桢的《赠从弟》。

《从军诗》一共五首，主要写的是王粲自己跟随曹操出师的经历和感受，主旨都是对军威严整的歌颂、对曹操雄心壮志的赞美，以及自身建功立业情怀的展露，我们着重看第五首：

> 悠悠涉荒路，靡靡我心愁。四望无烟火，但见林与丘。
> 城郭生榛棘，蹊径无所由。雚蒲竟广泽，葭苇夹长流。
> 日夕凉风发，翩翩漂吾舟。寒蝉在树鸣，鹳鹄摩天游。
> 客子多悲伤，泪下不可收。朝入谯郡界，旷然消人忧。
> 鸡鸣达四境，黍稷盈原畴。馆宅充廛里，士女满庄馗。
> 自非圣贤国，谁能享斯休？诗人美乐土，虽客犹愿留。

这首诗的情绪可谓低开高走，开篇以十四句的篇幅，写行军途中的艰难困苦，以及所见的各地因分裂战乱导致的人间惨剧，充满了怜悯天下苍生的"黍离之悲"，与曹操的《苦寒行》极为相似，而自"朝入谯郡界，旷然消人忧"一句起，情绪则骤然振起，大力渲染曹操治下的社会稳定、经济复苏、民生安乐，两相对比之中体现出了诗人对曹操功绩的由衷赞赏，最后更是表达了永久追随曹操投身这般伟大事业的宏愿，从昔日《七哀诗》中的济世无路、报国无门，到如今的理想信念的坚定，王粲诗中体现出的转变，也正是建安一代诗人的人格复振。

刘桢的《赠从弟》则最能体现建安诗人对刚健、崇高人格的追求：

> 亭亭山上松，瑟瑟谷中风。风声一何盛，松枝一何劲！
> 冰霜正惨凄，终岁常端正。岂不罹凝寒？松柏有本性。

诗歌塑造了松树这一艺术形象，很明显是以物喻人，这种手法在诗学中我们称之为"兴寄"，即借物起兴、有所寄托。诗中的松树形象，生长在高山之上，寓意着立身基石的高大，也就是人格精神的伟岸，它经受着山谷中严风的催逼，任其凌厉萧瑟，却不为所动，反而更加劲健，这像极了建安文士们面对凄凉的乱世，却能够愈挫愈勇的精神品质。松柏并不是没有受到严寒的侵袭，而是其本性选择了坚韧、不屈服，也正像以"建安七子"为代表的中下层寒士一样，他们不是不为时衰世乱而感到痛苦，但本性的抗争精神使得他们终究不作无用的沉吟哀思，而是凝聚力量与这萧瑟的时局抗衡。这种刚健风骨、抗争精神，也是"建安七子"后期诗文的显著特征。

在"邺下文人集团"的创作中，还有很大比例的公宴诗作，这是他们日常置酒高会、讨论文艺的成果，虽然这些作品比之直接反映社会现实的诗作，看似缺少了拯危救乱的担当精神，但这些作品的出现本身反映了拯危救乱事业成果的显著，是一种建立在更高物质和精神基础上的文学形态，反映的是由乱入治的更高追求。同时，由于这些作品在相互推敲琢磨的环境下产生，往往也具有更强的文学性。其中的代表比如徐幹的《室思诗》，这是一组代言体的诗作，主旨与曹丕的《燕歌行》相似，是写妻子对离家丈夫的思念，共有六首，就日常所见、所感、所思，从各个侧面反覆细致地抒发了思妇的盼望、失望和期待之情，情感把握细腻贴切，细节描写真切动人，在"文"与"质"的对比中，显然"文"已经占据了上风。我们来看其三：

> 浮云何洋洋，愿因通我词。飘摇不可寄，徒倚徒相思。

> 人离皆复会，君独无返期。自君之出矣，明镜暗不治。
> 思君如流水，何有穷已时。

这一首从浮云写起，妇人盼望浮云能够为之传情达意，又担心其飘飘遥遥不知所谓往，不能真正地消除自己的相思，这一单方面的情感互动，显得极为真诚，于可爱之中流露了更深的悲伤。而后又写到，自从其夫离家，家中的明镜她便不再打理，意指自己不再梳妆打扮，因为没有心上人来欣赏，而我们也不禁联想到那随着明镜日日生尘的，还有不堪年华催逼的红颜，更为悲剧的是，明镜生尘尚可拂拭，红颜老去却难再青春。最后，诗歌以比喻终结，将相思之苦化作漫长的流水，无穷无尽，给原本难以消弭的愁情附加了一个长久而不能终结的时间。诗歌的情绪几度递进、层层深入，风格唯美又真切感人。

无论早期还是后期的作品，"建安七子"的创作都足以代表建安诗坛的主流风貌，他们关注现实、提倡风骨、张扬个性、钻研文艺，在"三曹"的领导下，大大丰富了建安诗文的色彩，共同铸就了中国诗歌史上的第一个"黄金时代"。

三、"七子之冠冕"

最后我们用一点点笔墨来说说王粲和他的《登楼赋》。王粲是"建安七子"中成就最高的一位，被后世誉为"七子之冠冕"，他出身名门、少有才名，为蔡邕所赏识，却因为遭逢董卓之乱，家道中落，被迫颠沛流离，到荆州投靠了刘表。但身为门阀士族的刘表却因为王粲"貌寝"，也就是长得难看，对他十分疏远，更不能够任用。于是，王粲在荆州的生活过得十分压抑、不得志，这种生活足足持续了十数年之久，建安九年秋，他登上当阳城东南楼，纵目四望、百感交集，写下了著名的《登楼赋》：

> 登兹楼以四望兮，聊暇日以销忧。览斯宇之所处兮，实显敞而寡仇。挟清漳之通浦兮，倚曲沮之长洲。背坟衍之广陆兮，临皋隰之沃流。北弥陶牧，西接昭邱。华实蔽野，黍稷盈畴。虽信美而非吾土兮，曾何足以少留！
>
> 遭纷浊而迁逝兮，漫逾纪以迄今。情眷眷而怀归兮，孰忧思之可任？凭轩槛以遥望兮，向北风而开襟。平原远而极目兮，蔽荆山之高岑。路逶迤而修迥兮，川既漾而济深。悲旧乡之壅隔兮，涕横坠而弗禁。昔尼父之在陈兮，有归欤之叹音。钟仪幽而楚奏兮，庄舄显而越吟。人情同于怀土兮，岂穷达而异心！
>
> 惟日月之逾迈兮，俟河清其未极。冀王道之一平兮，假高衢而骋力。惧匏瓜之徒悬兮，畏井渫之莫食。步栖迟以徙倚兮，白日忽其将匿。风萧瑟而并兴兮，天惨惨而无色。兽狂顾以求群兮，鸟相鸣而举翼，原野阒其无人兮，征夫行而未息。心凄怆以感发兮，意忉怛而惨恻。循阶除而下降兮，气交愤于胸臆。夜参半而不寐兮，怅盘桓以反侧。

赋的第一段交代登楼的背景，描绘了所见的景象，展现了一览无余的天地之大，而段末的一句"虽信美而非吾土兮，曾何足以少留"，则交代了他失意怅然的心情；第二段由登楼所见转入凭栏之感，他感慨乡关路遥，更慨叹济世无力，如苍茫宇宙般浩大的愁思一齐压在心头，使得他难以承担、难以挣脱；最后一段，王粲将这种个性化的愁思，引申为普世性、哲理化的思考，指出天地日月的运行自有其规律，人力不可改易，这便使得本文具有了母题性的思想价值。

整体来说，这篇赋文思想性与艺术性兼备，同时开创了"登高感怀"的文学题材模式，对于后世诗文创作都产生了深渊的影响，故而也被誉为"魏晋之赋首"。

一个辉煌的文学时代，必然产生伟大的作家，对于建安文学这样一座高峰而言更是如此，曹操、曹丕和"建安七子"都是其中的杰出代表，但要说这一时期文学成就最高的诗人，恐怕他们还都要为一个人让位，那么这个人又是谁呢？

第五讲
文质彬彬

——我还是从前那个少年

一、建安文坛的"当家诗人"

曹氏父子和聚集在他们身边的中下层寒士们共同造就的彬彬繁盛的建安文坛，是中国文学史上的第一个"黄金时代"。作为"黄金时代"，就必定要有一位在各方面都出类拔萃的"当家诗人"坐镇，代表着这样一个时代文学的最高成就，于建安文坛而言，这样一位"当家诗人"当数曹植，这是无可争议的。

称曹植为建安文坛的"当家诗人"，主要有三大理由：首先，在所有的建安文人中，曹植流传下来的文学作品数量是最多的。今传《曹植集》中光各体诗歌就有一百一十余首，此外还有赋数十篇，相对而言，曹丕存诗仅有四十余篇，曹操则仅有二十多篇，至于"建安七子"则更是只有寥寥数首，也就是说曹植的诗文存量比曹操、曹丕和"建安七子"流传的作品总和还多，可以说一人就占据了建安文坛的"半壁江山"。

其次，相对于其他文人的各擅一体、自成风格，曹植的诗文成就和文学风格是综合性、多样化的。"建安七子"之中，只有王粲、徐幹算得上诗文兼善，阮瑀、应场、孔融、陈琳能文而不能诗，刘桢以诗见长，作文则稍逊，而曹植与他们相比，则无论写诗还是作文，都堪称绝品，远过诸公；而风格上，曹操古直悲凉、"质"胜于"文"，曹丕便娟婉约、"文"过于"质"，只有曹植在二者之中找到了完美的契合点，达到了"文质彬彬"的境界。

最后，曹植的创作生命更长，因而无论人生经历、人格精神还是文学的思想境界、艺术风格比之同时代的文人都更为丰富。曹植出生于192年，十五六岁便开始在曹操的引领下参与文学创作活动，直到232年病逝，是建安文人中最后一位去世的，比曹丕还晚了六年，甚至在"建安七子"和曹操相继去世后，他的创作高峰才真正到来，故而有着更长的创作生命。在二三十年的创作生涯中，他共历经武帝、文帝、明帝三朝，在政治环境变动中，身世也经历了巨大的起落浮沉，其创作思想与文学风格也随之产生了颠覆性的转变，集乐观通达与穷困失意的精神特质于一身，前后期创作的巨大差异，使得他具有更为丰富的内涵与价值。

基于以上三点，曹植之于建安文坛，的确有着不可替代的、最强的代表性，因而称之为"当家诗人"是当之无愧的。

以220年曹操去世为界，曹植的人生和创作有着明显的前后分期——在前期，天资聪颖、年少才高的他身为曹操的公子，处于"邺下文人集团"的核心地位，生活优渥、文艺活动频繁，且深受曹操喜爱，一度成为魏王世子的有力争夺者，故而整体的性格和文学风格也呈现出意志高昂、积极进取的风貌；而到了后期，由于在夺嫡之争中失败，曹植备受曹丕的排斥和压制，被常年外放，且断绝了与文人才士的日常往来，在曹丕死后又被继任之君曹睿疏远，以至于终生在政治上碌碌不得志，满腔才能被长久压抑，无论精神还是创作上都表现出一种有志难伸、孤独寂寞的状态。这两个阶段的两种状态，也恰恰贴合了中国古代文人传统的两条人生道路，无论是志得意满、顺风顺水、广阔天地、大有可为的"得意者",还是怀才不遇、坎壈蹉跎、沉沦下僚、穷且益坚的"失路人",曹植以一己四十年之有限生命经历了两种截然不同的人生体验,并将这些体验以其"八斗之才"化作了"情兼雅怨,体被文质"的百余首诗赋,将不同人生状态下激发出的情感、思想凝注于字里行间,为后世来者树立了各具意义的人生标杆和文学典范。

这一讲,我们主要聚焦的是曹植的前半段人生,那是一段风华正茂的激情岁月。

二、雄心壮志

早在少年时期,曹植便表现出异于常人的聪明睿智和文思才气。《三国志·陈思王传》说他"年十岁余,诵读诗、论及辞赋数十万言,善属文"。曹操对他的少年天才也是十分喜爱,不仅时常夸赞奖励,甚至还十分委以厚望。与时常留守后方的曹丕不同,在曹操南征北战时,曹植往往能够跟随左右,因而也创作了不少意气豪雄的作品以壮军威,其十五六岁所作的《白马篇》就是其中最典型的代表:

白马饰金羁,连翩西北驰。借问谁家子?幽并游侠儿。
少小去乡邑,扬声沙漠垂。宿昔秉良弓,楛矢何参差!
控弦破左的,右发摧月支。仰手接飞猱,俯身散马蹄。
狡捷过猴猿,勇剽若豹螭。边城多警急,虏骑数迁移。
羽檄从北来,厉马登高堤。长驱蹈匈奴,左顾凌鲜卑。
弃身锋刃端,性命安可怀?父母且不顾,何言子与妻?
名编壮士籍,不得中顾私。捐躯赴国难,视死忽如归。

诗歌开篇便有着极强的画面感：飞驰的白马挂着闪耀的金色配饰，随着奔腾的步伐而上下颠簸，进而视角放大，出现了身后广阔无垠的西北大漠，相信大家在很多武侠电影中都见过这样的开头，这往往是英雄出场的画面——而这篇诗作中的英雄，是一位来自幽州、并州的游侠少年，他自小离开家园，投身大漠戎旅，立下了赫赫威名。接下来八句描写的是少年的武艺高超：他善于骑射，脚跨千里战马、手持良弓长箭，穿梭于刀兵矢石之中，如猿猴般矫捷，似虎豹一样勇武。中间四句对他箭法的描绘格外出彩：写他左右上下四面开弓，分别用了四个不同的动词，虽然都是与射箭相关的动作，细细品味就能发现其中的妙处，"控弦"是手指搭上弓弦拉开，"发"是放箭离弦，"接"是箭矢射中目标，"散"是目标被击穿后的状态，其实连贯起来正好是一个完整的开弓射箭正中目标的动作，而这位少年英雄却在看似一套动作之中实际上完美地完成了四次循环，且方向、目标各不相同，这就不得不令人惊叹他的身手敏捷、箭术精湛，同时也由衷地拜服于曹植运用文字营造画面的高超水准。

紧接着，诗歌的笔锋一转，局势骤然变换，边疆胡族的战马频繁出动，告急的羽书也不断传来，这激发了少年英雄壮志报国的情怀，先是驱马登上高堤、俯察敌情，而后便纵身突入敌阵，与匈奴、鲜卑等胡人骑兵搏杀，纵然锋刃与肉身相接，也毫不畏惧生死，心中也不会顾念父母妻儿，因为家国大义面前容不得半点私情。最后，他喊出那句流传千古的名句："捐躯赴国难，视死忽如归。"这是在个人层面而言，建安诗坛的最强音，它彻底盖过了汉末文人对乱世的恐惧和悲叹，转而以一种极为高昂的英雄主义情怀投身到壮志报国的大业之中，意气风发、骨骼奇高，同时视死如归的信念也使得它在哲学层面上解决了生与死的矛盾，对于人生的本质与意义的探索给出了一个合理的答案。

这首诗无论是立意之高、思想之深、气势之雄，还是结构之工、文思之巧、辞采之妙，在建安时期乃至整个魏晋南北朝文坛上都称得上首屈一指，而此时创作出这般精品之作的曹植还只是一位十五六岁、初出茅庐的少年，曹操对他的另眼相待自然也就顺理成章了。

再来看一首《赠丁仪王粲诗》，同样是军中所作：

> 从军度函谷，驱马过西京。山岑高无极，泾渭扬浊清。
> 壮哉帝王居，佳丽殊百城。员阙出浮云，承露槩泰清。
> 皇佐扬天惠，四海无交兵。权家虽爱胜，全国为令名。
> 君子在末位，不能歌德声。丁生怨在朝，王子欢自营。
> 欢怨非贞则，中和诚可经。

这首诗创作于曹操西征凉州的途中，此时北方已经整体趋于统一、稳定，故而诗歌整体呈现出一片颂声。前八句写从军途中所见，写法上与曹操的《苦寒行》一致，风调却截然不同：大军度过函谷关，来到西京长安，一路高山耸入云霄，清浊分明的泾水与渭水也一齐涌起波涛。同样是山高路远、天长地广的景象，在曹植心中激起的却不是"艰哉何巍巍"的忧愁和悲叹，而是"壮哉帝王居"的欣喜和赞美，父子二人的处境时殊世异，心境自然也就大不相同。他还看见长安的宫室上出现了浮云、白露，这无不是海内清平的象征，于是，紧接着四句便是直接对曹操统一北方功业的赞美。诗歌的最后，回到了赠答的主题上来，王粲是"建安七子"之一，我们上一讲中介绍过，丁仪也是一位文士，与曹植关系格外交好，他们也是此次从军的僚属，应该是相约撰文写诗，以壮三军行色，曹植勉励他们不可过怨、过欢，要秉承着中和的原则来创作，这也是建安文士们探讨文艺的一种体现。

三、诗酒年华

　　与曹丕一样，曹植生活和创作的主要年代也是在曹操统一北方之后，同样作为"邺下文人集团"的核心参与者，他的精力主要放在诗赋的创作上，尤以公宴诗的写作最为见长，以最文学的形式展现了"邺下风流"的真实面貌。

　　公宴，即宫廷、贵族官僚的集体宴会，公宴诗就是描绘这些宴会场面的应景之作。从这个题材限定，不难看出它对于风格的要求是趋于华丽、典雅——华丽是指在遣词造句、记叙描写上要突出宴会的繁盛场面、欢愉气息，这一点上，一般的公宴诗作者都能做到；而典雅则是在立意上更高的追求，不能使之流于一般意义上的纵情享乐、纸醉金迷，而要能够引发一种关于天下大势或宇宙人生问题的思考，这就有一定的难度了，达到这个标准的作品不多。曹操"横槊赋诗"歌《短歌行》，算是对天下大势的感怀，而能在公宴上对于宇宙人生问题有所思考的，其代表莫过于曹植的《名都篇》和《箜篌引》。

　　先来看《名都篇》：

> 名都多妖女，京洛出少年。宝剑直千金，被服丽且鲜。
> 斗鸡东郊道，走马长楸间。驰骋未能半，双兔过我前。
> 揽弓捷鸣镝，长驱上南山。左挽因右发，一纵两禽连。
> 余巧未及展，仰手接飞鸢。观者咸称善，众工归我妍。
> 归来宴平乐，美酒斗十千。脍鲤臇胎鰕，寒鳖炙熊蹯。
> 鸣俦啸匹侣，列坐竟长筵。连翩击鞠壤，巧捷惟万端。
> 白日西南驰，光景不可攀。云散还城邑，清晨复来还。

这首诗的整体特点是灵动欢愉，开篇便塑造了一位翩翩少年公子的形象——他终日有京都妖艳的美女为伴，身穿鲜丽的华服，腰挎千金宝剑。他整天都干些什么呢？在城东郊区的大路上斗鸡，在楸树夹道的长街上跑马，可以说是放浪形骸。紧接着这一处转折极见功力，在跑马之时，突然一对野兔闯入视野，便立刻吸引了少年的关注，他搭箭驱马，直上南山，从而引出了射猎的场景。接下来六句十分精彩："左挽因右发"是典型的互文手法，其妙处与《白马篇》中的"控弦破左的"四句一致，展现了少年身手的矫捷；"一纵两禽连"便是我们常说的一箭双雕，足见其射术精湛；了解射箭的朋友应该知道，一般一箭射出之后为了保证箭矢飞行的稳定，都要将发射姿势保持上几秒，才能开始瞄下一箭，然而这位少年不等姿势完全舒展，就仰身又放一箭，正中天上飞过的大雁，其高妙的武艺与曹植精绝的文字功底都不禁使我们拍案叫绝。当时在场的观看者和随从们也同我们一样，为他投去了由衷的称赞。以上是这位京洛少年白天的生活，接下来十二句便转入了夜生活的描绘：洛阳城东有平乐观，少年射猎归来后便在这里设宴饮酒，一斗万钱的美酒恣意享用，各种山野美味、水中鲜品也供奉不暇，还有满座高朋，谈笑晏晏，纵情游艺，其乐融融。不知不觉之中，太阳就已经完全落山，大家也尽醉而归，约定明日再相与为乐。曹植的诗歌有着极强的画面感，如果他生活在当代，一定可以成为一名杰出的电影导演，他诗中那些场景的切换、镜头的衔接、远近视角的搭配都堪称鬼斧神工，这首《名都篇》与前面所讲的《白马篇》一样，都是十分经典的代表。

想必大家也看出来了，这样奢华放浪的生活，其实就是曹植自身生活状态的艺术再现，当然可能有一定夸张化的加工，但大体应该与实际情况相差不远，若不是亲身体验，他很难将其写得如此活灵活现、精彩绝伦。那么，曹植创作这样一首表现贵族子弟生活的作品，其目的何在呢？是在炫富、拉仇恨吗？显然不是这样，曹植这么写，主要是有三大用意：一来，是出于现实统治和文化宣传需要，为曹操的统治成就歌功颂德。汉末两京都一度沦为废墟，而这般欢乐生活的图景，便是曹操再造稳定统一的有力明证。二来，诗歌其实表现了一种对太平盛世理想的追求。《论语·先进》篇中有"子路、曾晳、冉有、公西华侍坐"一章，讲述的便是孔子与弟子们探讨儒家的最高治世理想，曾晳的回答"暮春者，春服既成，冠者五六人，童子六七人，浴乎沂，风乎舞雩，咏而归"得到了孔子的最终认可，也就是说，在天下大同之后自由地享受生活，这就是儒家最高的理想追求，而这一句中描绘的状态，与《名都篇》在本质上是相通的。三来，诗歌也反映了一种人生思考和态度，那就是享受人生、及时行乐。由于汉末的战乱和动荡，人们普遍生活在对死亡的恐惧之中，生命意识十分脆弱，人们常常为了排遣这样一种忧思，采取及早建功或及时行乐的生活态度，曹植这篇诗作就属于后者。

关于生命问题思考更深入的还有一首《箜篌引》：

置酒高殿上，亲交从我游。中厨办丰膳，烹羊宰肥牛。
秦筝何慷慨，齐瑟和且柔。阳阿奏奇舞，京洛出名讴。
乐饮过三爵，缓带倾庶羞。主称千金寿，宾奉万年酬。
久要不可忘，薄终义所尤。谦谦君子德，磬折欲何求。
惊风飘白日，光景驰西流。盛时不再来，百年忽我遒。
生存华屋处，零落归山丘。先民谁不死，知命复何忧。

诗歌分为上下两部分，前十二句写宴会场面，主要内容与《名都篇》等公宴诗如出一辙，但写法与风格有所改变，运用排比的手法罗列宴会之乐，十分婉转流畅，与宴会活泼欢愉的气氛相呼应，宛如醉中呓语般洒脱自如，一句"主称千金寿，宾奉万年酬"，将主题引入了对生命意义的思考。接下来的十二句便是深刻的哲思：人之处世，不可轻易忘怀旧交，始乱终弃的行为是道义所谴责的，只要保持谦谦君子之德，便可以别无他求——这是由主宾对饮引发出的对君子之道的讨论；而随着日落光影变化，诗人也开始感怀起人生的促迫，百年岁月不过弹指瞬间，这是不可避免的自然规律；面对这样残酷的现实又当如何呢？不要汲汲于追求名利财富，即便活着的时候住在广厦华屋之中，死后依然要长眠荒山之下，自古以来的人们皆是如此，但只要顺应天命，能够抓住当下、享受人生、使有限的生命体现出意义，便也没有什么可担忧的了。这种乐天安命的达观态度，也是建安时期振起的新生命意识和人格精神。

曹植的早期生活，完全可以用"诗酒年华"来加以概括，其中"诗"是载体和成果，"酒"是素材和契机，而深刻的"年"岁体验、美好的青春韶"华"，则是其核心的思想内容，同时那种神思峻拔、文采飞扬的才"华"也是青春乐章中最好的点缀，他的这些作品也代表了文学"自觉"之后在"雅"的道路上能够达到的最高标准。

不过曹植的诗酒年华，在他26岁这年，也就是217年终究随着他人生的重大挫折而告一段落，后面的故事，我们下一讲再说。

第六讲
情兼雅怨
/
——"才高命蹇"的宿命开启者

一、失和的兄弟

作为少年英雄，曹植在他的"诗酒年华"中，在"雅"的道路上取得极高的文学成就，但才高之人未必命达，在他26岁这年，人生之路走到了一个重要的分叉口。217年十月，曹操立曹丕为魏王世子，曹植后来则被封为临淄侯，持续数年的立嗣之争终以曹丕获胜、曹植落败而告终，这一过程中兄弟二人的矛盾与积怨，也为曹植日后的人生悲剧埋下了伏笔。

220年正月，曹操去世，曹丕承袭魏王爵位，同年十月便胁迫汉献帝禅位，成为大魏皇帝，这使得原本地位均等的同母兄弟，转瞬而成了尊卑悬殊的君臣，且不说曹植心中巨大的精神压力和心理落差，单是来自于君长明面上的政治迫害，便已经足以让他挣扎在生死的边缘。著名的《七步诗》便是这一背景下产生的作品：

煮豆持作羹，漉豉以为汁。萁在釜下燃，豆在釜中泣。
本自同根生，相煎何太急？

这首诗无论是背景还是主旨，大家都十分熟悉，想必也不用再作太多介绍了，诗人以豆自比，而将兄长比作豆萁，含而不露地指斥其对自己的迫害，可谓是比兴贴切、不卑不亢。不过关于这首诗的真伪，其实存在着很大争议，因为它不见于正史记载，而是出自《世说新语》这样一部笔记小说，但即便这样一个"七步成诗"的故事有所虚构，它所反映出的兄弟间剑拔弩张的状态是符合历史实际的。另外多说一句，大家可能更熟悉《七步诗》五言四句的版本——"煮豆燃豆萁，豆在釜中泣。本是同根生，相煎何太急。"这个版本出现得很晚，明清时期才见于一些诗歌选本之中，《三国演义》也加以采用，应该是当时的诗选家为了通俗流传而进行的改编，还是五言六句的这首《七步诗》更接近曹植创作的原貌，语言更为古朴，比较符合魏晋诗歌的风格和习惯。

　　无论曹丕与曹植矛盾多么突出、关系多么紧张，二人毕竟是同胞兄弟，且碍于其母亲的干预，曹丕终究没有对曹植施加实质性的戕害，但那些在立嗣之争中追随曹植的僚属就没有这么好运了。为了剪除其党羽，曹丕在即位之后不久，便将丁仪、丁廙兄弟、孔桂、杨俊等与曹植过从甚密的官僚纷纷以各种名义治罪下狱，并最终处死，这使得曹植的内心极为悲愤痛切，却又丝毫没有办法，只得诉诸文字排遣，于是便有了《野田黄雀行》：

　　　　高树多悲风，海水扬其波。利剑不在掌，结友何须多？
　　　　不见篱间雀，见鹞自投罗。罗家得雀喜，少年见雀悲。
　　　　拔剑捎罗网，黄雀得飞飞。飞飞摩苍天，来下谢少年。

　　乍看这首诗，在意境上给人的第一感觉是，仿佛骤然回到了建安前期的诗歌风格中去，尤其"高树多悲风，海水扬其波"一句，这是属于建安风骨的典型意境，萧瑟凄凉、雄浑苍郁，之所以会如此，正是因为深植于曹植内心世界的属于建安文学苍凉悲壮的基因，随着环境的改变再一次被激发了出来。对他而言，这严酷的政治迫害，对亲情、友情和生命的无情践踏，与汉末纷乱中的人伦惨剧又有怎样的区别呢？而紧接着，"利剑不在掌，结友何须多"一句，又恰是对自己在权利斗争中失势，致使友朋罹遭残害的现实的直接表达。这种依托时事、直抒胸臆的手法体现了对"质"的追求，而接下来八句以少年与网中黄雀的故事隐喻残酷的政治环境，则反映了"文"的成就。少年一贯是曹植自身形象的缩影，篱间之雀则象征着那些势单力孤、无依无着的旧友们，凶猛的鹞自然是以曹丕为代表的当权势力，网罗意味的是暗无天日、永不能出头的现实处境，这是一套完整的比兴体系，通过少年破网救出失落的黄雀，抒发了自己打破命运牢笼的夙愿，但这份美好只能停留在文学想象之中，流露出的却是无尽的悲悯与无奈。这首《野田黄雀行》无论从精神内涵还是艺术手法上，都直承楚辞，这便是曹植诗歌"情兼雅怨"中"怨"的一面的完美展现。

事实上，曹植的遭遇并不仅仅是他个人的悲剧，也绝不只是单纯因为立嗣之争与曹丕结下的矛盾，因为打压宗室兄弟是曹丕即位之后为了巩固中央集权而选择的政治方略，不仅是曹植，他的所有兄弟都无一例外受到了压制和排挤。曹丕将曹操诸子迁出都城，按照爵位分封到了全国各地，名曰镇守，实为软禁，诸王手中不但没有实权，还必须断绝与内外诸臣的往来，兄弟之间也不得互通书信，只有在固定的时间才可以回到都城相会。除此之外，曹丕又派官吏严密监督其言行，随时向中央回报，曹氏诸王的生活可谓度日如年。

曹植于221年被封为安乡侯，后又改封为鄄城侯，前往山东安置，次年晋爵为王，仍处鄄城。223年五月，曹魏诸王赴洛阳朝会，其间曹丕、曹植的同母兄弟任城王曹彰突然去世，其原由不得而知，料理完丧事之后，诸王仍被遣回封地，曹植与白马王曹彪欲同路往东，却被朝廷严令阻拦，不得在路途中有所交往，故而只得在洛阳城边依依惜别。曹植感于兄弟间的猜忌与分离，创作了组诗《赠白马王彪》，他在序中称自己"愤而成篇"，足见其对于严酷政令的不满，和对政治迫害的痛恨。

组诗一共七首，也有人说这只是一首长诗，分了七章，无论哪种说法成立，都使得其在诗歌史上具有特别的意义：

如果认可这是组诗，那么它就是中国古代最早的五言联章组诗。因为前后七首诗作之间以相当明确的情感线索串联，集中展现了兄弟分别之际悲苦、惆怅的心境和对所处政治环境的绝望，而每一首诗本身又是完整的作品，有其相对独立的表现重点，比如其一主要交代入京朝拜到兄弟分离的整体背景，其五引发对于天命与人生问题的深刻思考，其七借求仙排遣心情等，这在艺术上对于唐代王昌龄的《从军行七首》、杜甫《秋兴八首》等作品都有重大的借鉴意义。

倘若不认为它是组诗，而将其看作一首长诗，那么它也是中国文人诗中最早突破单一主题叙事的作品。什么是"单一主题叙事"呢？我们前面讲到的《观沧海》《燕歌行》《白马篇》《名都篇》这些都是单一主题叙事，全篇集中表现一个主体、一种思想或一类情感，而《赠白马王彪》则不然，诗歌里面的主题很复杂，叙事头绪也很丰富，诗歌内部有着多个意义单元和清晰的层次划分，而这在五言诗刚刚发展成熟的建安时期是没有第二个人能够做到的，真正普遍流行开来那就是晋代以后的事了。所以，无论作为联章组诗，还是单篇多层的长诗，《赠白马王彪》都是不可忽略的重要作品。

因为整体篇幅过长，我们只能选取其中两章加以细读，先来看第三章：

玄黄犹能进，我思郁以纡。郁纡将何念？亲爱在离居。
本图相与偕，中更不克俱。鸱枭鸣衡扼，豺狼当路衢。

苍蝇间白黑，谗巧令亲疏。欲还绝无蹊，揽辔止踟蹰。

这一章痛斥当权者对兄弟之情的压抑：身下的坐骑是患病的瘦马，它驮着的也是忧思郁结的离人，心中郁结不满的究竟是什么呢？就是挚爱的兄弟本想同道，却受到了严厉的阻挠，分离只在须臾。诗人连用三重比喻来咒骂作梗之人——横在车前的恶鸟、挡在路中的豺狼，以及颠倒黑白、离间骨肉的苍蝇，看似骂的是主事官员，实则很难说不是对他那位无情无义的皇帝兄长颇有一番微辞！一边歌颂兄弟情，一边责骂权力对亲情的疏隔，一正一反之间，用意也就十分明朗了。再来看第六章：

心悲动我神，弃置莫复陈。丈夫志四海，万里犹比邻。
恩爱苟不亏，在远分日亲。何必同衾帱，然后展殷勤。
忧思成疾疢，无乃儿女仁。仓卒骨肉情，能不怀苦辛？

这一章中，诗人的情感有几次繁复与转折：开篇是悲，既是因为骨肉分离的眼前之悲，更是兄弟反目的深层悲痛；但很快，这种悲痛被消解了，"丈夫志四海，万里犹比邻"这一句诗在五百年后被一位叫王勃的年轻诗人化用为"海内存知己，天涯若比邻"，表达的都是一个意思，只要心中存有爱，何必天天在一块！情绪看似实现了反转，然而终极问题还是扑面而来：这份兄弟之爱还有吗？尚残存几分呢？恐怕谁也不敢给出自信的回答，那么"万里犹比邻"自然也就成了一句空话。

看得出来，兄弟的失和、反目，以及由此引发的一系列政治迫害，是曹植后期人生苦难的重要渊源，也是其文学世界中重要的表现题材。

二、蛰居生活

曹植的后期生活基本都是在封地度过的，由于曹丕的冷落和压制，他早年那飞扬的英雄气概和烂漫的诗酒年华被残酷、无聊的现实消磨殆尽，一方面由于满腹才华无处施展，被压抑的情感和人生感悟需要排遣和发泄，另一方面也由于有大量闲散的时间和精力，曹植的文学钻研和创作进入了全面爆发的时期，他也脱离了早年中对于"雅"的追求，向"怨"的道路上走出了一片广阔的天地。代表性的作品如《浮萍篇》《呼嗟篇》以及《洛神赋》等。

我们先来看《洛神赋》，这是大家熟悉的传世名作，根据自序可知，这篇赋作于222年曹植入京朝拜回程的途中，渡过洛水时，曹植对洛水宓妃的传闻和楚王神女的典故有所感怀，故而写就。

《洛神赋》的篇幅很长，没有办法逐字逐句品鉴，在此集中给大家介绍一下这篇作品的整体特点和文学史价值。首先从分类上来说，这是一篇特殊的赋。我们说赋体一般分为大赋和抒情小赋两大类，前者汪洋恣肆、铺张扬厉、气势磅礴，主要是为了给君王歌功颂德、润色鸿业，比如司马相如的《子虚赋》《上林赋》、班固的《两都赋》等；后者则含蓄内敛、清新淡薄、真切感人，更侧重于个人情志的抒发，比如张衡的《归田赋》、王粲的《登楼赋》等。然而曹植的这首《洛神赋》打破了二者之间的界限，从表现风格上，他采取了大赋式的华彩丽藻之风，风格高迈、意境壮大，尤其对自己与洛神相交的想象，极为奇幻瑰丽、锦绣堆叠，而在情感取向上，他仍然是走抒情小赋的道路，对于个人情感思想表现得细腻真切，这也为魏晋南北朝以后赋的创作全面走向典丽化、骈偶化、抒情化确立了方向。

其次再来说说它的主旨，这也是一个值得大家关注的问题。很多好事者喜欢八卦、也喜欢听信谣传，说这是曹植为了感念自己的嫂嫂甄氏而作的，赋中的洛水宓妃就是甄氏的化身，《三国杀》对于这个传说贡献尤大。当然，作为游戏，进行适当的艺术加工，无可厚非，不过我们进行学术讨论，就必须要正本清源，且不说曹植对甄氏到底有没有觊觎之心，在遭遇政治迫害的严酷环境中，他又怎么可能明目张胆地写下自己与皇帝的后妃暧昧不清的作品呢？而且序文中明确说了"感宋玉对楚王神女之事，遂作斯赋"，宋玉与楚王巫山神女的故事想必大家不陌生，他让曹植感触的是什么呢？主要还是宋玉能够以文辞劝诫、感化楚王，将文学功力转化为政治成果，这是曹植现实生活中迫切需要的，也是才高失意的他由衷羡慕而不得的，这种政治失意的感化才是整篇作品的核心主旨，而洛水宓妃正是他心目中政治理想与明君的化身，强要说这是"感甄而作"非但显不出情根之深种，反而使格局显得过于局促了。

《浮萍篇》是一首兴寄绝佳的作品：

> 浮萍寄清水，随风东西流。结发辞严亲，来为君子仇。
> 恪勤在朝夕，无端获罪尤。在昔蒙恩惠，和乐如瑟琴。
> 何意今摧颓，旷若商与参。茱萸自有芳，不若桂与兰。
> 新人虽可爱，无若故所欢。行云有返期，君恩傥中还。
> 慊慊仰天叹，愁心将何愬。日月不恒处，人生忽若寓。
> 悲风来入怀，泪下如垂露。发箧造裳衣，裁缝纨与素。

曹植在诗中把自己比作随波逐流、随风飘荡的浮萍，十分切合他孤独无依、言微力屈的处境。他朝夕勤勉，却无端被猜忌获罪；他昔日与兄弟琴瑟和谐，如今却旷若参商，隔绝良久；他品性如兰桂般清高纯洁，却不及那些茱萸有着迷人的芳香——这些精巧的比喻既是缘情写物，也是无人理会的自伤自怜。人生本就日月催逼，短暂易逝，可偏偏还要与忧伤相伴，不知是该留恋有限的生命，还是盼着这痛苦的岁月早些走远，这种矛盾的心态在诗中表露无遗，也反映了曹植后期生活的主要精神状态。

《吁嗟篇》与《浮萍篇》主旨相似，诗人自比浮萍，表现晚年生活的漂泊不定、孤独无依，同时还有一种"愿为中林草，秋随野火燔"的反抗与牺牲精神，是"建安风骨"的响亮回声。

三、萧瑟晚景

226年，曹丕病逝，被压抑了六年的曹植本以为终于熬出了头，满怀期待地给继位新君曹睿上了一封《求自试表》表明自己想要发挥余热，"效之齐、楚之路，以逞千里之任；试之狡兔之捷，以验搏噬之用"，努力忠心辅佐这位侄儿。然而表文递上去许久，也不见曹睿有所回应，这才反应过来，原来兄长临终之前早已把他的出路也安排得妥妥当当了，自己这一生恐怕终究也没有出头之日。于是便有了晚年的名作《怨歌行》与《美女篇》。

《怨歌行》借周公辅佐成王的典故申述自己的赤诚忠心：

> 为君既不易，为臣良独难。忠信事不显，乃有见疑患。
> 周公佐成王，金縢功不刊。推心辅王室，二叔反流言。
> 待罪居东国，泣涕常流连。皇灵大动变，震雷风且寒。
> 拔树偃秋稼，天威不可干。素服开金縢，感悟求其端。
> 公旦事既显，成王乃哀叹。吾欲竟此曲，此曲悲且长。
> 今日乐相乐，别后莫相忘。

周公是成王的叔叔，在武王去世之后，辅佐成王讨平叛乱，又制礼作乐，奠定了周朝八百年的旷世基业，曹植也是曹睿的叔叔，援引周公故事的目的就在于表明自己也有辅佐少主，稳固朝政的雄心和雄才。而周公当政之时，颇受管叔、蔡叔等人构陷、离间，故而写下《金縢》表明心迹，最终打动成王，曹植此篇《怨歌行》也颇有同调之感，可惜的是，曹睿终究没有被他感化，曹植自己终也做不成曹魏的周公。

《美女篇》则是曹植晚年最出色的作品：

> 美女妖且闲，采桑歧路间。柔条纷冉冉，叶落何翩翩。
> 攘袖见素手，皓腕约金环。头上金爵钗，腰佩翠琅玕。
> 明珠交玉体，珊瑚间木难。罗衣何飘飘，轻裾随风还。
> 顾盼遗光彩，长啸气若兰。行徒用息驾，休者以忘餐。
> 借问女安居，乃在城南端。青楼临大路，高门结重关。
> 容华耀朝日，谁不希令颜？媒氏何所营？玉帛不时安。
> 佳人慕高义，求贤良独难。众人徒嗷嗷，安知彼所观？
> 盛年处房室，中夜起长叹。

诗人以美女自比，意在表现自己心怀高洁的情操和出色的才华，开篇即以二十句的篇幅夸耀其少年采桑的娇美姿态，以及引得众人追捧的境遇，谁都看得出来，这是对曹植自己少年时代诗酒风流的美好追忆；而末尾八句则慨叹美女"盛年处房室"，孤单清冷、无人赏识，纵然有无限风情，也只能托付给老去的年华和寂寂长夜悲风。这首《美女篇》堪称曹植一生处境起伏的真实写照。

232年，在经过了父子两代皇帝长达12年的冷落、排斥、压抑之后，再也看不到人生希望的曹植终于放下了最后一丝坚守，带着那颗不老的少年雄心和对诗酒风流、青春年华的无限追忆，孤独地撒手人寰，享年

41岁。临终那年他刚刚被封为陈王，去世后朝廷给了他"思"的谥号，大概是取谥法中的"追悔前愆"之意，因而后世也就常以"陈思王"称之。

四、"建安风骨"的内涵

随着曹植的去世，被称为中国文学史上第一个"黄金时代"的建安时期也落下了帷幕，建安时期是文学"自觉"的关键时期，"三曹"与"七子"不但引领了文学的"自觉"之路，留下了大量经典的诗文作品，还树立了一个文学典范，即后世所称道的"建安风骨"，那么在最后，我们也要回过头来梳理一下，到底什么是"建安风骨"。

简单地说，"建安风骨"有四个层面的内涵：第一，是强烈的现实关怀，这是"建安风骨"的现实基础。文学的素材来源于现实，创作目的也要归于现实，而不作无病呻吟的文字。第二，是慷慨刚健的思想和人格精神，这是"建安风骨"的核心。诗人的人品与文风往往存在着一定的关联，或于悲凉绝望之中奋起抗争，或为太平理想努力拼搏，这是建安文人普遍的人格追求，也是其诗文的主要风貌。第三，是多样化的文学风格，这是"建安风骨"的艺术成就。无论"古直悲凉"，还是"便娟婉约"，抑或"体被文质，情兼雅怨"，都是建安文学中多彩的艺术瑰宝。第四，是对"兴寄"的追求，这是"建安风骨"最深远的影响。建安诗人塑造了"高树悲风"的典型意象，并为其赋予了丰富的人文内涵，明确地为后世确立了追求"兴寄"这一兼具思想性与艺术性的创作方针，对后世的每一次文学复古与变革都产生了直接的影响。

总体说来，建安诗文确立起了一个思想与艺术、内容与形式、精神与辞藻、情感与声律都完美契合的艺术典范，成为后来者永远绕不开的文学高峰，而这一高峰直到盛唐才被真正超越。

第七讲
正始之音

——这是"最坏"的时代

一、"高墙之下"

232年，以曹植的去世为标志，文质彬彬的"建安风骨"消歇了最后一声余响，取而代之的是情思幽深、兴寄玄远的"正始之音"。

"正始"是曹魏第四代君主曹芳的年号，也是曹魏后期这一历史阶段总的代称。239年，年仅36岁的魏明帝曹睿崩逝，由于曹睿无子，便将其叔伯兄弟任城王曹楷家的儿子曹芳收为养子，并令其继承皇位，又命曹爽、司马懿二人同为顾命大臣，共同辅政。曹芳并非曹丕、曹睿的子孙，在血统上本就颇受质疑，加之即位时年仅8岁，更是难以树立威权，自此，曹魏的皇权事实上已经旁落，大权很快便掌握在了背景深厚的两位顾命大臣手中。

皇权瓦解、二顾命争权这一新的格局，同时带来了朝野上下政治势力的重新划分，按照不同的身份背景与政治立场，大体可以将他们分为三个集团：第一是忠心于魏室的中下层寒士和旧士族。中下层寒士在曹操统治下的建安时期重获了前景与希望，他们不希望得来不易的前途被政权更迭所断送，旧士族则在曹丕的皇权统治下和谐共存、宠遇优渥，他们同样不希望有一个强权世家来打破这种平衡，从而侵害他们的既得利益，前者的代表人物是阮籍，后者的代表人物是嵇康。第二个集团便是依附于曹爽的"浮华之士"们。他们同样是旧士族，但虚浮轻薄的性格与曹魏政权"质朴尚实"的主张相抵牾，故而常年被排斥、打压，随着同样骄奢虚华的曹爽掌权而得以重登朝堂，代表人物有何晏、丁谧、夏侯玄等人。第三个集团则是依附于司马氏的新兴士族们，这是曹魏政坛的后起之秀。为了扩大自身的利益，他们投效大士族司马氏，并寄希望于在司马家族一家独大之后，取代现有的旧士族们，成为政坛上新的利益主宰者，为了夺权，他们与曹爽为首的第二集团针锋相对，而为了利益，他们与第一集团同样互相攻讦，这一集团的代表人物如贾充、钟会等。

正始的前十年，曹爽当道，第二集团的势力也就迅速膨胀，朝野内外大兴浮华之风，任诞虚夸、竞进逐利的风气甚嚣尘上，同时造就了一批人格卑弱、品行低劣、有才无德之士，第一集团的旧士族们虽对此极为鄙夷，却也都慑于曹爽的强权而敢怒不敢言，司马氏家族则更是受到了全方位的打压。249年正月，风云突变，趁曹爽携天子拜谒高平陵之际，司马懿突然于都城之中发难，迅速控制了皇宫与禁军，并革除了曹爽兵权，曹爽不得已投降，数日之后被夷灭三族，何晏、丁谧等人也被一并诛杀，第二集团遭遇了釜底抽薪，曹魏政权被司马懿牢牢控制，这就是著名的"高平陵之变"，这一事变标志着曹魏政权的核心完全实现了由曹氏向司马氏的转移。随之，第三集团的势力也就迅速壮大起来，同时，一些原本在曹爽统治下发迹的以竞进逐利为务的士人也见风转舵，依附到司马氏门下，虽然曹爽主政的这段时间不长，但对于政坛与士林风气的败坏却是持久性的。

司马氏虽是当时中原最大的士族之一，却也难以只手遮天地彻底扭转国祚，于是在掌权之后，为了满足培植自身势力和打击其他旧士族这两大需求，最简单而明了的手段就是大力吸纳那批在曹爽治下成长起来的后进士人，并利用权力将他们扶植为新兴士族，与自身绑定成为利益与共的领导集团，实现逐步取代原有旧士族的目的。而在这一过程中，无论是上行的司马氏，还是下效的新兴士族们，都将权谋、算计、构陷、诡诈的看家本领发挥到了极致。他们一方面擅行废立，两度杀害曹魏天子，对于不顺从的朝野势力更是罗织罪名，以强力加以屠戮，大肆残害名士、族诛名门，"夷三族"的记载在这一段时期的史书中不绝于耳，同时，他们又标榜"名教"思想，要求对司马氏的统治在思想、言语与行动上都绝对地拥护和服从，标榜以他们为标准的忠孝仁义。在这样言行相悖、表里不一的统治背景下，儒家正统思想中的伦理纲常、天道人心等内涵统统都被披上了虚假的外衣，成了其奉行黑暗统治的理论工具。

生活在正始时代的文人们，无疑被一座密不透风的高墙所包围着，身处其中的他们，全然看不到外界的光明与希望。高墙之下，有人奋起反抗，迎来的是千钧之力的骤然倾轧，换来的是粉身碎骨、灰飞烟灭；有人选择敬而远之，表面上视若无睹，这造就了竹林名士们逍遥避世的诗酒风流，但他们心中更多的其实是悲苦与无奈；然而更可怕的是，有时即便想要独善其身，却也难以周全，这面高墙会主动地步步紧逼而来，倘若如此，墙内的人所能选择的道路，也不过是努力让自己体面地从这世界上离开。毫无疑问，与自由奔放、慷慨高昂的建安文坛相比，相去不过数十年，正始时期，是一个"最坏"的时代。

二、"玄学"之变

正始时期能够独立作为一个文学阶段，除了其极端黑暗的时代背景和社会风气，还有一个突出的特点，那就是玄学的发生、发展和流行，这是一件在中国哲学史上具有重大意义的事，也是一次中国思想融合发展的巨大风潮，其中关于"崇有"与"贵无"，"名教"与"自然"关系的探讨对后世的哲学、文学乃至政治都产生了深远的影响。玄学的问题很复杂也很深奥，感兴趣的朋友可以通过相关的哲学论著去进一步了解，我们这里只探讨其与文学关系比较密切的部分，也就是"名教"与"自然"的问题。

玄学思想萌生于东汉中后期，世代以经学为务的世家大族们，由于在政治上接连受到汉末外戚集团、宦官集团的迫害以及建安时期曹操主导的寒士集团的压制，心中对儒家忠孝仁义思想的信仰出现了动摇乃至崩塌，于是转而追求安生、避世，推崇自然、无为，远离政治，而去张扬个性、探寻世界本源性的问题。但随着世家大族在正始时期激烈的政治斗争中最终胜出，这股方兴未艾、意兴正浓的崇尚自由之风，又面临着与统治秩序重建的迫切矛盾——儒家经义、纲常道统，这是士族统治的思想基础，不能丢；率性自然、逍遥无为，这是士大夫们近百年来业已习惯的生活方式，改不了。那么到底该何去何从呢？曹爽治下的"浮华之士"们给出了他们的解决方案，即"名教出于自然"——所谓"名教"就是我们如今理解的封建礼教，何晏、夏侯玄这些人主张说，士人追求个性、自然都可以，但是国家的尊卑秩序也是自然的一部分，也要遵守，这就既满足了他们身为当权者对于尊卑秩序的维护，又不影响其追求安逸享乐的奢靡生活，其实是一套很"双标"的理论。

曹爽倒台之后，提出这一套理论的何晏、夏侯玄等人也相继被诛杀，但因为理论本身符合了当权阶级的需要，"名教出于自然"的思想也就成为统治者的标榜，司马氏及其追随者更是将这套理论"双标"的精髓发挥得淋漓尽致——对于自己和追随他们的人，就鼓吹"自然"，上到弑君篡政、动摇国本，下到横征暴敛、奢靡荒淫，都肆意而为，无拘无束；而对于那些与他们政见不合、利益冲突的人们，则搬出了"名教"那一套，指斥其不忠不孝，以道统之名予以"合理合法"的剿灭。

也正是这样的背景，激发了一批名士对于虚伪"名教"的由衷反感，他们厌恶司马氏及其追随者的所作所为，主张将"名教"与"自然"分离，提出了"越名教而任自然"的理论，这在本质上是对真、善、美的追求。同时，为了避免儒学彻底沦为司马氏实行高压统治和篡权阴谋的工具，更是大胆地提出"非汤武而薄周孔"的论调，从理论基础上否定虚伪"名教"的意义，是一次儒学自我救赎的"破釜沉舟"。同时在行动上，他们任性放诞、离经叛道，做出了诸多违背礼法、不合道统乃至有失纲常的荒唐事，他们终日里聚集在山林之间，饮酒、清谈、长歌、赋诗，留下了诸多风流佳话，虽然所谈的大多不涉及政治，但不谈论本身就是一种政治态度，他们正是以此实际行动来彰明自己不合作、不流俗的立场，与司马氏政权进行切割。这些人包括阮籍、嵇康、山涛、向秀、王戎、阮咸、刘伶，后世赋予了他们一个浪漫而逍遥的名号——竹林七贤，其实这份令人羡慕的"魏晋风流"背后有着诸多的不情愿、不得已和不自安。

竹林七贤作为一个士人团体，其政治史和思想史意义远大于文学史意义，央视《国家宝藏》栏目有一期关于"竹林七贤与荣启期砖画"的前世故事很有意思，推荐大家找来一看，他们中真正具有较高的文学成就的有两位，那就是嵇康和阮籍。

三、最后的"贵族风流"

嵇康出身世家，其父嵇昭官至治书侍御史，相当于最高级别的检察官，其兄嵇喜官至"九卿"之一的宗正，主管皇家宗族事务，嵇康自己也娶了曹操的重孙女长乐亭主为妻，可以见出其家门是比较光耀的，从身份和立场上来说，他是我们前面介绍的三大集团中的第一类——忠心于魏室的旧士族的典型代表。

高贵的出身和优裕的家庭环境使得嵇康少年时便博览群书，结交名流，其早期文学创作中也流露出悠游从容的贵族风貌，最具代表性的作品便是《赠秀才入军》。题目中的秀才指的就是嵇康的哥哥嵇喜，他以秀才身份出仕，后又参军寻求功名，这组诗就是嵇康在此时写下的。组诗一共19首，除其一外，均为四言诗。也有一些版本在收录时将其一单列出来为一个独立的题目，我认为是不恰当的，因为这首诗以游仙为主题，道出了现实生活中的苦恼，以及对永恒自由状态的追求，尤其"逍遥游太清，携手长相随"两句，实际上是整组诗的总纲，其下的十八首诗其实都是对"逍遥相随"四字理想的具体阐发。

组诗中写的最好的两首是其九和其十四，我们先来看前者：

良马既闲，丽服有晖。左揽繁弱，右接忘归。
风驰电逝，蹑景追飞。凌厉中原，顾盼生姿。

诗歌由一静一动两幅画面组成，静态的画面是碧水澄天的南山之下，一匹闲适的骏马正信步啃食着丰茂的水草，在它的身边不远处，有一位身着华服的儒雅名士，悠然自得地傲立于苍茫天地之间，一派岁月静好；很快，画面转入动态，这位看似文弱的君子左揽右接，弯弓搭箭，原本闲庭信步的马儿瞬间化身为风驰电掣的战骑，载着他追逐着阳光飞奔，他的眼中满是虎视中原的锐气，而顾盼之间也流露着难以掩藏的英姿。相比于《白马篇》中意气勃发的少年英雄，这首诗中刻画的是一个刚柔并济的儒将形象，他在闲适悠然与凌厉生姿两种状态之间转换得极为自然，反映了其人格精神中二元内涵的统一性，这是一种雕刻进灵魂中的贵族气质，在我们传统文化语境中，称之为"士"的精神,这也体现了嵇康将"建安风骨"与贵族风流相结合而创造出的新境界。

再来看其十四:

> 息徒兰圃,秣马华山。流磻平皋,垂纶长川。
> 目送归鸿,手挥五弦。俯仰自得,游心太玄。
> 嘉彼钓叟,得鱼忘筌。郢人逝矣,谁与尽言。

这一首对军中生活的描绘更为细致:军队在长满兰草的田圃中修整,战马放归于华山脚下,军士们在河畔原野上拉着弹弓击打飞鸟,又拉起钓钩在长河中垂钓,时而举目远眺天边的鸿雁归巢,时而还挥动着五弦琴,随着音律的起伏而俯仰自得,心志长游九天之外。单看这几句诗而不考虑题目的话,谁能看出这是对军旅生活的描绘?然而这正是嵇康所畅想的,具有"士"的精神的儒将所该有的风范。诗歌最后四句,诗人引用了《庄子》中的典故,道出了诗歌也是生活的真谛,在于与志趣相投的人一同追求人生的自在欢愉,而不必在意过程与形式。

《赠秀才入军》诗,无论从内容还是风格上都恰到好处地反映了嵇康的贵族气度与自然追求,这是融进他思想中的高贵气节与浪漫精神。同时,还要特别说明的是,这组诗是四言诗在中国诗歌史上的绝唱,嵇康将四言诗那种沉稳厚重的节奏感转换为语重心长的娓娓道来,激发出了这一近乎僵化的诗歌体裁最后的一丝活力,此后,中国文坛的优秀作品中便再也不见了四言诗的踪影。

嵇康的一生都保持着悠游自然的贵族气质与生活态度,这与司马氏政权宣扬"名教出于自然"的理念自然是格格不入的,其与曹魏宗室的关系更使其难以为新政治势力所容,因而嵇康在生命的后期,颇受到司马氏及其党羽的打压和迫害,他对此虽感到痛心、无奈甚至绝望,却也从未丧失贵族风范。他晚年在司马氏的残害下，写下了一首《幽愤诗》，诗中说道：

> 庶勖将来，无馨无臭。采薇山阿，散发岩岫。永啸长吟，颐性养寿。

诗歌表达的仍是对美好生活理想的憧憬和向往，且形式和风格依然是他所习惯的平和稳重、娓娓道来，而不作激愤、张扬的倾吐和宣泄，这是属于那个时代最后的"贵族风流"。

263年，嵇康因为吕安事件受钟会诬告，最终被司马昭下令杀害，临刑前，他镇定自若，奏罢一曲《广陵散》，慷慨赴死，以最体面的方式结束了从容大度的一生。

四、"穷途"的人不只会哭

与嵇康齐名的阮籍其实要年长他十几岁，阮籍的父亲是"建安七子"中的阮瑀，长于作文，所以说阮籍的文学才能也是有家学渊源的。当然，说到"建安七子"，大家应该能回忆起来，他们的出身都是中下层寒士，所以说阮籍也是带着中下层寒士基因的，这一点上，他与嵇康就大不相同，不过他们忠诚于曹魏政权、反对司马氏夺权的立场却是一致的，这也是后世常将二者并列的重要原因。

寒士集团在曹操治下的建安时期迎来了最佳的成长环境，而随着司马氏及其党羽对于权势的日益侵夺，使其原本良好的生存境遇急转直下，这也是阮籍人生痛苦的主要来源，他不能像嵇康一样坚守所谓的"贵族气质"，因为他本身就没有，所以面对日趋黑暗的环境和局势，他更显得无可奈何、无所适从、无路可走，他著名的"穷途之哭"正是对这一处境的形象反映。

当然，阮籍作为一名杰出的文学家，在现实生活中无路可走的时候，他至少还有一个可以倾吐愁绪的渠道，那就是文学的世界，他绝望之中的奋起呼号，也助他成功超越了时代的限制，而达到了当权的世家大族们世代都难以企及的精神高度，其巅峰成就是组诗《咏怀八十二首》。

《咏怀八十二首》的成就之高，主要体现在三个方面：第一是开创了"咏怀"模式，实现了诗歌形式上的内转。在此之前，诗歌的主要形式只有两种：一是乐府，二是赠诗。从目的上来说，前者是给乐工唱的，后者是送给别人的，虽然内容中不乏个人情志的倾吐，但都属于"借鸡生蛋"，而自《咏怀》组诗开始，诗歌多了一个新的倾诉对象，那就是自己，哪怕无人解语、无人赏识，只要写出来就能抒发自己的怀抱，这就扩大了诗歌的功用和价值。

第二是艺术手法上对于"比兴寄托"的发展完善。由于黑暗的政治环境，出于全身避祸的考虑，诗人倾吐自身怀抱，往往不能够直陈时事、直抒胸臆，但又必须将郁结之气抒发出来，于是就不得不使用比兴寄托的手法，借事物、典故、历史等素材影射现实，比如我们熟知的这首诗作：

夜中不能寐，起坐弹鸣琴。薄帷鉴明月，清风吹我襟。
孤鸿号外野，翔鸟鸣北林。徘徊将何见？忧思独伤心。

诗歌首尾四句实写其长夜难眠、孤独忧思的心境，中间四句营造出的黑夜景象，则正是对黑暗时局的隐喻，而"明月""清风"正是诗人内心渴求的光明、正义、自由的缩影，野外呼号无所回应的"孤鸿"、无论如何奋飞也逃不出深林的"翔鸟"则是包括自己在内的这"高墙之下"深受迫害、出路无着的人们。这种虚实相映，情景交融的比兴寄托是对《楚辞》以来"怨"的诗歌精神的再度发扬，对后世产生了深远的影响。

第三则是给后世的诗歌复古奠定了标准、提供了典范。诗学复古的具体问题我们以后再说，但大家记住，他的核心是对诗歌真情实感的发掘和回归，而《咏怀八十二首》正是这样的典范，于是我们在后世看到了庾信的《拟咏怀二十七首》、陈子昂的《感遇三十八首》、李白的《古风五十九首》，作为他们各自复古诗学的扛鼎之作，无一不是由阮籍的《咏怀八十二首》启发而来。

263年，阮籍与嵇康同年逝世，这年还发生了一件大事，司马昭被封为晋公，加九锡，完成了转移国祚进程中极为重要的一步，两年后，晋受魏禅，改朝换代，随着这一历史进程的最终完成，以及一批批名士的陨落，本就死水微澜的反抗声浪终于趋近消歇，短暂的正始之音也就在历史舞台上告一段落。正始文坛在诗文成就上，远远不及建安文坛，但其"旨意遥深，兴寄玄远"的基本特点却也形成了一大文学风尚，是文学发展进程中重要的一环。

正始时期之后，历史迎来了司马氏治下的西晋，这是一个完完全全的士族政权，也促成了一段短暂的全国性的统一，这样独特的时代又会造就怎样的文学形态呢？我们后面再讲。

第八讲

太康文华

——走向经典与繁缛

一、统一的士族政权

265年，司马炎胁迫曹魏末代君主曹奂禅位，建立西晋王朝，身为第一大士族的司马氏同时掌握了国家最高政权，由此，士族所代表的文学话语权与皇权实现了一次整合，而这一变化对于文学形态与发展的影响是显著的。

在秦以后、西晋之前，士族与皇权只有两种对应关系——一是士族受制于皇权，这是大多数时期内的主流格局；二是士族对抗皇权，多出现在乱世皇权衰微之时，汉末、魏末皆是如此。与之相应的，文学话语权或在服务于皇权统治的同时表达着被压抑、被制约的情感，或干脆抛开皇权，纯任个性与自然，追求人格精神的独立，前者的文学风格我们一般称之为"怨"，后者则更接近于"隐"。

而西晋时期，士族文学话语权与皇权的整合，使得原本介于二者之间的矛盾对立不复存在，从而也就造就了一种新的文学形态——"雅"。当然，说它新，其实也是不准确的，因为放在宏观的文学史中来看，它反而是最早的文学形态，《诗经》中就有"雅"，且它本身就比"风"和"颂"诞生得更早，而西晋之"雅"与《诗经》之"雅"，至少在出发点和价值观上都是一致的，所不同的只是成就高低悬殊罢了。事实上，西晋时期的政治格局与《诗经》所处的时代背景也极为相似，都是贵族政治、士族文化鼎盛的年代，故而有着相同的文化追求、文学形态，也就可想而知了。不过大家要注意，《诗经》时代是"文学无意识"的时代，这就注定了当时对于"雅"的追求天生带有自然的属性，是尊重个性、尊重人情的；而文学"自觉"以后的西晋则大不相同，此时当"雅"的大旗再度被高举，所谓的自由、情性也都同时被放置在了对立面上，从而使得个人化的情感表达被压制、隐去，这也是西晋文学之"雅"与《诗经》之"雅"在艺术成就上悬殊的重要原因。西晋文坛没能产生个性鲜明、成就极高、对后世影响巨大的文人，甚至很多文人个性卑微软弱、缺乏独立的人格精神，这也是西晋士族文学话语权与皇权整合背景下，文学趋于"雅"化的副产品。

　　西晋文学"雅"化的大方向已然确定——何谓"雅"？就是"正"；什么又叫"正"呢？就是尊皇权、崇儒学、立名教、崇经典，这是这一时期文学所要表现的主旨与思想，也是文学素材的主要来源。这些内容多了，关于社会现实、生命感悟、日常生活中喜怒哀乐的内容，自然也就渐渐地淡出文学视野。在文学的"文"与"质"之间，"质"的一端出现了缺失，那么"文"的一端就必须补上，这样才能维持文学发展的基本需求。于是，西晋文学的另一个发展方向也就呼之欲出了，那就是繁缛——采饰富丽，文辞华美，描写繁复，讲求形式，这既满足了文学发展的现实需要，也与儒家名教中的所追求的繁文缛节不谋而合。

　　雅化与繁缛构成了西晋文学最为显著的特点，但事实上，这两大特点也是经过一定的发展历程才最终确立的，在这一进程中，西晋的文学并不是一无可观之处，有不少杰出的文人仍然创作出了一些有价值的诗文作品，我们要对他们予以客观的审视和评价。

二、"情""理"之中

西晋早期的代表诗人是傅玄,从身份上来讲,他的出身更接近于中下层寒士。其祖傅燮在汉末为平定凉州叛乱而死,封为侯爵,其父傅干依附曹操,后来也官至扶风太守,家门还算显赫,可惜傅玄早孤,幼年生活相对贫寒,勤奋刻苦的他在亲友的照料下得以读书识字,博览群书,还精通音律,这为他的文学创作奠定了良好的基础。

傅玄在性格上有一个突出的特点,那就是刚直不阿,这可能也是受其父祖的影响。入仕之后,傅玄主要担任谏议之职,发挥了自己学识与性格上的特长,不断针对社会现实问题为西晋统治出谋划策,也屡次得到晋武帝的赏识,算得上是西晋官场中的一股清流。同时,他的文学创作也有着鲜明的现实针对性,这与当时士族文学的主流风潮是截然不同的,在西晋诗坛称得上独树一帜。傅玄的诗歌作品以乐府为主,内容上多以简短的故事揭露社会现实,达到讽喻的目的,这一点上对"建安风骨"是有所继承的,反映出他的寒士身份认同。我们来看他的代表作《豫章行》:

苦相身为女,卑陋难再陈。男儿当门户,堕地自生神。
雄心志四海,万里望风尘。女育无欣爱,不为家所珍。
长大逃深室,藏头羞见人。垂泪适他乡,忽如雨绝云。
低头和颜色,素齿结朱唇。跪拜无复数,婢妾如严宾。
情合同云汉,葵藿仰阳春。心乖甚水火,百恶集其身。
玉颜随年变,丈夫多好新。昔为形与影,今为胡与秦。
胡秦时相见,一绝逾参辰。

诗歌讲述了男尊女卑的社会中，女子因相貌悲苦而耽误终身幸福，只得远嫁他乡，纵然严守礼教，毕恭毕敬一生，也难以阻止丈夫的移情别恋，最终落得夫妻离心的悲惨人生故事。从现代女性主义的角度来看，这首一千八百年前的诗作已经有了十足的进步意义，但我要说的是，这首诗的内涵与主旨显然不是这么浅白明了，甚至说傅玄本人也未必真有这么进步的妇女解放思想，他更注重的其实是表层含义背后的隐喻。我们反复说过，中国古典诗歌中有着以夫妇喻君臣的传统，这首诗当然也不例外，诗中所说的"苦相"之于女子而言，乃是命中注定，不可改易的，却足以影响其一生的走向，而对于世间男子而言，家世门第又何尝不是如此？对于出身寒微的人来说，他们纵然一生恪守本分，却无论如何也不能获得士族掌权者们的平等相待，终究会在地位、成就上与他们云泥相判、参商相隔，这恐怕才是这首在士族政治背景下的作品所要传递的精神内核。

　　傅玄类似的作品还有《秦女休行》和《秋胡行》，都是在诗中歌颂女子的优秀品质以及批判男子的薄情寡义，本质上还是借此为身为弱势群体的中下层寒士们代言、发声，他的这些诗歌整体上风格雄健、音韵激昂，有着较强的现实针对性，但同时风格已经趋于平缓，以语重心长的倾诉取代了疾言厉色的高呼，反映出的是士族主导文化的日渐深入人心。同时，受到相应文化风气的影响，傅玄的部分诗歌也已经呈现出了走向繁缛的态势，比如题为《墙上难为趋》的这首乐府诗：

　　　　门有车马客，骎服若腾飞。革组结玉佩，蘩藻纷葳蕤。
　　　　冯轼垂长缨，顾盼有馀辉。贫主屣弊履，整比蓝缕衣。
　　　　客曰嘉病乎，正色意无疑。吐言若覆水，摇舌不可追。
　　　　渭滨渔钓翁，乃为周所谘。颜回处陋巷，大圣称庶几。
　　　　苟富不知度，千驷贱采薇。季孙由俭显，管仲病三归。

> 夫差耽淫侈，终为越所围。遗身外荣利，然后享巍巍。
> 迷者一何众，孔难知德希。甚美致憔悴，不如豚豕肥。
> 杨朱泣路歧，失道今人悲。子贡欲自矜，原宪知其非。
> 屈伸各异势，穷达不同资。夫唯体中庸，先天天不违。

虽然诗歌在主旨上是通过对比士族与寒士的品格、处境以针砭现实，但内容与文字中已经开始大量铺排，极尽华美的特质。前十二句写士族的褒衣博带、车马盈门与寒士的衣衫褴褛、无人问津，中间十二句引用大量古代典故，意在说明贫贱多贤才而逸豫总亡身，最后十二句卒章显志，讲明道理，主张不以贵贱论士，取法其中。诗歌整体层次清晰，而对于每一个层次，都不惜用相当复杂的笔墨将其表现详尽，这是西晋诗歌繁缛特征的突出体现，也正因如此，西晋诗歌整体在篇幅上都远超前后的时段。

傅玄的创作代表了西晋诗坛早期的成就。与之相比，其子傅咸的诗歌创作则已经明显呈现出高度经典化的风格，其现存十余首诗作多为四言诗，风格典正庄重，用典用意皆取法经典，诗意则大有欠缺。傅氏父子的诗风变化，反映了这一家族的地位变迁和立场转变，也体现了西晋诗风的发展历程。

与傅咸同时期的诗坛代表人物当属张华。傅玄于278年去世，张华也得以成为日后太康诗坛的盟主。张华的家世相对比较显赫，其十六世祖是西汉开国名臣张良，其父也在曹魏任太守一级的官吏，岳父则是魏明帝时期的权臣刘放。除文学之外，身为士族的张华在政治、围棋、博物等诸多领域也都有相当的成就——他曾力主晋武帝出兵伐吴，实现了全国统一，也编纂了中国第一部博物学著作《博物志》，这部书同时也是志怪小说的萌芽。

在文学方面，张华是西晋诗风的典型代表，他博闻强识、通晓典籍，故而文学创作往往能够引经据典、旁征博引、辞藻华丽、语言精工，且由于出身士族、身为宰相，其诗歌主旨多守正弘道，以雅正为务，如《上巳篇》《游猎篇》《壮士篇》等，都是现存最早的一批应制诗，对后世的宫廷文学具有开创性的影响，也是最符合西晋雅化、繁缛诗风的典范之作。不过，张华真正写得最好的作品还是《杂诗三首》与《情诗五首》。

《杂诗三首》中，诗人着重表现了对于时序变化的感慨，用霜露、秋风、大雁、归鸿等意象渲染出不同的抒情氛围，进而表达流光易逝、顺化自然的生命感悟，如其三写：

> 荏苒日月运，寒暑忽流易。同好逝不存，迢迢远离析。
> 房栊自来风，户庭无行迹。蒹葭生床下，蛛蝥网四壁。
> 怀思岂不隆，感物重郁积。游雁比翼翔，归鸿知接翮。
> 来哉彼君子，无然徒自隔。

前八句具体描摹时序变迁下的物候变化，后六句则转入抒情，以雁与鸿的比翼飞翔，表达自己对于知己的渴求，情景相融，自然感人。

《情诗五首》则是张华成就最高的作品，这里的"情诗"不同于我们现在理解的为了追求女孩子而写的情诗，而是以"情"为描绘对象的诗作，这五首诗都是以闺中思妇的视角与情感立场写下的，整体上深情绵邈、哀怨动人，艺术上同样情景交融，有较强的感染力。我们来看其一：

> 北方有佳人，端坐鼓鸣琴。终晨抚管弦，日夕不成音。
> 忧来结不解，我思存所钦。君子寻时役，幽妾怀苦心。
> 初为三载别，于今久滞淫。昔耶生户牖，庭内自成阴。

翔鸟鸣翠偶，草虫相和吟。心悲易感激，俛仰泪流衿。
愿托晨风翼，束带侍衣衾。

开篇四句先绘出一幅闺中思妇独坐抚琴的图景，将人带入情境，去追寻其情感线索。继而，诗歌顺着情感线索展开，写所思之君子征役在外，三载未归。紧接着便是最感人的情景交融的描写：昔日窗下的小树苗，如今已经茂密成荫，其间飞鸟草虫出入，皆能成双作对，唯独自己孤独泪流，只能托清风传达情意。这是多么真挚、细腻的情思表达，多么具有感染力的文字画面！由此可见，张华在士族宰辅的外表之下，同样有一颗多情的诗心，这也是文学根植于人性之中的魅力。

从傅玄到张华，西晋的士族统治日益稳固，其主导的雅化、繁缛的诗风也逐步确立，但不得不承认，其中最为优秀、最为感人的作品，还是那些有思理、有真情的篇章，对于文学发展而言，这是必不可少的精神内核。

三、"太康之英"

晋武帝太康元年，也就是280年，西晋水陆大军剑指东南，一举灭吴，实现了全国统一，此前偏居一隅的江东士族与江东文学也开始被纳入西晋文学的版图，而江东士人中首屈一指的便是有着"太康之英"之称的陆机。

陆机何以被称为"太康之英"呢？这是由两大原因共同促成的：首先他的家世极为显赫。陆机出身于江东第一大士族，其父是东吴后期的军队统帅、大司马陆抗；其祖则是大名鼎鼎的陆逊，就是《三国演义》里"火烧连营"的那位，与周瑜、鲁肃、吕蒙并称"东吴四英将"，后来还出将入相，担任了东吴的丞相；而他的外曾祖父更有名，乃是东吴政权的重要开创者——"小霸王"孙策。大士族的出身不但奠定了陆机良好的学养基础，还使他很容易融入文场，顺应士族主导下的文学雅化、繁缛的演进趋势，为中原士族文化圈所接受，产生更大的影响力。而同时，身为东吴的亡国之臣，尤其是面对祖业的沦丧，他又不可能不有所触动，这种亡国之思也成为陆机文学创作的重要主题和思想情感导向，使得他的诗文在"质"的方面也保有较高的成就。

晋灭吴之战中，陆机的两位兄长战死，而后，他也趁机隐居修学，在此期间深切反思了吴国兴亡的教训，精心结撰了两篇《辩亡论》，文章思理深密、气势磅礴、感情丰沛、真挚感人，他也由此获得了中原文坛的关注。于是，不久之后的289年，在张华的运作下，陆机与其弟陆云北上中原，来到都城洛阳，进一步名声大振，使当时中原文坛的格局发生了改变。当时流行有"二陆入洛，三张减价"之说，"三张"指的就是当时中原最杰出的诗人代表张载、张协、张亢，与"二陆"相比，他们的成就的确不值一提了。

陆机的文章既注重辞藻、用典、对偶，也讲求音律的和谐，整体风格可谓金声玉振、华丽宏达，开创了骈文写作的先河，他最具代表性的作品当属《文赋》，这不但是一篇美文，也是一篇重要的文学理论著作。同时，陆机把作赋的手法也应用在诗歌写作当中，他追求华辞丽藻、描写繁复详尽、大量运用排偶句，将繁缛的诗风发挥到极致，同时注重铺陈排比，丰富了诗歌的表现手法。他的代表作是《赴洛道中作》二首，我们先来看其一：

总辔登长路，呜咽辞密亲。借问子何之？世网婴我身。
永叹遵北渚，遗思结南津。行行遂已远，野途旷无人。
山泽纷纡馀，林薄杳阡眠。虎啸深谷底，鸡鸣高树巅。

> 哀风中夜流，孤兽更我前。悲情触物感，沉思郁缠绵。
> 伫立望故乡，顾影凄自怜。

诗歌讲述的是自己离开家乡，前往中原的心路历程，开篇四句对背景作了简单交代，中间则用了十句的篇幅细致表现沿途中的所见所历，其实核心表现的是一种崎岖道路中踽踽独行的孤独感，以及对未卜前路的忧思，从主旨来看，与曹操的《苦寒行》如出一辙，但在具体写法上显然比曹公古直悲凉的诗句要显得精工细致很多，尤其"山泽纷纡馀，林薄杳阡眠"一句，竟于萧瑟之中流露出几分苍凉之美。再来看其二：

> 远游越山川，山川修且广。振策陟崇丘，案辔遵平莽。
> 夕息抱影寐，朝徂衔思往。顿辔倚嵩岩，侧听悲风响。
> 清露坠素辉，明月一何朗。抚枕不能寐，振衣独长想。

这首诗的突出特点是句句对仗，大家可以回顾一下前面讲的建安诗歌、正始诗歌，包括大家了解的汉乐府诗，对仗并不是一种常见现象，往往需要烘托氛围、营造气势时才会用到对仗的手法，然而在太康繁缛诗风的主导下，为了把简单的内容写得细致、繁复，对仗就成了一种最基础的手法。简单理解为一句话拆成上下两句说，自然就表现得更细致了。近体诗中讲求对仗的风气，其实也是从这里来的。不过话说回来，对仗本身作为一种艺术手法，是有其价值与意义的，比如这首诗中，以上下句的连缀，勾勒出江东通往中原的山水图景，显得山川相连、路途接续、画面完整，是对仗手法的巧妙使用。

陆机后期的重要作品还有《长安有狭斜行》和《君子行》，前者是他在与中原士族结交过程中思想转变的表现，展现了其建功立业的雄心抱负，以及忍辱负重的人生道路选择，后者则是他身处"八王之乱"中内心想法的剖白，他在诗中讨论天道与人道的关系，追求道家与儒家的互补，以君子之风勉励自己，两首作品在思想上和艺术上都体现了西晋诗歌雅化、繁缛的特点，也反映了陆机身为江东士族，对于中原文坛的融入之深。

　　西晋的统一只维持了短暂的三十七年，而与之相比，雅化、繁缛的诗风更是很快就受到了冲击，这种冲击一方面来自士族权力所受到的挑战，另一方面也源于统一格局的破灭，在这一过程中，又有一批文人士子前赴后继地涌现，具体都有哪些人、哪些作品？我们下一讲再说。

第九讲

兴衰骤变

——社稷的灾难与文学的生机

一、第一位"偶像派"诗人

西晋统一士族政权的背景，决定了文学发展的两大趋势是雅化与繁缛，这也是太康诗风的基本特点，除了上一讲中介绍的傅玄、张华、陆机，还有几位代表诗人，可以简要概括为"三张二陆，两潘一左"，"三张二陆"上一讲中介绍过，分别是张载、张协、张亢和陆机、陆云，"两潘"指的是潘岳、潘尼叔侄，"一左"则是左思。这八位诗人中，除了被誉为"太康之英"的陆机，成就较高的还有潘岳和左思。

我们先来说潘岳，大家可能更熟悉的称呼是潘安，安其实是他的字。众所周知，潘岳是历史上有名的美男子，被称为"四大美男之首""古代第一美男"，放在当今的视角来看，他就属于一个绝对的"偶像派"诗人。然而不幸的是，西晋毕竟不是一个完全"看脸"的社会，因此潘岳的人生和仕途还是十分坎坷曲折的。他早年因文才而知名，却招来众人的嫉妒，以至于十数年在仕途上毫无进展，他令众人侧目的文章叫作《藉田赋》，是潘岳的早期代表作。

藉田是古代天子亲自耕种的田地，是古代中国重农政策的重要体现，天子亲耕以劝课农桑，鼓励民事生产，这是仁圣之君的必然作为。

潘岳以此为题，是针对晋武帝躬耕之事而作，他以清艳的辞藻、雅正的宗旨，对晋室的德政大加歌颂，表达了自己倾心向化、辅佐盛世的情感与抱负，这篇文章也堪称太康文学雅化与繁缛的典范之作，颇受晋武帝的好评。但同时这篇赋也触动了士族们的神经，他们怎么能够容许一个出身不及自己的年轻人，在他们擅长的文学领域完全夺走了光芒呢？于是，受到排挤的潘岳只能长期沉沦下僚。

后来，潘岳的仕途也是三起三落，先后被贾充、杨骏、贾谧征召，出任县令、著作郎、黄门侍郎等官职，一度接近权力中心，也曾坐上文学团体"二十四友"的头把交椅，不过因为政局的变动，一次次被罢官、免职、疏远，最终在"八王之乱"中失去了生命。在这样坎坷蹉跎的人生中，潘岳的文学创作自然多了一些更具现实意义的素材和情感体验，这也使得他能够在雅化的诗坛中走出属于自己的风格。

《秋兴赋》是潘岳的另一篇代表作品，这篇赋文大改西晋文学雅化、繁缛的风气，意境清新高远、行文自然流畅、用典浅近贴切、写景细腻生动，显然是对太康文风的一种有意反拨。作品先通过描写秋日景观，引发对时序变换的感知，进而延伸到岁月流逝、人生苦短的情绪上来，有浓浓的悲秋之感；而后则转入议论，提出了"齐天地"的概念，当然这是从《庄子》中继承而来的，意在表明自己对达官显贵们的轻蔑和对眼下处境的愤懑，从而流露出鲜明的归隐避祸的决心。赋文之中，对于归隐生活的想象描写格外清新感人：

> 耕东皋之沃壤兮，输黍稷之余税。泉涌湍于石间兮，菊扬芳于崖澨。澡秋水之涓涓兮，玩游鲦之潋潋。逍遥乎山川之阿，放旷乎人间之世。优哉游哉，聊以卒岁。

这种耕田收麦、登山涉水、玩花弄鱼、优哉游哉的生活，其实应当是正始名士的"常规操作",潘岳在士族主导的时代同样表达出这样的向往,也恰恰说明了他现实处境的不顺心。同时,值得注意的是,"秋兴"这个题目也由此保留了下来,"秋"即秋日景象的描绘,"兴"即内心情感的抒发,二者合而为一便是一种固定化的情景交融,后世诗文在情景关系上也受到这首诗颇为深远的影响。

在诗歌领域,潘岳成就最高的作品当属《悼亡诗三首》,这是悼念其妻子杨氏而作,他们共同生活了二十余年,感情深厚,故而这组作品也写得哀婉动人。其中传颂度最高的是其一:

> 荏苒冬春谢,寒暑忽流易。之子归穷泉,重壤永幽隔。
> 私怀谁克从,淹留亦何益。僶俛恭朝命,回心反初役。
> 望庐思其人,入室想所历。帏屏无髣髴,翰墨有馀迹。
> 流芳未及歇,遗挂犹在壁。怅恍如或存,周惶忡惊惕。
> 如彼翰林鸟,双栖一朝只。如彼游川鱼,比目中路析。
> 春风缘隙来,晨霤承檐滴。寝息何时忘,沉忧日盈积。
> 庶几有时衰,庄缶犹可击。

前八句交代了诗歌创作的背景,是在妻子故去一年之际写下的。诗人在家中苦苦守望了一年,终究决定离开这片埋葬挚爱的伤心之地,回到朝廷中去。接下来八句极为真切感人:看见屋室,便会想起居住在这里的人,走进去便会记起这里昔日发生的那些故事。可惜罗帐、屏风之间再也没有妻子那绰约的身影,只有翰墨书画之间留存着她生前的笔迹,它们就挂在墙壁之上,氤氲的余香都尚未散去,恍惚之中斯人尚在,不过心绪突然回到现实,便会感到一阵惊惧。这种"悼亡犹存"的情感想必很多人也都切实的体验过,潘岳用文字恰到好处地表达了出来,具有着超越个体、跨越时空的生命意义。诗歌的最后,诗人强作排遣，纵然丧偶之痛丝毫没有随着时间的流逝消弭，他也不得不学习庄子"鼓盆而歌"，想象着人生最终的归宿，也许在那里他就可以再度夫妻团聚。这首诗以情动人，在太康诗歌中固然不是主流，但却是最有影响力、最具文学价值的篇章之一，也让我们从中看到了潘岳这位"偶像派"的美男子，更是一位痴情的好男人。

二、有"风力"的寒素之声

与"偶像派"的潘岳相比，左思堪称是一位标准的"实力派"了，《晋书》说他"貌寝，口讷"，就是颜值不高，而且还说话结巴。然而他的文学才能却实打实的足以秒杀一众风流名士，就连陆机、潘岳也要逊色不少，相传陆机曾打算写作《三都赋》，听说左思也有同样的构思，便暗下决心与之一分高下，等到他看见左思耗费十年心力而成的巨制之时，便彻底拜服，再不动与之争锋的念头了。左思的才气由此可见一斑。

《三都赋》是左思最有分量的作品，也是魏晋之后少有的一篇大赋，"三都"指的是魏都、吴都和蜀都，其实各成一篇，分别铺陈其地自然风物、历史人文，合而观之，又总为一篇，旨在通过对比，突出魏都之正统，这是尊王攘夷理念的反映。作品在内容上旁征博引、夹叙夹议，描写华美、论理透彻，文辞上更是气势磅礴、篇制恢弘。与汉代大赋相比，《三都赋》保留了主客问答体的基本结构，而大大修正了"劝百讽一"的弊端，其主旨的展现更为直观显明，同时，在对仗和节奏、声韵上也更为讲究，朝着骈赋的道路上迈进了一大步。

左思的家世同样不显赫，他的妹妹虽然嫁与晋武帝为妃，但自己的人生和仕途都坎坷不顺利，这一点上与潘岳是相似的，也是寒素出身的士子们共同的宿命。但不同的是二人的应对态度，潘岳选择了向士族政治主动靠拢，依附于权贵势力，以谋求个人的更大成就，在文学上也是尽可能朝着士族所好尚的太康诗风靠近；左思则不然，他直接向不公平的士族制度正面宣战，为寒门士子疾呼发声，虽然这只能是一种以卵击石的反抗，但其在文学上激起的风浪，却足以在诗歌史上留下浓墨重彩的一笔，左思也成为西晋诗坛上最具"建安风骨"的诗人，后世称之为"左思风力"。

左思最具影响力的诗歌作品是《咏史诗八首》，题为"咏史"，实际上当然是借古讽今，大多表达的是对现实士族政治的猛烈抨击。比如其二：

郁郁涧底松，离离山上苗。以彼径寸茎，荫此百尺条。
世胄蹑高位，英俊沉下僚。地势使之然，由来非一朝。
金张藉旧业，七叶珥汉貂。冯公岂不伟，白首不见招。

松树高达百尺，草苗不过径寸，后者却能将前者牢牢遮盖，使其沐浴不到阳光的温暖，这是什么原因呢？因为草苗长在山上，而松树却生于涧底，地位的悬殊使得他们自身的实力失去了对比的意义，这不正是眼下的现实格局吗？只要出身世家，便可以身居高位，哪怕傻子也能当皇帝；而英俊才智之士，却往往因为出身寒门，而不得不沉沦下僚。可叹的是，这种风气形成已经不是一朝一夕了，汉代金日磾、张汤的后代们，七世以后都还是达官显贵，而像冯唐这样的才士呢？到老了也得不到朝廷的征召。同时，左思自己当然也认识到了，这种现象既然"由来非一朝"，想要破除自然也不是一朝一夕可以达成的，这就使诗歌的批判意味和情感中流露出的无奈、悲叹更有了历史的分量。那么面对这样的现实，身为寒士的他们究竟应该如何摆正自己的心态呢？左思在其四和其六中分别给出了答案，其四写道：

> 济济京城内，赫赫王侯居。冠盖荫四术，朱轮竟长衢。
> 朝集金张馆，暮宿许史庐。南邻击钟磬，北里吹笙竽。
> 寂寂杨子宅，门无卿相舆。寥寥空宇中，所讲在玄虚。
> 言论准宣尼，辞赋拟相如。悠悠百世后，英名擅八区。

诗中运用前后对比的手法，前八句写京城之内王侯宅第的喧闹繁盛，与其下四句中扬雄居处的门庭冷落形成了鲜明的反差，这种趋炎附势的风气是代代相同的，然而随着一切眼前的繁华富贵归于沉寂，真正能在历史中留名的，依然是才学过人之士。所谓"悠悠百世后，英明擅八区"，这正是这些身处士族政治环境中的寒士们唯一的精神寄托与人生出路，也正因为认识到了这一点，左思才在文学风格的取舍上作出了正确的选择。他注重气节，倾吐寒士的心声，词意铿锵，掷地有声，在雅化的风气中独作"怨"声，与繁缛的诗风里更重风骨，为太康诗文注入了另一种生命力。其六写道：

> 荆轲饮燕市，酒酣气益震。哀歌和渐离，谓若傍无人。
> 虽无壮士节，与世亦殊伦。高眄邈四海，豪右何足陈。
> 贵者虽自贵，视之若埃尘。贱者虽自贱，重之若千钧。

先歌咏荆轲、高渐离易水送别的史事，以表明小人物中也蕴含着左右历史格局的伟大力量，他们的慷慨意气和高大的人格精神，远远胜过那些身居高位的士族豪门，足以令天下震动。后四句卒章显志，表明面对世俗的偏见和隔阂，寒士们自身要坚守自己的人格精神与价值追求。这种"贱者虽自贱，重之若千钧"的自我体认，正是"英明擅八区"

的必要前提。

左思为代表的寒素文人，在雅化、繁缛的泰康诗坛中是一股逆流，然而正是这股逆流为"建安风骨"的传承延续了火种，日后随着士族政权的逐步瓦解，这股逆流也就理所应当地登上了文学的主舞台。

三、命途各异的文士们

从正始之音消退，到"二陆入洛"，太康诗风的构建、发展与成熟、定型，经过了近三十年的探索，然而仅仅只过了一年，时局就又发生了重大的转变。

290年，晋武帝司马炎驾崩，其子晋惠帝司马衷即位。众所周知，这位继任之君是一个白痴，他只能做名义上的皇帝，于是围绕着实际上的最高统治权，又发生了一系列激烈的权力斗争。各地掌握强大兵权的八大宗王以及身为外戚的杨俊、贾后等势力纷纷卷入其中，史称"八王之乱"。在几十年你来我往、你死我活的缠斗中，西晋王朝的统治根本受到了严重的打击，原本稳固的士族与皇权相统一的结构也随之瓦解。此后，304年，出身匈奴的刘渊建立了赵汉政权，不断进犯西晋疆土，无力组织抵抗的西晋朝廷终究逃不脱被步步蚕食的命运，于316年灭亡，部分宗室和大批中原士族被迫南渡长江，建立了偏安的东晋政权。这一事件史称"永嘉之乱"，也叫"衣冠南渡"，短暂的统一士族政权就此全面瓦解。

政局的动荡同样对文坛产生了巨大的影响，因为很多文人本身也是政治事件的重要参与者。比如太康文坛的盟主张华，他在朝中担任宰相之职，尤其被贾后委以重任，他也能够尽忠辅佐，使国家保持了近十年的相对安宁。然而在300年，赵王司马伦率军攻入都城，诛杀贾后，张华也随之被杀，与他一同遭难的还有"二十四友"中的潘岳、石崇、欧阳建等。

"三张二陆，两潘一左"中的其他人同样命途各异："三张"兄弟中，张载、张协都为了躲避世乱而辞官归隐，卒于家中，张亢后来则在永嘉之乱中南渡，任职于东晋朝廷，他们的下场相对还算不错；"二陆"兄弟就比较悲情了，陆机在八王之乱中追随成都王司马颖，一度官至都督，但最终因小人谗言而被杀害，只留下了"华亭鹤唳"的遗憾。其弟陆云因在三族之内，同样也被诛连；潘岳的侄子潘尼，躲过了"八王之乱"却没有躲过"永嘉之乱"，最终病死于南奔途中；左思有意全身避祸，被齐王司马冏征召，推辞不去，举家迁徙，但仍难逃被杀的厄运。随着文士的渐次凋零，雅声高奏、繁文缛辞的太康文坛也就此画上了一个不完美的句号。

四、"何意百炼钢，化为绕指柔"

晋末的动荡给中原的社会、经济、文化发展都带来了巨大的灾难，也消歇了雅化、繁缛的太康诗风，与此同时，也给僵化、板滞的诗坛带来了新的生机。国家的苦难大大地激发了诗人们的家国情怀和慷慨意气，诗歌重新回归到关注现实、抒写怀抱的道路上来，"高树悲风"式的建安风骨一度在诗坛复振，刘琨就是晋末诗坛的突出代表。

刘琨出身世家，早年也曾是太康文坛的重要诗人，与潘岳、陆机等人同为"二十四友"。"八王之乱"后，刘琨出镇并州，把守着西晋的北部边防，随即而来的永嘉之乱打破了北方的平静，刘琨的人生轨迹也由此改变，他认识到异族入侵的巨大危害以及腐朽的西晋政权抵御外敌的无力，奋发振起，孤独地经营以晋阳为中心的地区，成为西晋后期北方重要的抵抗势力，他的文学风格也在这一过程中转变得慷慨任气、豪雄悲壮。且看这首《扶风歌》：

> 朝发广莫门，暮宿丹水山。左手弯繁弱，右手挥龙渊。
> 顾瞻望宫阙，俯仰御飞轩。据鞍长叹息，泪下如流泉。
> 系马长松下，发鞍高岳头。烈烈悲风起，泠泠涧水流。
> 挥手长相谢，哽咽不能言。浮云为我结，归鸟为我旋。
> 去家日已远，安知存与亡？慷慨穷林中，抱膝独摧藏。
> 麋鹿游我前，猿猴戏我侧。资粮既乏尽，薇蕨安可食？
> 揽辔命徒侣，吟啸绝岩中。君子道微矣，夫子固有穷。
> 惟昔李骞期，寄在匈奴庭。忠信反获罪，汉武不见明。
> 我欲竟此曲，此曲悲且长。弃置勿重陈，重陈令心伤！

306年，刘琨奉命领一千人马从洛阳出发，前去镇守已被匈奴夷为废墟的晋阳，一路上艰难险阻不断，这首诗也正是在这样的环境中创作出来的。诗歌篇幅比较长，大体可分为三个部分：前十六句渲染了离开都城洛阳时的忧伤情绪，诗人虽然叹息流泪，不知前路是福是祸，但依然背弓握剑，慷慨出征，家国兴亡的利害在此时高过了个人的生死得失，"烈烈悲风起，泠泠涧水流"更以建安诗歌的典型意象增添了这份悲壮之气；后十句是路途中的纪闻，其描写特点与曹操《苦寒行》如出一辙，将行军的艰辛表现得淋漓尽致；最后十句是对心志的剖白，自己虽然处于"道微"之际，却仍然秉持着一腔报国的忠心，怕的不是与敌人的生死拼杀，而是被朝廷怀疑、疏远。至此，诗歌的愁情也就更浓重了一分。整首诗刚健有力，风气独振，不但继承了建安风骨的意境和特质，还汲取了西晋诗歌中合理的养分，分层描写、随文转韵的手法，使得诗歌的叙事抒情都更具条理性，也更能以文动人。

到达晋阳后的刘琨一度恢复了这里昔日稳定繁荣的局面，但很快随着洛阳、长安的相继沦陷，西晋灭亡，刘琨在晋阳的势力也成为悬于敌后的孤岛，刘琨无奈之下只得投奔鲜卑段部，并于318年在其内乱中被构陷处死。临终前，他写下著名的《重赠卢谌》诗，表明一生心志：

> 握中有悬璧，本自荆山璆。惟彼太公望，昔在渭滨叟。
> 邓生何感激，千里来相求。白登幸曲逆，鸿门赖留侯。
> 重耳任五贤，小白相射钩。苟能隆二伯，安问党与仇？
> 中夜抚枕叹，相与数子游。吾衰久矣夫，何其不梦周？
> 谁云圣达节，知命故不忧？宣尼悲获麟，西狩涕孔丘。
> 功业未及建，夕阳忽西流。时哉不我与，去乎若云浮。
> 朱实陨劲风，繁英落素秋。狭路倾华盖，骇驷摧双辀。
> 何意百炼钢，化为绕指柔。

刘琨在诗中以荆山之玉自比，却无奈生不逢时，个人的努力终究不可能动摇历史的潮流，他兴周隆汉的伟大志向终究不可能在混乱的时局中实现，而自身也无奈被卷进了其中。一句"何意百炼钢，化为绕指柔"的感慨，道出了太多辛酸与无奈，也揭示了自己的归宿，一根柔绳了结了这位钢铁汉子的一生，也终结了西晋诗文最后的余响。

此后，随着"衣冠南渡"，主流文学的重心也由中原转移到江左，偏安的环境将造就怎样的诗文，士族与皇权之间又将上演怎样的恩怨纠葛呢？我们下一讲再说。

第十讲
玄言理窟

——一群用诗写论文的"哲学家"

一、"王与马，共天下"

311年，刘聪的匈奴军队攻破洛阳，晋怀帝被俘，城中王公大臣三万余人惨遭屠戮，西晋政权已经名存实亡，大批中原士族为了躲避战乱，不得已举家南奔，史称"永嘉之乱""衣冠南渡"。此前四年，在西晋实际掌权者、东海王司马越的授意下，琅琊王司马睿移镇建业，开始经营江东的事业，谁知这一举措竟成了为晋室续命百年的一盏七星宝灯。

316年，匈奴又进一步攻陷长安。西晋最后一位君主晋愍帝投降汉赵，317年西晋正式宣告灭亡，不久后，整个北方都沦为异族统治的区域，只有江南的半壁江山还是晋室疆土。在这样的背景下，为了延续中原王朝的正朔，也为了保障中原大士族南迁后的利益，作为东晋皇室的司马睿被各大中原士族推戴，于一年之后登上了皇帝宝座，中兴晋室，史称东晋。而在拥戴司马睿的诸多士族中，他昔日在琅琊时交好的王氏兄弟出力犹多，于是二人在东晋政权中的地位也举足轻重。王敦为大将军，出镇江州，掌握了长江中上游的军政大权；王导担任丞相，且身为士族领袖，主导着朝廷的日常运作。相较于他们而言，晋元帝司马睿更像是一个名义上的国家元首，在权势与影响力上皆不及王氏兄弟，于是民间也流传着"王与马，共天下"的谚语。

这样的格局，在历史上被称为"门阀政治"，是东晋最显著的特征。所谓"门阀政治"，就是士族门阀掌握国家最高权力的政治体制，脱胎于西晋的士族皇权政治，但原本身为第一大士族的司马家族在晋末之乱中沦落，皇权与士族权力出现了分离，才造就东晋这样一个极为特殊的历史政治局面。在门阀政治背景下，皇权被极大削弱，身为士族门阀领袖的琅琊王氏、颍川庾氏、谯国桓氏、陈郡谢氏和太原王氏先后把持着国家权力核心，形成了牢固的士族门阀利益集团，贯穿着东晋王朝的始终。也正是因为皇权与士族权利的分离，即便后来东晋灭亡，南朝经历了宋、齐、梁、陈四次改朝换代，士族阶层们仍然能够长久保持着较大的特权与影响力，这也是东晋门阀政治在一定程度上的延续。

东晋的门阀政治具体体现在以下三点：一是入仕途径上，士族出身的子弟依据门第的高低，有任官受爵的特权。他们的仕途功名从出生的一刻起便随着血缘而注定，无需经过任何的考核，也无需作出丝毫的成绩，这种境遇我们称之为"平流进取，坐致公卿"。二是政治参与上，士族子弟多任清要官职，好简约、少俗务。以诗书传家的士族们，在政治生活中喜欢的是谈论如何实践圣人之训、经典之道，用比较通俗的话说就是"做国家的顶层设计"，至于具体的刑名钱谷之务，也就是司法、税收等与国计民生息息相关的事物，他们是不屑于插手的，他们以"清流"自居，将这些贬为"俗务"，交给中下层寒士们去打理。三是经济生活上，世家大族们掌握着大量的庄园，有着优裕的经济实力和生活条件。东晋的基本经济形式是士族庄园经济，庄园之中的土地和生产力都为世家大族各自所有，其生产成果也专供世家大族生活取用。同时，由于南方存在较多未开垦的庄园土地，从北方流亡而来受世家荫蔽的大量流民从事生产，世家大族的物质基础都十分充盈，世代生活优裕，无衣食之虞，有享乐之资。以上便是东晋门阀政治的基本特征，总体概括起来就是一句话：士族子弟什么都不用干，就可以享受最好的政治经济待遇。

这样的时代背景自然也孕育出了相应的独特的文化环境，玄学清谈成为士族子弟们最主要的文化生活。前面介绍过，玄学兴起于正始时期，出现了"名教出于自然"和"越名教而任自然"的两种观点。西晋时期，由于皇权与士族话语权的统一，前者的思想占据上风。到了东晋，皇权与士族权力分离，而士族又在二者的关系中占据着上风，主导的思想也就随之换成了更有利于士族发展的"越名教而任自然"的观点，这也是东晋及其后的南朝士族子弟们不拘礼法、张扬个性、率性自由、纯任自然的思想基础。而在关于"名教"与"自然"的争论达成统一的基础上，玄学中的另一组关系就成为东晋士族子弟们论争的核心问题，那就是"崇有"与"贵无"的讨论。显然，这一问题本身已经更加脱离现实生活，而具备了哲学的高度抽象性。他们不但坐而论道，在生活中处处标榜自己的观点，还时常以诗歌的形式进行探讨、论辩，于是也就出现了一种特殊的诗歌形式——玄言诗。

二、"游仙"与"入玄"

所谓玄言诗，就是以阐释玄学思想为主要内容的诗歌，这类作品大多脱离社会生活，空谈玄理，显得空洞乏味、质木无文，这也是文学史上对于玄言诗的普遍评价。当然，从艺术的角度考量，大多玄言诗的确显得一无是处。但是作为文学史上的一种现象，它有其出现的必然性，正如前面所介绍的那样。同时，在诗歌发展演进的进程中，玄言诗也有着其不可替代的历史意义。所以我们必须站在历史的高度上，对玄言诗重新加以审视。

　　玄言诗的前身可以追溯到游仙诗，仙道思想本身就是玄理的一种重要载体和归宿。由于古人对未知世界充满好奇，游仙题材的诗歌很早便出现了，最早可以追溯到《楚辞》，到了曹植的《仙人篇》《远游篇》等作品就已经是很成熟的游仙诗了，而真正将这一题材发扬光大的则要数两晋之际的郭璞。

　　郭璞出生于西晋的世家，大家知道，世家是要世代传经的，郭家所传的就是《易经》，这就使郭璞打下了很好的易学基础，成为两晋之际重要的易学家。同时，郭璞本人还信奉道教，是正一道徒，传说他擅长卜筮和很多奇异的方术，历代的风水学者也都尊奉其为鼻祖，这也使他更符合大多数人的神仙想象。因而郭璞的游仙诗，无论在特色还是影响上都与前代不同，总的来说体现在三个方面：一是理论依据上，之前的游仙诗建立在原始神话的基础上，反映的是对未知神仙世界的原始想象，而郭璞的游仙诗则有着道教神话体系作为理论支撑，其神仙世界、游仙方式和人仙关系都是有一定体系规范的；二是现实目的上，之前的游仙诗主要针对的是宇宙生命与现实政治问题，更多表达的是一种人生态度，而郭璞的游仙诗则很大程度上针对的是理论和宗教问题，更接近于以诗歌形式阐发宗教理论与思想；三是艺术特色上，之前的游仙诗更侧重写意，着重表现仙境的气度与状态，而郭璞的游仙诗受太康诗风的影响，在写景上具备很强的形象性，显得更加鲜明生动。我们不妨通过两首作品来体会郭璞游仙诗的特点：

　　　　京华游侠窟，山林隐遁栖。朱门何足荣，未若托蓬莱。
　　　　临源挹清波，陵冈掇丹荑。灵溪可潜盘，安事登云梯。
　　　　漆园有傲吏，莱氏有逸妻。进则保龙见，退为触藩羝。
　　　　高蹈风尘下，长揖谢夷齐。

这是郭璞的代表作《游仙诗十九首》的其一，这首诗主要探讨的是游仙的意义。前四句评述了"一正三反"四种生活状态，指出无论是浪迹京城的游侠、栖居山林的隐士还是荣登朱门的官宦，都不及蓬莱境中那超脱凡俗的仙人自在逍遥。事实上这是对当时的人生道路作出了全面的否定，提出一种对更高远的虚无境界的追求，已经很接近于玄学中对于"贵无"思想的探索。而后四句写的是游仙的具体方式："清波"是指清澈的清澈的水流，"丹黄"是一种生长在深山中的仙草妙药，"灵溪"是孕育灵气的溪水，"云梯"则是通往仙界的阶梯，这些都是道教信仰体系中求仙之路上的一些基本元素。诗人对他们的选用又是巧妙"一反三正"，与前文形成了形式上的呼应。"清波""丹黄""灵溪"这些事物，看似虚幻不知所云，其实生活中随处可见；至于"云梯"虽然在表述上十分明确，却又难以捉摸。对于这两组不同的事物，诗人的态度明显是更重视前者的。深而究之，其实这反映的是一种对于事物普遍性与特殊性的哲学思考，这种认为特殊性寓于普遍性之中的理念，仍然与"贵无"的认识是相一致的。诗歌的最后六句，分别引用了庄子、老莱子、伯夷叔齐等人的典故，这些都是道教文化中的重要人物。"进则保龙见，退为触藩羝"一句，则化用自《易经》中的"乾"与"大壮"两卦，从知识体系上充分地展现了作者的玄学素养，反映的也是高蹈世外、摆脱一切世俗羁绊的志趣。

至于郭璞游仙诗鲜明生动的形象性特点，在《游仙诗十九首》的其三和其八中表现得更为突出。其三写道：

> 翡翠戏兰苕，容色更相鲜。绿萝结高林，蒙笼盖一山。
> 中有冥寂士，静啸抚清弦。放情凌霄外，嚼蕊挹飞泉。
> 赤松临上游，驾鸿乘紫烟。左挹浮丘袖，右拍洪崖肩。
> 借问蜉蝣辈，宁知龟鹤年。

诗歌的开篇四句突出了山林的葱翠碧绿，营造出一片仙气萦绕的场景，"翡翠""兰苕""绿萝""高林"这些形象性极强的意象堆叠，以及"戏""鲜""结""蒙笼"这些动词、形容词的连用，彰显了诗人对于太康诗歌繁缛特点的继承。中间的八句是对游仙过程的描写，同样十分具体形象。运用"抚""挹"这样精道的动词和"嚼蕊""紫烟"式的复杂意象，刻画出登仙过程中那种潇洒风流的意态。其八同样营造了繁缛的诗境，但风格特点有所不同：

璇台冠昆岭，西海滨招摇。琼林笼藻映，碧树疏英翘。
丹泉溧朱沫，黑水鼓玄涛。寻仙万余日，今乃见子乔。
振髮睎翠霞，解褐礼绛霄。总辔临少广，盘虬舞云轺。
永偕帝乡侣，千龄共逍遥。

写景的部分是前六句，比起其三中的一片苍翠碧绿，这首诗中的色彩更为丰富，不但有"琼林""碧树"，还有"丹泉""朱沫""黑水""玄涛"，增添了成仙之路上的奇幻感受。同时这几句都是严格的对仗，句中又自对，就是说"丹泉溧朱沫"与"黑水鼓玄涛"是对仗关系，"丹泉"与"朱沫"本身也是对仗关系，在结构上显得回环往复，十分整饬。诗歌的后半部分写的是寻到仙境之后在仙境中的逍遥生活，不同于我们一般认知的清虚淡雅，反而热闹、盛大，这也体现了玄学思想中"寓有于无"的理念。

以郭璞《游仙诗十九首》为代表的游仙诗，可以说是最早在诗歌中系统地阐述玄理的作品，故而可以看作东晋玄言诗的开端。这些作品将玄理寄托在一定的场景、意象、故事之上，诗中并不缺少抒情主体的情感体验，故而比起东晋的玄言诗作，郭璞的成就相对较高，他也被誉为"中兴第一诗人"。

三、坠入"理窟"

郭璞生活于两晋之际，故而在玄言诗兴起的同时还能保留太康诗风的一些特点。而随着东晋立国渐久，门阀政治日趋稳固，在新环境下成长起来的诗人们，彻底抛弃了西晋诗文的风气，完全坠入玄言的"理窟"，其中最具代表性的诗人是许询和孙绰。

许询是标准的世家出身，他的父亲曾为琅琊太守，与晋元帝司马睿，王敦、王导兄弟皆是旧识，南奔之后寓居会稽。年少时许询便已被誉为神童，有才藻、善属文，且好游山水、结交名士，在文坛上一时风光无二。许询对官场毫无兴趣，接连三次推掉了朝廷的任官令，最后宁愿放弃家产，遁入山林之中，这也为他在名士圈中赚得了不少声名。许询真正的爱好是玄学清谈，甚至曾与晋简文帝论辩过"举君举亲"的问题，也就是说爸爸和皇上谁更重要的问题。许询在天子面前直言不讳他"君亲并重"的观点，可以说把道理看得高于一切，令简文帝不得不佩服。许询还集中将玄理用诗歌的形式呈现，将玄言诗发扬光大，简文帝称赞他"妙绝时人"。可惜的是这些作品如今大都不存，我们难以看到许询玄言诗的真正面貌。

孙绰同样是士族子弟，他的祖父是西晋名臣孙楚，长兄则是著名的史学家孙盛。孙绰与许询一样，博览群书、年少成名、遍游山水、喜好玄谈，同时，他还信奉佛教，与当时著名的僧人支遁是非常要好的朋友，他也因此将佛学的概念引入玄理，扩充了玄学的范畴。孙绰的玄言诗流传较多，我们可以通过他与许询的这首赠答之作，一窥东晋玄言诗的面貌：

仰观大造，俯览时物。机过患生，吉凶相拂。

智以利昏，识由情屈。野有寒枯，朝有炎郁。
失则震惊，得必充诎。

其实《赠许询》全诗只讲了一个道理，就是福祸相依的辩证法思想。基于这一世界观，人们在方法论上应该去顺应自然，不为外物所左右。全篇都是议论，没有任何记叙、描写与抒情的成分，内容上也全为虚化的道理，而无实际的意象，读来的确令人感到有些乏味，这就是我们所说的玄言诗的"质木无文"。

但我们要意识到，东晋时期距离文学自觉也才不过百年。作为人们表情达意的工具，文学的论辩、说理的功能也是其中应有之义，而玄言诗本就是在这一领域最早的尝试。从诗歌发展的角度来看，这是一段必由之路，只有当这部分内容被引入了诗歌的领域，才会有此后情与景、事与理、议与叙不断交融的过程。

四、兰亭之会

353年，也是晋穆帝永和九年，一次盛大的名士集会在会稽山下展开，与会的共有42人，无一不是当时的顶级士族子弟。其中的佼佼者，诸如王羲之、谢安、许询、孙绰、支遁等人，更是构成了东晋的"玄学第一天团"。这次盛会不亚于一场玄言诗界的奥林匹克，在东晋文化史上具有着独一无二的意义，这就是著名的"兰亭之会"。

对于这场兰亭之会，大家最熟悉的莫过于书圣王羲之的代表作《兰亭集序》。它既是书法史上的巅峰，也是文学史上的佳作。文章通篇着眼于生死、古今的重大哲学问题，是对一代玄学成果的总结性思考，也是跳脱出有无虚实的论辩，而回归到宇宙与人生关系的重大问题上，使玄学与生活重新建立起了联系，对于玄学思想的发展而言，意义是尤为重大的。在行文中，王羲之将个人的情思融入玄奥的哲理，时刻以情感体验牵引思想活动，给枯燥的说理注入了鲜活的生气，更能感发人，也更容易引起深思。

从题目不难看出，《兰亭集序》其实是《兰亭集》的序文。在这场文学盛会上，参与的名士们以流觞曲水的形式，每人赋四言诗、五言诗各一首，当然能者可以多劳，比如王羲之就写了六首。盛会结束后，他们将这些作品编辑成了一部诗集，就是《兰亭集》，集中的诗也就称为"兰亭诗"。实事求是地讲，这些作品都是玄言诗，从艺术成就来看参差不齐。比如王羲之写的第三首：

　　三春启群品，寄畅在所因。仰望碧天际，俯磐绿水滨。
　　寥朗无厓观，寓目理自陈。大矣造化功，万殊莫不均。
　　群籁虽参差，适我无非新。

勉强能从诗中读出春日水边集会的欣悦、疏朗之情，由此生发出对自然造化的感慨，显得没有那么突兀、枯燥。

再如孙绰的五言诗：

　　流风拂枉渚，停云荫九皋。莺语吟修竹，游鳞戏澜涛。
　　携笔落云藻，微言剖纤毫。时珍岂不甘，忘味在闻韶。

前四句写景显露出久违的生动清新，是东晋玄言诗中难得一见的景观。

正是这次兰亭集会，对玄言诗的走向产生了重要的影响。名士们体察玄理的方式从清谈论辩转为在山水之中仰观俯察，对于玄理的表达也更提倡出于自然的感悟，这就为山水诗的萌生和发展提供了可能。事实上，日后蔚为大观的山水诗，正是从兰亭集会之后的玄言诗脱胎而来的。

总的来说，玄言诗的成就不高，文学史上"质木无文""坠入理窟"的评价都是公正的，但同时，玄言诗并非一无是处，它是文学发展的必然历程，无论是将论理的功能引入诗歌，还是孕育了山水诗这样的重要题材，都是东晋玄言诗不可磨灭的历史功绩。

除了玄言诗，东晋文学还有一大贡献，那就是日后一种极为重要的文体——小说在此时萌芽，我们下一讲就来看看最初的小说是什么样子。

第十一讲

奇闻志异

——谈谈那些"怪力乱神"的故事

一、"道听途说"的"小说家言"

魏晋的玄学风潮,不仅催生了玄言诗,还使另一种文体走上了蓬勃发展之路,那就是小说。魏晋的志怪和志人小说成为这种文体现存最早、最完整的形式。

小说之名出自《庄子·外物》篇:"饰小说以干县令,其于大达亦远矣。"这里的小说和我们如今理解的意思相去甚远,它与大道相对,指的是琐碎的言论、微末的观点。小说真正成为一种文体的代称,则始于《汉书·艺文志》的"诸子略",班固将当时的主要学术流派概括为"九流十家",其中最后一家就是"小说家":

> 小说家者流,盖出于稗官。街谈巷语,道听涂说者之所造也。孔子曰:"虽小道,必有可观者焉,致远恐泥,是以君子弗为也。"然亦弗灭也。闾里小知者之所及,亦使缀而不忘。如或一言可采,此亦刍荛狂夫之议也。

意思是说,从渊源上来看,小说家这一派出自一些小官吏,记录的是他们在街头巷尾聊闲天儿的时候听到和说出的种种传闻，大家可以理解为古代的"吃瓜大赏"，所以被主流学界斥为小道。这些小道消息，大多缺乏理论性、逻辑性，更难说有什么大智慧，把它放在和其他经典同等的地位肯定是不行的，于是小说家在"诸子略"的学术体系中是唯一"不入流"的一家。

《汉书·艺文志》中的"小说家言"，从文体分类上应该归入"史传文"中的"野史笔记"，与如今我们常说的小说最显著的区别主要有两点：一是内容上不具备主观虚构性。这些小说家们是把故事当真事儿来说的，尽管如今我们觉得很荒诞，但在当时人的眼中，它就是另一种视角的史书记录。第二个区别是"小说家言"的核心仍然是事件而并非人物。"小说家言"的目的在于记录历史，事件才是其记录的重点，人物只不过是穿插其间的名字而已，其形象的塑造常常是缺乏的。

作为野史的"小说家言"，自然不能与正史记录相提并论，但它也绝非一无是处，就连孔子也说"虽小道，必有可观者"，承认了"小说家言"在某些方面的价值。比如它内容的猎奇性——像那些"怪力乱神"的东西，"子不语"但总要有人来语，这个责任当然就交给了小说家们；再有像很多不见于正史的奇闻异事，哪一朝的宫闱秘事啊，哪位古人的特异功能啊，那些不为人知的八卦传说啊，都是小说家们最为关注的话题；"道听途说"这样特殊的传播渠道也决定了"小说家言"在流传过程中的特性，为了获取更多的关注、博取听众的眼球，故事往往会编得跌宕起伏、充满传奇色彩；为了使这些故事被人信服，自然又需要有较为清晰的过程讲述和细节填充，这就使它具备很强的故事性、可读性，尤其适合搬着板凳、提着瓜子去听、去看，再把它当作谈资讲给别人。因而从文本特性与叙事风格的角度来说，《汉书·艺文志》中著录的这些"小说家言"与如今的小说其实有着千丝万缕的联系，可以说是小说的原始形态。

此后，随着历史学的蓬勃发展，作为其重要分支的"小说家言"进入了一个爆发的时代，而它与正史记录在视野范围、史观史识、材料来源、叙事特点等方面也都渐行渐远，到了魏晋时期，已经与我们如今理解的小说在实质上没有太大区别了。

二、"谈玄"与"志怪"

魏晋玄风兴起以来，士族文人们关注的视野从人类社会的历史文明本身，扩展到广阔的外部自然。玄学本来要探究的就是宇宙自然的终极奥义，对于世间万物的细致体察是必不可少的环节，这便催生了一门新的学科——博物学。由于人们对世界的认识还充满未知，当时的科学理念和科学手段都远远不能满足于对这些未知领域的解密，便诞生了广阔的想象空间和众多的奇闻异事，志怪小说正是在这样的背景下产生的。

在志怪小说发展成型的进程中，有几位重要的作家和著作不得不提。首先便是张华和他的《博物志》。之前介绍过，张华是太康诗坛的盟主，也是西晋的宰相，与此同时他还有一个重要身份便是著名的博物学家。《博物志》是现存最早的博物学著作，也可以看作最早的志怪小说集。《博物志》共十卷，记录的主要是山川地理、人物传记、神仙典故和各种飞禽走兽、草木虫鱼等内容，在对这万千风物的介绍中，穿插了不少奇幻、怪异、荒诞的故事和传闻，这些传闻大多有相对完整的故事情节和较为丰满的人物形象，已经具备了小说的雏形。其中比较有名的故事如卷十记载的关于天河的传说：

去十余月，奄至一处，有城郭状，屋舍甚严。遥望宫中有织妇，见一丈夫牵牛渚次饮之。

这便是古代典籍中较早的关于牛郎织女婚姻爱情故事的记载，是牵牛、织女二星被赋予人格化形象的体现。再比如卷三记载的"猕猴盗妇"的故事：

> 蜀山南高山上有物如猕猴，长七尺，能人行，健走，名曰猴玃，一名马化，或曰猳玃。同行道妇女有好者，辄盗之以去，人不得知。行者或每遇其旁，皆以长绳相引，然故不免。此得男女气自死，故取男也。取去为室家，其年少者终身不得还。十年之后，形皆类之，意亦迷惑，不复思归。有子者辄俱送还其家。产子皆如人，有不食养者，其母辄死，故无敢不养也。及长，与人不异，皆以杨为姓，故今蜀中西界多谓杨率皆猳玃马化之子孙，时时相有玃爪者也。

这是《博物志》中最为完整曲折的故事，讲的是蜀南高山上的猕猴将路过的女子劫掠回去成亲，生子之后又送还其家，使之长大为其绵延后代。这个故事虽然很短，但其中人与猿之间围绕子孙后代产生的矛盾冲突十分强烈——有人类子孙被猕猴养育，终身不归；也有猕猴子孙被人类养育，仍保有猕猴的特性，反映了蜀南猕猴强烈的同化能力。同时，故事中的形象也很丰满，读完这个故事，无论是猿猴外在的矫健的体貌特征，还是狡猾、残忍的性格，都能够给人留下深刻的印象，这就是小说的典型特点。"猿猴盗妇"的题材在后来也成为一个重要的中国古典小说故事类型，对唐传奇的《江总补白猿传》乃至《西游记》的故事都产生了一定的影响。

张华之后，另一位对志怪小说的发展起到重大作用的是葛洪，他的《神仙传》融合了志人与志怪两大主题，其纪传体的体例本就比《博物志》更接近小说"以人物为核心"的特点。葛洪是玄学背景下成长起来的道士，同时也是医学家和小说家，代表作有医学著作《肘后方》和丹书《抱朴子》等。在"全民求仙"的大背景中，葛洪完善了道教思想的重要组成部分——"炼丹体系"，主张外炼与内炼的统一，其中外炼就是按照《抱朴子》的指导服食丹药，内炼则是要修养心性，而心性如何修养呢？那就要从历代神仙修炼的故事中得到启迪，《神仙传》正是针对此而作的。《神仙传》也是十卷，收录的是有史以来传说中92位仙人的事迹，整体特点与《博物志》一样，都十分奇幻、生动、荒诞、诡异，但相对而言，《神仙传》中的故事更多、情结更为曲折复杂、篇幅也更长，人物形象自然也就更为丰满。其中成就比较高的篇目如《栾巴传》，栾巴本是东汉顺帝时的宦官，但与一般的宦官不同，他人品端正、有才学，还能结婚生子，后来步入仕途，在汉末的"党锢之祸"中被株连，最终自杀，《后汉书》中有传，不过《神仙传》中的栾巴却有着不一样的故事：

> 栾巴，蜀人也。太守请为功曹，以师事之，请试术，乃平生入壁中去，壁外人叫虎狼，还乃巴也。迁豫章太守，有庙神，能与人言语，巴到，推社稷，问其踪由，乃老往齐为书生，太守以女妻之，生一男。巴往齐，勅一道符，乃化为狸。巴为尚书，正旦，会群臣，饮酒，巴乃含酒起望西南噀之，奏云："臣本乡成都市失火，故为救之。"帝驰驿往问之，云："正旦失火时，有雨自东北来，灭火，雨皆作酒气也。"故终日不违如愚，若无所得而愚，是乃物之块然者也。士大夫学道者多矣，然所谓八段锦六字气，特导引吐纳而已，不知气血寓于身而不可扰，贵于自然流通，世岂复知此哉？虽日宴坐，而心鹜于外，营营然如飞蛾之赴宵烛，

苍蝇之触晓牕，知往而不知返，知就利而不知避害。海鱼有以虾为目者，人皆笑之，而不知其故。昼非日，不能驰，夕非火，不能鉴。故学道者，须令物不能迁其性，冶容曼色，吾视之与嫫母同，大厦华屋，吾视之与茅茨同。澄心清净，湛然而无思时，导其气即百骸皆通。抱纯白养太玄，然后不入其机，则知神之所为，气之所生，精之所复，何行而不至哉？所著百章发明道秘，要眇深切，迷途之指南也。

葛洪笔下的栾巴并没有做宦官的经历，他还会神奇的法术，能够钻墙入壁，还会"七十二变"，时而变成虎狼，时而变成狐狸，还会吞云吐雨，与神仙对话，可谓无所不能。这显然与历史上记载的栾巴不是一个人，不过如果我们再仔细把《后汉书》查阅一遍，就知道这个故事原型出自《方术传》中的郭宪，所以我们可以将这里的栾巴理解为一个基于一定历史记载而创造出的艺术形象，这样来看，这篇作品的性质已经几乎完全符合小说了。同时，从小说要素的角度来看，《栾巴传》这篇作品中情节、人物、环境都相对齐备，比起张华的《博物志》显然是更为成熟的作品。

从《博物志》到《神仙传》的发展变化，也反映出了两晋之际，志怪小说正在走向成熟。另外还要补充一点，大家可能会有疑问，这种志怪猎奇的故事，源头不是出自《山海经》吗？那不是先秦时期就已经有了吗？《山海经》是一部先秦典籍，它里面也的确记录了很多奇闻异事，与我们所讲的这些志怪小说本质上还真没有太大的差别，不过事实上我们现在能够看到的《山海经》，主要是郭璞的整理校注本，很多奇幻怪诞的故事其实都出自他的注文，而郭璞本身也是一位博物学家和方术士。他同样生活在两晋之际，所以说两晋之际是志怪小说走向成熟的阶段，是经得起验证的。

三、民间故事的宝库

标志着志怪小说的发展成熟,同时也是魏晋南北朝成就最高的志怪小说集,当属干宝的《搜神记》。干宝生活的时代与葛洪相近,但二人文化背景大不相同。干宝是东晋杰出的史学家,自幼博览群书,曾奉命修国史,这样的学识和经历使得他搜罗整理的故事更具备史学叙事的完整性和条理性,同时好易学、尚玄谈的社会风气对他也产生了较大影响,奠定了《搜神记》整体奇异怪诞、灵异玄幻的风格。

《搜神记》共20卷,记载了大小传说故事450余篇,这个体量比《博物志》和《神仙传》加起来还多,所以说《搜神记》是南朝志怪小说的集大成者毫不过分。这450多篇故事,涉及神仙、鬼怪、妖魔、佛道和古代奇人,题材范围非常广泛,比前文提到的两部作品更具综合性和普遍性。除此之外,还有两大成就,使其在南朝志怪小说的领域中享有不可替代的地位。

一是写人、叙事的艺术十分成熟,可读性强,具有很高的艺术价值。对于这一点,最直观的方法是通过具体篇目来加以感知,且看这篇《宋定伯捉鬼》:

南阳宋定伯,年少时,夜行逢鬼。问之,鬼言:"我是鬼。"鬼问:"汝复谁?"定伯诳之,言:"我亦鬼。"鬼问:"欲至何所?"答曰:"欲至宛市。"鬼言:"我亦欲至宛市。"遂行数里,鬼言:"步行太亟,可共递相担,何如?"定伯曰:"大善。"鬼便先担定伯数里。鬼言:"卿太重,将非鬼也?"定伯言:"我新鬼,故身重耳。"定伯因复担鬼,鬼略无重。如是再三。定伯复言:"我新鬼,不知有何所畏忌?"鬼答言:"惟不喜人唾。"于是共行。道遇水,定伯令鬼先渡，听之，了然无声音。定伯自渡，漕漼作声。鬼复言："何以作声？"定伯曰："新死，不习渡水故耳，勿怪吾也。"行欲至宛市，定伯便担鬼著肩上，急持之。鬼大呼，声咋咋然，索下，不复听之。径至宛市中下著地，化为一羊，便卖之恐其变化，唾之。得钱千五百，乃去。于时石崇言："定伯卖鬼，得钱千五百文。"

故事出自卷十六，讲的是一个名叫宋定伯的少年，走夜路时遇见了鬼，他却丝毫不畏惧，谎称自己也是鬼，还和它结伴而行。路途上数次因为人鬼不可掩饰的差异遭到了鬼的怀疑，却一次次以机智的头脑和灵活的口舌加以化解，并在谈话中套出了鬼的弱点，最终制服了鬼，还赚了一大笔钱的故事。在这个故事中，宋定伯的一次次逢凶化吉推进了情节的发展，叙事几度曲折反复、跌宕起伏，足以引人入胜；同时，作者通过大量简洁但情感充沛的语言描写，刻画出了两个丰满的人物形象：机智勇敢、能言善辩的宋定伯和"呆萌铁憨憨"的鬼，都十分鲜活生动、惹人喜爱；在逻辑线索上，虽然这是一个灵异故事，但除了鬼的虚构性，故事情节中的所有线索都显出艺术的真实，比如人的重量、过河时激起的水声，以及以唾液治鬼的方式，或基于现实生活的经验，或依托文中已有的设定，逻辑严谨、环环相扣、前后呼应，使得故事得以完整自洽。这几点艺术成就，在南朝志怪小说中达到了独一无二的高度。另外补充一点，这篇小说讲的是关于鬼的故事，宣扬的却是不怕鬼的思想，弘扬了人的智慧、勇敢与价值，这在崇尚仙佛玄道的魏晋南北朝时代也具有思想上的进步性。

同样成就极高的还有《紫玉》一篇，讲述的是吴王小女紫玉与书生韩重的爱情故事：二人自小相爱，吴王却反对他们的感情，紫玉气结而死，由于二人情意真挚，紫玉的魂魄得以回到阳间与韩重团聚，在紫玉魂魄的引导下，韩重来到坟墓中与她幸福地生活了三天三夜，最终却没能使吴王感化。文中将紫玉与韩重相聚的场面描绘得十分感人：

玉魂从墓中出，见重，流涕谓曰："昔尔行之后，令二亲从王相求，度必克从大愿，不图别后遭命，奈何。"玉乃左顾，宛颈而歌曰："南山有乌，北山张罗。乌既高飞，罗将奈何？意欲从君，谗言恐多。悲结生疾，没命黄垆。命之不造，冤如之何？羽族之长，名为凤凰。一日失雄，三年感伤。虽有众鸟，不为匹双。故见鄙姿，逢君辉光。身远心近，何尝暂忘！"歌毕，歔欷流涕，不能自胜，邀重还冢。 重曰："死生异路，惧有尤愆，不敢从命。"玉曰："死生异路，吾亦知之。然今一别，永无后期，子将畏我为鬼而祸子乎？欲诚所奉，宁不相信？"重感其言，送之还冢。

这一文段中有两点值得着重强调：一是场面的描写，这是小说艺术中的重点。《紫玉》这段对于场面中的环境、人物、情感、神态、语言的综合展现，堪称魏晋南北朝小说之冠；二是中国古典小说其实是一种综合性的文体，为了渲染气氛，在叙事性的故事情节之外会有很多诗化语言的引入，紫玉"宛颈而歌"的那段四言诗就很有代表性，这一文学风气也在此后的文言小说和白话小说中被保留了下来，成为中国古典小说的一大鲜明特点。

除此之外，《紫玉》故事中超越生死的爱情这一桥段，也直接形成了一大小说母题，此后的《霍小玉传》《牡丹亭》《长生殿》等重要小说、戏剧无不是在此启发下写就的。这也揭示出《搜神记》在艺术成就之外的另一大贡献，那就是提供了大量传说故事的素材，后世的很多小说、戏剧乃至民间传说，都可以在《搜神记》中找到相应的原型，比如大家熟知的干将莫邪、董永与七仙女的故事，都是出自这部著作。

《搜神记》将南朝志怪小说推向了巅峰，也开辟了更为广阔的文学新领域，这些文学素材与艺术手法到了"始有意为小说"的唐人手中，被逐渐发扬光大，造就了东方小说的宏大帝国。

第十二讲
归去来兮

——不是打渔的，也没什么福气

一、走向没落的门阀政治

前面讲过，东晋最显著的时代特征是门阀政治，也就是士族门阀掌握着国家最高权力，足以与皇权相抗衡。不过在东晋一百多年的历史中，门阀与皇权的权力格局并非一成不变，而是随着时代发展此消彼长的，总的趋势是权力由门阀士族向皇权回归，这也是中国历史发展总体趋势所决定的。

具体来说，在先后主政东晋的五大门阀中，琅琊王氏、颍川庾氏和谯国桓氏相对于司马氏皇权，是占据着主导地位的，其代表人物王敦、王导、庾亮、桓温等，都分别担任过东晋的上游都督和宰相，在政局中举足轻重，有着以一己之力左右朝政的能力，甚至可以影响到皇帝的废立和王朝的存续。比如，王敦就曾率上游军队反叛朝廷，并成功攻占建康，独揽大权，致使晋元帝忧愤而死；桓温在其晚年也曾逼迫朝廷为其加九锡，其子桓玄更是废晋自立，一度实现了改朝换代——虽然这些野心最终都破灭了，但晋室依靠的也是其他门阀士族的力量，皇权在门阀面前显得不堪一击。

但从陈郡谢氏起，士族门阀与皇权之间的实力对比已经开始发生了转变，谢氏本不是传统的高门大族，尤其在谢安出仕之前，基本上已经没有了政治影响力，这才促使谢安"东山再起"，接受桓温的征召，开始着意于仕途。而谢安能够在政治上有起色，更是很大程度上满足了皇权制约门阀的需要，他在协助孝武帝遏制桓温权势的进程中出力尤多，于是才能在桓温去世之后，主政朝廷十余载。但无论从权力的来源还是行使上，都已经与前几家士族门阀大为不同，在与皇权的对比中处于下风。383年，淝水之战中，谢安领导的谢家子弟以少胜多，击退了进犯的前秦大军，维护了东晋的国运，这场胜利使得陈郡谢氏声名大振，一跃成为顶级门阀，谢安的权势自此也才真正达到了巅峰。然而仅仅两年之后，谢安病逝，谢氏子弟之中又没有能够完全继承其衣钵的传人，至此，士族门阀与皇权的竞争大局已定，其后兴起的太原王氏已经不能对皇权统治构成任何威胁了，朝政大权一度回到了司马宗室的手中。

而到了四、五世纪之交，局势又一次发生重大变化。399年爆发的孙恩卢循起义和403年发生的桓玄之乱，使东晋政权经历了一次釜底抽薪。孙恩、卢循皆是海上流民，为了对抗朝廷的征兵法令，联合江东的土著地主发动起义，其势席卷整个长江中下游乃至岭南地区，前后延续十二年之久，战乱大大动摇了士族门阀的经济基础，很多高门名士也死于战乱；桓玄是桓温之子，他继承了桓温在长江上游的势力，因不满司马宗室专权，兴兵攻入建康，并于403年逼迫晋安帝禅位，建立桓楚，自称皇帝。这两次动乱，既削弱了司马宗室，也打击了门阀士族，同时，一股新的势力悄然兴起，那就是北府兵。

北府兵是驻扎在京口的流民部队，起初隶属于门阀士族中的陈郡谢氏，皇权振兴之后，改由朝廷选任统帅，平定孙恩卢循起义和桓玄之乱的过程中，北府兵出力最多，贡献最大，名声与实力也壮大了不少。同时，随着宗室与门阀士族遭到削弱，北府兵一跃成为东晋的权力核心。此时，北府兵的统帅名叫刘裕，他在总揽内外军政十五年后的420年，终于代晋自立，改国号为宋，史称刘宋。随着东晋的终结，门阀政治最终也画上了句号。

而在文学上，与门阀政治相对应的文学形式——玄言诗，本就没有什么生机与成就，在士族们推崇、标榜玄学清谈的背景下还能勉强存续，一旦环境发生了变化，失去了其所依托的经济基础和政治背景，自然很快就被历史所淘汰。不过，新的文学秩序的建立，需要的不只是一朝一夕的努力，在"质木无文"的玄言诗退场之后，"声色大开"的元嘉文学登台之前，东晋的主流文坛陷入了一片沉寂，然而在主流之外，却闪耀着一颗最为璀璨的明星，那就是陶渊明。

二、"主流之外"

说陶渊明是主流之外的诗人，其实也不全对，还得从他的家世和生平讲起。陶渊明的曾祖父是陶侃，曾经是东晋的上游统帅，常年镇守荆州，且在平定苏峻之乱的过程中立下大功，被封为长沙郡公，一跃成为东晋政坛上与王导、郗鉴、庾亮一样举足轻重的人物，甚至桓温还得益于他的培养和提拔，足见陶侃地位之尊崇。不过，陶侃毕竟出身寒微，在稳固的门阀政治背景下，一时的机遇和个人的努力，不可能完全扭转世代传袭的家族地位，陶氏虽然因陶侃而发迹，却注定不会成为与王、庾、桓、谢一样的顶级门阀，只能算是一个二等士族，我们也可以称之为次门阶层。陶侃自己也清楚地知道这一点，没有让子侄继承自己身后的事业，与顶级世家争权，而是安心地做次门士族，享受着门阀政治下的生活实惠。

陶渊明作为陶侃的曾孙，虽然不是世代嫡出，不能够承袭爵位，但也算得上士族出身，衣食无虞，还可以接受良好的教育，这使得陶渊明在文化心理上有着士族化的认同。比如，萧统的《陶渊明传》说他：

> 少有高趣，博学，善属文，颖脱不群，任真自得。尝著《五柳先生传》以自况，时人谓之实录。

从这段文字中不难发现三个问题：第一个，也是最明显的，陶渊明年少博学，善长作文，说明他受到了良好的教育，这已经足以彰显他的家庭条件与社会地位了。关于他都学了些什么，我们可以在他自己的诗中找到答案，《饮酒》其十六说"少年罕人事，游好在六经"，可见陶渊明学的主要是儒家经典。而在魏晋南北朝的背景下，儒家经典是以家族为单位世代相传的，陶家不以经学传家，故而没有人事往来，没有博学鸿儒教他读经，但士族出身的陶渊明却有条件自己读典籍，从而培养起良好的儒学修养，寒门士子是没有这个福气的。

第二个问题，是所谓的高趣。何为高趣呢？其实就是魏晋士族们追求的自然之趣，即后文所说的"任真自得"，这是典型的士族情操，与"竹林七贤"的率性自然如出一辙，与兰亭雅集的士族文人们也毫无二致，甚至比起他们还要更纯粹一些。在追求自然的方法上，陶渊明也继承和发扬了他们"仰观俯察，游目骋怀"的方式，他在《归园田居》其一中说自己"少无适俗韵，性本爱丘山"，又在《与子俨等疏》中写自己少年读书时"见树木交荫，时鸟变声，亦复欢然有喜"，可见山林丘壑是陶渊明荡涤情志、体察自然的重要场域。他后来钟情田园，纯任自然的性格，也是在少年时代就早早养成的，这同样要归因于他的士族出身与文化认同。

第三个问题是关于《五柳先生传》，这是陶渊明很有名，也很重要的一篇文章。我们都知道"五柳先生"是陶渊明的"自画像"，不过，这个画像有几分真实、几分艺术加工,就值得细细思量了。可以确定的是,爱诗书、好饮酒、言行洒脱、不计得失的品格,都是陶渊明真实的自我认知,或者说自我期许,这是没有争议的。

可是接下来"环堵萧然,不蔽风日,短褐穿结,箪瓢屡空"这几句要作何解释呢?根据萧统的观点,《五柳先生传》是陶渊明早年的作品,那文中贫寒的家境与我们前两点提出的他衣食无虞的生活不冲突吗?我觉得不冲突,因为陶渊明的家庭似乎的确在他的弱冠之年发生了一些变故,正如他在《有会而作》一诗中说自己"弱年逢家乏",就是说自己二十来岁突然家道中落了,具体原因是什么如今已无法得知。所幸的是,这个时候,他"游好在六经"的学习已经完成了,他"任真自得"的"高趣"也已经养成了,从人格养成的角度来说,此时的家庭变故反而更能强化陶渊明对于士族身份与文化的认同,此后的他会更努力背负起重振家门的使命,这当然也是致使他"误入尘网中,一去三十年"的直接原因之一。

综上所述,从身世和成长历程来看,陶渊明是一位合格的士族文人,是东晋文学主流道路的追随者,不过特殊的家庭背景和家道中落的现实也使得他蕴藏着超越主流的基因。随着时局的发展和生平的经历,这些基因逐渐被激发了出来,但在追求"自然"这一点上,陶渊明只是换了一种方式到达了东晋士族们所难以企及的高度,从这个角度来看,陶渊明对于东晋文坛而言似乎又很"主流"了。

三、弃官归隐的真正原因

由于家中的变故,陶渊明不得不告别"平流进取,坐致公卿"的人生道路,于二十岁左右开始了他的仕宦生涯。我们现在说陶渊明是隐逸诗人、田园诗人，主要是因为他这些题材的诗歌成就高、特点鲜明，后代的文学选本也强化了大家这方面的印象和认知，但我们要了解一个诗人，还是要完整地回顾他的一生和所有作品，这样才能真正地知人论世，看到一个更加立体的陶渊明。前面讲过，陶渊明虽然"少有高趣""任真自得"，但绝对不是一个完全消极避世的诗人，他受到了儒家经典的教育，性格中也有进取的一面，尤其还有着对曾祖陶侃人生功业的崇拜和憧憬。在家庭遭遇变故之后，复兴家门的动力促使陶渊明将这些隐藏已久的情绪都激发了出来。他在晚年的《杂诗》其五中回忆了少壮时代的雄心意气：

忆我少壮时，无乐自欣豫。猛志逸四海，骞翮思远翥。
荏苒岁月颓，此心稍已去。值欢无复娱，每每多忧虑。
气力渐衰损，转觉日不如。壑舟无须臾，引我不得住。
前涂当几许，未知止泊处。古人惜寸阴，念此使人惧。

晚年的陶渊明回顾自己的少壮时代，虽没有太多值得喜乐的好事，但仍然能够在青春的风采中安然满足，彼时的他怀着包容四海的壮志，想要振翅高飞，直达远方。只不过随着时光的流逝，这样飞腾的雄心最终还是消歇了，以至于再欢乐的场合也不能让自己开心，反而增添了很多忧愁和顾虑。他渐渐感觉到，自己的气力日渐损耗，一天不如一天，时光片刻也不会停留，前程几何、归宿何处更是不可知晓，想到古人对尺寸光阴的珍惜，自己也不禁心生恐惧，恐惧时日无多，壮志难酬！可见，这份对青春时光的珍惜，对少年意气的爱护，陶渊明到老也没有彻底抛弃，他终究是想要做出一些事情的。

正是怀着"猛志逸四海，骞翮思远翥"的抱负，陶渊明踏上了游宦之路，家住浔阳的他，先后辗转吴越、江州、荆州等地，做了一些低级别的小官，其中最高的一个职位是江州祭酒，大致是当地主管文教礼仪的官职。但这些为官经历都不能令他满意，尤其是距离兴复家门的目标相去甚远，故而陶渊明最终也没有坚持下来，从江州祭酒的任上辞官回家了。这段经历大体反映在他的《饮酒》其十中：

在昔曾远游，直至东海隅。道路迥且长，风波阻中涂。
此行谁使然？似为饥所驱。倾身营一饱，少许便有余。
恐此非名计，息驾归闲居。

远游东海指的应该就是陶渊明初涉官场时东入吴越求仕的经历，那里毕竟是东晋王朝的政治中心。但令他没想到的是，此行不但跋山涉水，还充满了艰难险阻，他也终于认识到了门阀政治背景下为官求仕的艰辛。那么他为什么会走上这条道路呢？"似为饥所驱"，实在是生活所迫，只能全身心投入，以换取生计，好在经过了一段时间的努力，终于能够生活富足。但想到这样的官场生涯终究与自己心中的期许相隔悬殊，所以既然满足了现实的需求，也就姑且回家去闲居以待机遇吧。这首诗清楚地回顾了陶渊明首次出仕的动机、经历以及辞官的理由，完全能够印证我们前文对他的分析。

此时的陶渊明大概三十岁出头，经过近十年的努力，实现了家庭的"财务自由"之后，他仍旧过回了士族化的闲适生活，但同时也一直关注着政局的变化，等待着属于他的机遇，去实现克复祖业的宏图壮志。不久，机会来了，398年，盘踞荆州的桓玄开始不断扩张自己的势力，桓玄的意图很明确，就是要取代执政的宗室司马道子和太原王氏的势力，重振谯国桓氏的门阀地位。而桓玄的父亲桓温得以崛起，很大程度上得益于陶渊明曾祖父陶侃的扶持，也正是因为这样一层关系，陶渊明接受了桓玄的征召，进入他的幕府之中为其出谋划策，想必也是希望能够借机做出一番事业。其间,陶渊明曾奉使入都,桓玄幕府在荆州江陵,去往都城建康的途中会经过他的家乡浔阳,去时有使命在身,故而陶渊明只能寄希望于回程途中顺路回到家中探望。然而路上却遭遇了风浪,不得不滞留在一个名叫规林的地方,陶渊明于是写下了两首题为《庚子岁五月中从都还阻风于规林》的诗作,不难想见,诗中表达的主要是对家园的思念与眷恋,毕竟入幕已经三年多了,他还没有回去过,所谓"近乡情更怯",此时流露出对故园的深情,是再正常不过的了。其一写道:

  行行循归路,计日望旧居。一欣侍温颜,再喜见友于。
  鼓棹路崎曲,指景限西隅。江山岂不险?归子念前涂。
  凯风负我心,戢楪守穷湖。高莽眇无界,夏木独森疏。
  谁言客舟远?近瞻百里余。延目识南岭,空叹将焉如!

  陶渊明自奉使完成便计算着回家的时日,盼望着行孝膝前、重会友朋。然而自建康往浔阳的路途是溯江而上,故而艰险难行,只能追随着西边的落日,每天前进一点。谁成想大风却不理解这片游子的思归之心,呼啸而至,吹得森林颠倒、波浪弥天,看似百余里的路途迟迟不能到达,眼望着南山脚下便是故园,只能在远处长叹。诗歌有着很强的抒情性,显然是真情流露的产物,比起生活安逸、视野有限、情感体验单一的士族文人们,陶渊明波澜起伏的生活经历和丰富多变的情感状态促成了其诗歌多样的风格。再来看其二:

  自古叹行役,我今始知之。山川一何旷,巽坎难与期。
  崩浪聒天响,长风无息时。久游恋所生,如何淹在兹。
  静念园林好,人间良可辞。当年讵有几?纵心复何疑!

诗歌表达形役的艰苦，面对着广阔的山川和不期而至的狂风巨浪，诗人只怀念家乡田园的岁月静好，怀念那种自在洒脱、随心所欲的田园生活，此番对世路艰难的感慨，既是眼前实写，也有着几年来入幕情绪的宣泄。有的读者根据诗中"静念园林好，人间良可辞"之类的句子，说这组作品反映了陶渊明厌倦官场、钟情田园的思想，我觉得是不对的，他计划几天内回家，却因为突发的意外而没能达成心愿，此时压抑了三年的思乡之情突然爆发，也是人之常情，但若就此说他厌倦了官场、厌倦了仕途，既不符合诗歌的创作背景，也不满足陶渊明此时的"人设"。

不过，没过多久，陶渊明还是离开幕府回到了家中，但不是因为"不与世俗同流合污"，而是因为401年母亲去世，他必须回家丁忧三年。然而正是这三年里，时局发生了重大的改变，桓玄于403年攻入建康，旋即称帝，一年后又被刘裕诛灭，这时陶渊明才再度出山。这次丁忧，既让他错过了一次成大事的机遇，当然也让他躲过了千古骂名。于是，他转而依附了新掌权的刘裕，可刘裕的北府兵身份和庶族立场，显然与陶渊明的士族文化认同相悖，于是陶渊明既得不到刘裕的重视，也不甘心为刘裕的事业服务，终于在405年，彻底选择了弃官归隐。

关于陶渊明的弃官归隐，大家通常都知道"不为五斗米折腰"的典故，但很少探究这背后的阶级立场和时代原因。陶渊明第二次出仕的这些年，正是东晋政坛急剧变动的时段，而他归隐的节点，也正是门阀政治最终瓦解的关头，这种历史线索的严格对应，足以揭示出陶渊明归隐的真正原因。

归隐之后的陶渊明，终于成为那个我们更为熟知的田园诗人，不过，在东篱旁、南山下，陶渊明在采菊饮酒的生活中，心中涌现的不止田园村居的快意，也有士族落寞的惋惜，然而正是这种遗憾，反而使他更真切地追寻到"自然"的真谛，这些内容，我们就留待下一讲再说吧。

第十三讲
一语天然
/
——菊与酒的田园牧歌

一、"田园将芜胡不归"

陶渊明于405年从彭泽令任上辞官归隐,这一年正是北府兵统帅刘裕把持东晋军政大权的开端,士族与庶族两种立场与政治路线的冲突,使得陶渊明不得不离开官场,转而去田园中追寻更清雅的志趣和安逸闲适的生活。

我们中学都学过陶渊明的《归去来兮辞》,这正是他在弃官之际写下的明志书,不过当时我们更注重对这篇作品正文的欣赏和解析,较少关注它的序,事实上,这篇序文对于揭示陶渊明弃官隐居的前前后后有着很重要的意义,我们不妨来看看这段文字:

> 余家贫,耕植不足以自给。幼稚盈室,瓶无储粟,生生所资,未见其术。亲故多劝余为长吏,脱然有怀,求之靡途。会有四方之事,诸侯以惠爱为德,家叔以余贫苦,遂见用于小邑。于时风波未静,心惮远役,彭泽去家百里,公田之利,足以为酒。故便求之。及少日,眷然有归欤之情。何则?质性自然,非矫厉所得。饥冻虽切,违己交病。尝从人事,皆口腹自役。于是怅然慷慨,

深愧平生之志。犹望一稔，当敛裳宵逝。寻程氏妹丧于武昌，情在骏奔，自免去职。仲秋至冬，在官八十余日。因事顺心，命篇曰归去来兮。乙巳岁十一月也。

从文段中，我们不难得出几个结论：一是陶渊明二次出仕前后，家庭生计再度遭遇了困难。我们之前说，陶渊明二十岁前后第一次出仕，是由于家庭的变故与困难，同样，在陶渊明离开桓玄与刘裕的幕府之后，又迎来了一次"中年危机"——母亲去世，伴随着大量的丧葬开销，丁忧三年使得他没有任何收入，而五个孩子的日渐成长，更加剧了家庭的经济压力，这就是所谓的"幼稚盈室，缾无储粟，生生所资，未见其术"。

二是陶渊明对于当时的局势感到非常担忧。"四方之事"指的就是"孙恩卢循起义"和"桓玄之乱"，东晋四处都遍布着动荡、杀戮和血腥，唯有浔阳附近保有相对的安宁，这使得陶渊明"心惮远役"，只能选择在家附近做一个小官吏，相当于走回了第一次出仕的道路，"公田之利，足以为酒"正是他担任彭泽令的目的。

由此，也就不难推出第三个结论，陶渊明的人生抱负与实际处境间出现了不可调和的矛盾，也就是所谓的"怅然慷慨，深愧平生之志"。他的"平生之志"我们在上一讲中说过，是复兴家门的渴望，以及基于士族文化认同下对于"自然"境界的追求。对于四十岁还在担任县令的陶渊明而言，复兴家门已经基本无望，同时，在庶族军阀刘裕掌权的背景下，倘若试图去融入当时的政治潮流，这份高贵的士族文化认同也难以坚守。于是，摆在陶渊明眼前的只能有一个选择，那就是独立于主流环境之外，建立起一个属于自己的"世外桃源"，去追寻心中的"自然"，事实上，他也是这么做的。

所以，当我们通过陶渊明的诗歌来探寻他的精神世界时，常常发现，陶渊明既在文字中明显地表达出对田园生活的喜爱，对"自然"境界的追求和标榜，同时也不难看出他对于壮志难申、人生蹉跎的懊恼、悔恨，这二者看似冲突，实则不然，因为他苦恼的不是不能做官，而是不能按照自己的心意做个士族化的官，也正是因为在外部时代影响下做不了这样的官，他才要去田园中做自己心灵世界的主宰。所以说陶渊明"对壮志的悔"和"对田园的爱"，在本质上是相同的，都是出于时代与人生理想之间的割裂。

不得不说，陶渊明是一个聪明人，在他以前的文士面对人生与时代的矛盾时，无非两条路可走，一是勇敢地向时代和命运挑战，像孔子一样"知其不可而为之"；二是无奈地向现实低头认命，像屈原、曹植一样"哀民生之多艰""怅盘桓而不能去"。陶渊明则创造性地走出了第三条路——既然时代不能成就自己的人生，那就自己来成就，既然复兴家门的理想不能实现，那就转而只关注心中的"自然"，这是对时代的清楚认知，也是与自己的完美和解。他所开辟的这条退而求其次的人生道路，也成为后世文人们世代追攀却往往难以企及的丰碑，这是陶渊明在文化史上的重大意义。

二、"豪华落尽见真淳"

陶渊明的弃官归隐，既是应对时局变化做出的无奈之举，也是他权衡再三所选择的最优道路，绝不是"不愿为五斗米折腰"的一时冲动，毕竟这是关系到后半生人生道路的问题。所以，他在弃官隐居之际写作的一些诗文，既可以看作一时心境的反映，也可以视作他为后半生立下的精神坐标。其中最具代表性的作品当属《归园田居五首》，从题目也不难看出，这组诗就是陶渊明在归隐之初写下的，为即将到来的田园村居设想了美好的图景，也彰显了人生的终极追求。我们一首一首来看：

> 少无适俗韵，性本爱丘山。误落尘网中，一去三十年。
> 羁鸟恋旧林，池鱼思故渊。开荒南野际，守拙归园田。
> 方宅十余亩，草屋八九间。榆柳荫后檐，桃李罗堂前。
> 暧暧远人村，依依墟里烟。狗吠深巷中，鸡鸣桑树颠。
> 户庭无尘杂，虚室有余闲。久在樊笼里，复得返自然。

这是组诗的第一首，既可以看作整组诗的总纲，也可以看作陶渊明后期人生的总路线，核心的一句便是"久在樊笼里，复得返自然"。陶渊明将官场和仕途比作约束人的牢笼，而将之后人生的核心宗旨凝练为"自然"二字，这是根植于他生命中的精神，也是魏晋士族普遍的最高追求。诗歌通俗易懂，且中学课本已经选录，我们就不细讲了。值得多说一句的是，整首诗的风格十分平淡清新，语重心长、娓娓道来，所言的都是生活中俯拾可见的图景，表达的却是玄学的高级奥义，这就比故弄玄虚的玄言诗高出了不少。无数高门士族所追求的那种诗境，不想却在陶渊明这样一个落魄次门士族这里以另一种形式轻而易举地实现，这正是金代著名诗人元好问所评价的"一语天然万古新，豪华落尽见真淳"。抛开一切外在的浮华奢靡，通过本心追求的才是真正的自然之境。接下来看其二：

> 野外罕人事，穷巷寡轮鞅。白日掩荆扉，虚室绝尘想。
> 时复墟曲中，披草共来往。相见无杂言，但道桑麻长。
> 桑麻日已长，我土日已广。常恐霜霰至，零落同草莽。

这首诗反映的是诗人在田园生活的清虚自守，终日里没有什么人际往来,更不见车马盈门的繁闹景象,柴门大可关闭,在虚静的房室中断绝凡俗的念想——这正是王羲之《兰亭集序》中所说的"取诸怀抱,悟言一室之内",是修炼自然境界的一种方式,陶渊明将其落在了实际行动之中。当然,他也不是什么人都不见,有时会在桑麻田垄之中碰上披着草衣的农人,但所谈的也不外乎田间地头作物的长势,绝不关心外在的俗务杂言,既如此,虽然与人相见,却也同样是一种避世守真的生活了。"桑麻日已长,我土日已广",农耕生产取得的收获与进步,实际上也反映出陶渊明田园性情与自然精神的修为日益精深,但同时,他尚未逃脱对生死大化的忧虑,毕竟对于隐居避世的他而言,哪怕精神世界再接近于自然大道,只要肉体消亡了,终究还是会被历史淹没,这是一种逃不出的悲哀宿命。当然,陶渊明最终也实现了对于生死的超脱,不过这是隐居多年以后的事情了,体现在他的《拟挽歌辞》之中。其三也是我们熟知的名篇:

种豆南山下,草盛豆苗稀。晨兴理荒秽,带月荷锄归。
道狭草木长,夕露沾我衣。衣沾不足惜,但使愿无违。

其二中反映的是田园生活里与人的相处,这一首针对的是对自然的态度——"种豆南山下,草盛豆苗稀",看似一句笑谈,却揭示了人与自然之间深层的矛盾关系,自然万物的运转往往不会轻易遂人愿,即便晨兴夜归,也不可能扭转自然的规律,但陶渊明对此并不抗拒,他的态度是"但使愿无违",也就是说,只要不违背本心,也就不会受制于自然。换句话说——本心即是自然,这就是一种玄学的大智慧了!这首诗同样是中学课文,我们不必多讲了。再看其四:

久去山泽游,浪莽林野娱。试携子侄辈,披榛步荒墟。

> 徘徊丘垄间，依依昔人居。井灶有遗处，桑竹残杇株。
> 借问采薪者，此人皆焉如？薪者向我言，死没无复余。
> 一世异朝市，此语真不虚。人生似幻化，终当归空无。

这首诗记述了一次出行经历，陶渊明与子侄们外出郊游，看见了丘垄之间日渐废弃的坟头，便萌生了对生死大计的感悟。"人生似幻化，终当归空无"反映出陶渊明在世界观上是"贵无"的，然而持此观点的他并没有放弃对生命意义的追求，正如他在《形影神》的"神释"篇中所说，"纵浪大化中，不喜亦不惧；应尽便须尽，无复独多虑"——过分地忧虑生死，当然不符合自然的本质，但一味看淡生死，忽略生的意义，也不是宇宙的真谛，"纵浪大化"的本质便是生的时候追求生的价值，死的时候顺应死的规律，"应尽便须尽"，但不应尽的时候，就应该认认真真地对待生命，这才是真正的"顺化自然"！最后来看第五首：

> 怅恨独策还，崎岖历榛曲。山涧清且浅，可以濯吾足。
> 漉我新熟酒，只鸡招近局。日入室中暗，荆薪代明烛。
> 欢来苦夕短，已复至天旭。

《归园田居五首》应该看作一个整体，其一是总纲，标举出对"自然"的追求，其后三首分别从人与人、人与环境、人与生死三个角度探讨了"自然"如何实现，最后一首则是总结与收尾。诗歌讲的是田园生活日复一日的图景，实则表明对于"自然"的追求离不开日复一日的坚持，才能将其内化为与人相伴相生的精神境界，如此这一生都会充满快乐与满足。

三、田园之乐

怀着对"自然"的追求，陶渊明开启了自己丰富多彩的田园隐居生活，他不但以卓然的智慧和高尚的情操为后世开辟了一条追求人生境界与人格独立的新道路，还以实际生活展示和彰显了这条道路可以走得多么精彩绝伦、趣味横生。

陶渊明田园生活的主要活动当然是躬耕陇亩，他有不少反映农事生活的作品，这是一种开创，虽然在此之前也有反映农事生产的诗文作品，比如《诗经》中的《豳风·七月》，但这只是对上古农业生产活动的艺术再现，缺乏主观的情感体验，更没有蕴含个人深刻的人生思考，这两点首见于陶渊明的农事诗。其中典型的代表比如前面介绍的《归园田居》其三，再比如这首《庚戌岁九月中于西田获早稻》：

> 人生归有道，衣食固其端。孰是都不营，而以求自安？
> 开春理常业，岁功聊可观。晨出肆微勤，日入负耒还。
> 山中饶霜露，风气亦先寒。田家岂不苦？弗获辞此难。
> 四体诚乃疲，庶无异患干。盥濯息檐下，斗酒散襟颜。
> 遥遥沮溺心，千载乃相关。但愿长如此，躬耕非所叹。

诗歌很好地将农业生产体验和人生哲理融合在一起，开篇便点明主旨：物质上的衣食温饱是追求更高人生境界的必要前提，因而从事农业生产也是实现"自然"心境的基本途径。接下来六句具体写一年四季、晨昏早晚、晴雨寒暑之中时时耕种劳作的勤苦与艰辛，后六句则抒发了不以为苦、苦中作乐的生活态度和感悟，实现了情绪的升华。最后，诗人自比为上古的贤明隐士，并且立志长久如此，守正持终。诗歌由日常生产的图景追忆，上升到情感思想的抒发，最终归结于对大道自然的坚守，可谓层层深入、层层递进，是从生活中发明人生奥义的完整过程，事理贴切，情境相合，整体和谐自然，这也是陶渊明诗歌艺术的常态。

当然，陶渊明毕竟不同于普通的农人，他虽然退居陇亩，却也从未放弃士族的文化体认，读书与饮酒这两大爱好，也是他田园生活中不可缺少的重要内容。关于饮酒，他曾作过著名的《饮酒二十首》，在组诗的序中说：

闲居寡欢，兼比夜已长，偶有名酒，无夕不饮，顾影独尽。忽焉复醉。既醉之后，辄题数句自娱，纸墨遂多。辞无诠次，聊命故人书之，以为欢笑尔。

可见饮酒是陶渊明排遣生活寂寞的重要手段，也是激发诗文创作灵感的重要方式。每当饮酒，他就可以在朦胧的醉意中达到与古人圣贤神交、与天地自然相通的奇妙境界，在一首题为《止酒》的诗作中，他也以诙谐的笔触反过来表达了饮酒的作用：

平生不止酒，止酒情无喜。暮止不安寝，晨止不能起。
日日欲止之，营卫止不理。徒知止不乐，未知止利己。

一旦不喝酒，人生就失去了所有的乐趣，晚上不喝酒就睡不踏实，早晨不喝酒就不能清醒，可见酒已经成为陶渊明生命中重要的组成部分，由此也不难察觉，陶渊明虽然安于田园躬耕的生活，但其精神世界时不时还是会感受到贫瘠、苦闷的。

从前面的序文中不难得知，《饮酒二十首》是陶渊明散作于不同时间和场合的作品，因为都与酒有关而整理在了一起，其中有不少名篇，比如其五：

> 结庐在人境，而无车马喧。问君何能尔？心远地自偏。
> 采菊东篱下，悠然见南山。山气日夕佳，飞鸟相与还。
> 此中有真意，欲辨已忘言。

诗境平淡冲融，悠然自得，意脉一贯而下，毫无生涩艰拗、故弄玄虚之感，宛如平常交谈、语重心长，而每一句又都充满玄机与哲理，堪称警策的金玉良言，这正是陶渊明诗歌"豪华落尽见真淳"的最高奥义，诗歌的形式与内涵高度统一，可谓"不着一字，尽得风流"。这首诗中学同样学过，我们不再细讲，再来看其十四：

> 故人赏我趣，挈壶相与至。班荆坐松下，数斟已复醉。
> 父老杂乱言，觞酌失行次。不觉知有我，安知物为贵？
> 悠悠迷所留，酒中有深味。

这首诗描绘了与父老亲朋相聚对饮的场景，在推杯换盏之间，大家敞开心胸，吐露着心中最为原始的话语，举止也丝毫不顾及礼仪的约束，表现得放荡不羁，这不正是魏晋名士们一贯追求的忘我、自然的境界吗？原来在酒中就可以体会到，这也揭示了陶渊明所认为的酒中之乐到底乐在何处。

除了饮酒，陶渊明最喜欢的事还有读书，与年少时"游好在六经"不同，此时的他读的更多的是史书，在对历史兴衰浮沉的体察和回顾中，他也更加坚定了自己乘化委运、顺达自然的心境。反映这方面志趣的代表作品有《读〈山海经〉十三首》，在这组诗歌中，除了第一首作为总纲，交代读《山海经》的背景、心境，其余十二首，每首涉及一个或多个《山海经》中的小故事，并由之生发出诗人对于天人关系、生死大运的感悟，十分清新诙谐、自然有趣。

当然，田园生活也少不了游山玩水，陶渊明还有一首题为《游斜川》的作品是他现存的唯一一首山水诗，其对于斜川美景的描绘，功力不在谢灵运之下，而在情景交融的技法上，还要比之更胜一筹：

> 开岁倏五日，吾生行归休。念之动中怀，及辰为兹游。
> 气和天惟澄，班坐依远流。弱湍驰文纺，闲谷矫鸣鸥。
> 迥泽散游目，缅然睇曾丘。虽微九重秀，顾瞻无匹俦。
> 提壶接宾侣，引满更献酬。未知从今去，当复如此不？
> 中觞纵遥情，忘彼千载忧。且极今朝乐，明日非所求。

开篇四句先交代了出游的背景。后十句是集中写景纪行的内容，诗人采用"移步换景"的手法，以游览过程为线索，展开了对天空、水流、游鱼、鸥鹭以及远处山丘的整体描绘，景色冲和平淡，清雅疏朗，也反映了诗人淡泊的心境。最后六句，诗境随着情感的流露实现升华，诗人面对人生与宇宙之间的原始矛盾，得出了"且极今朝乐"的态度与理念，是对"顺化自然"思想的再度阐发。

总而言之，无论躬耕田间，还是饮酒、读书，抑或外出游览，在"自然"的人生信条指引下，陶渊明的田园生活可谓丰富而精彩，他以自己的亲身经历验证了这第三条人生道路的可行性，从而将自己的高士形象牢牢地印刻在了中华文明史的版图上和每一个后代失意士子的心中。

第十四讲
声色大开
/
——文与质之间的骤然转变

一、从"门阀"到"士族"

420年，北府兵统帅出身的庶族军阀刘裕胁迫晋恭帝禅位，建立宋王朝，为了与后来名气更大的赵宋王朝区分，史称"刘宋"，而随着享国104年的东晋王朝终结，历史的进程也由魏晋来到了南北朝。

由晋入宋，由魏晋进入南北朝，看似简单的改朝换代，其实背后的意义远没有那么简单。从士庶关系此消彼长的对比来看，魏晋是士族强权不断加剧的时期，而南北朝则反映的是士族瓦解与庶族崛起的历史大势。士族的强权始于东汉中后期，奠定于曹魏的"九品中正制"，至两晋时期发展到顶峰，尤其在东晋更是形成了"门阀政治"这一特殊的历史存在，世家大族轮流交替，掌握着国家的最高政权和最广大的经济利益，连皇帝也不得不避其锋芒。然而，不得不承认的是，门阀政治毕竟是特定历史时代下的产物，门阀得以凌驾于皇权之上，不是因为自身过强，而是因为当时的皇权太弱，缺乏稳定的统治基础，因而随着皇权逐步站稳脚跟，国家的最高权力也就必然会由门阀向皇权回归。

相比于仓促南奔、偏安一隅、立国之初元气大伤的东晋，刘宋政权有着稳固而强大的军事集团——北府兵作为支撑，且在"孙恩卢循起义"和"桓玄之乱"后，刘裕又从备受打击的门阀士族手中逐步接管了军事、政治与经济大权，在他主政东晋的十五年中，不断培植着自身的统治基础，还不时高举起北伐的大旗收获着朝野人心，这使得刘宋的国本十分稳固，自然而然也有了公然打压门阀士族的底气。

为了避免门阀士族倾轧皇权的历史重演，刘裕登基后的第一大举措，就是大刀阔斧地削弱门阀士族。他废除了东晋以前的绝大多数封爵，包括颍川庾氏、谯国桓氏、太原王氏这样的顶级士族，以及顾、陆、朱、张这些土生土长的江东大族，一时全都风光散尽。当然，对于一些影响较大、尤其是对刘宋有恩的功臣子孙，刘裕也相应地予以了优待，比如奠定南朝国祚的王导，创建北府兵的谢安、谢玄，稳固江南政局有功的温峤和陶侃等，他们子孙的爵位都得到了保留，不过也都由公爵降到了侯爵。

同时，为了维护政权的长久稳定，不至于彻底激起门阀士族的反抗，刘裕也保留了他们在经济与政治上的部分特权，比如庄园经济与九品中正制，士族子弟依然享有衣食无虞的优裕生活，依然可以"平流进取，坐致公卿"，只不过不再掌握国家实权罢了。这样一来，在东晋集政治主导权与文学话语权于一身的"门阀"，彻底蜕变为只享有部分政治和经济优待的"士族"，这种新的身份也贯穿了宋、齐、梁、陈整个南朝的始终。

正是因为在政治身份上的转变，士族们将更多的心思投入到了文学之中，或像此前的寒门士子一样，借文场抒发着官场的失意，或保持着贵族的雍容悠游之姿，借诗文以自娱，这也促使南朝诗文相对于魏晋诗文，又呈现出了诸多崭新的面貌。

二、"庄老告退，山水方滋"

东晋诗坛的格局是玄言诗一统天下，即便是后来成就极高的陶渊明，也没有彻底摆脱玄言诗的影子，他田园牧歌式的淳朴诗作，表现的也是对于"自然"这一玄学最高境界的追求，只不过他在文学的形式上做到了清新质朴、淳真动人、天然率性、发于真情，走出了质木无文的"理窟"。而随着晋宋易代的完成和门阀政治的终结，玄言诗终于在南北朝之初彻底退出了历史舞台。

刘勰在《文心雕龙·明诗》篇中说："宋初文咏，体有因革，庄老告退，而山水方滋。"揭示出了晋宋之际诗风的大转变。我们在讲玄言诗的时候提到过，东晋的士族文人们由于在现实生活中无欲无求，转而喜欢研究玄奥、深邃的宇宙问题、哲学问题，他们还将这些问题引入诗中加以探讨，于是产生了玄言诗。而探求宇宙终极奥义的重要途径有两个，一个是清谈辩论，另一个就是仰观俯察，在永和九年的兰亭集会之前，清谈辩论是主要的形式，其后重心则转为仰观俯察，也就是对天地自然万物的观照之中，既然要探讨自然，理所当然的也应该回到自然当中去，这是不难理解的。

而在仰观俯察、观照自然的玄学思维模式中，就预设了两个环节——先要走进自然、欣赏自然、体察自然，然后才是从客观的山水自然之中去感悟和发觉自然的大道，这也构成了玄言诗内容上的两大部分，即对自然景物的书写和对玄理的阐发，其中对自然景物的书写，正是日后山水诗的前身。

随着门阀政治的瓦解，玄学在思想领域的统治地位也受到了动摇，文人们不再以探究玄理作为唯一的精神追求，而是更注重发现玄理的过程，也就是对山水自然的客观审美，因为从中，他们可以获得身心的愉悦享受，有时也能够弥补政治失意带来的心理落差。渐渐地，在探究玄学的两个环节之中，感悟和发觉的成分越来越小，欣赏和体察的比重越来越大，这正是"庄老告退，山水方滋"的内涵，而随着走进自然的目的从"探求玄理"转向了"审美娱人"，玄言诗也就完成了向山水诗的摇身一变。

对于"庄老告退，山水方滋"我们还应该理解得更进一步，其实这句话反映的不只是玄言诗到山水诗这一题材、形式的变化，更是两种文学路线的更迭。对自然的"欣赏、体察"和"感悟、发觉"其实分别代表了文学中的"文"与"质"两个侧面，"质木无文"的玄言诗代表的正是两晋诗坛对质的极致追求，而自刘宋"声色大开"的山水诗开始，南朝文学便又转而朝着文的方向一去不返。我们常说魏晋重写意、南朝重摩象，魏晋尚清虚、南朝好声色，魏晋多警策、南朝多精妍，也正是这种文学路线转变的外在体现，"文升质降"才是南朝诗文与魏晋诗文的本质区别。

三、特点鲜明的"大谢体"

带领南朝诗文走向"声色大开"之路的第一位诗人叫谢灵运，他也是山水诗领域开宗立派的祖师爷，在他之前的山水诗只有《观沧海》《游斜川》等寥寥数首，到了谢灵运则将这一题材发扬光大，并创制出了一套稳定、成熟的山水诗写作模式，后世也用他的名号将这一套路称为"大谢体"。

谢灵运出身陈郡谢氏，他的祖父就是在淝水之战中立下大功的谢玄，被封为康乐县公。谢灵运作为嫡孙，在其祖、其父去世后承袭了康乐公这一爵位，不过在刘宋代晋之后，便被降为了侯爵。不同于其他门阀士族，谢氏家族经历了从次门士族向顶级门阀的跨越，于是非常注重家风与门风教育，教导子孙们要提升自身的内外修养，并应该有所作为，而爵位的降低无疑使得谢灵运的人生理想和信念受到了重大的挫折，虽然仍然保有"平流进取，坐致公卿"的政治特权，但他却并不满足于此，而是还希望能够像祖父一样，凭借着伟大的功业重振家门的雄风。这一沉重的使命使得谢灵运一生都过得坎坷蹉跎，最终也因为受到小人的嫉害而身首异处，不禁令人唏嘘。

正是因为追寻理想的道路充满坎坷蹉跎，谢灵运才时常要去山水自然之中荡涤情志，排解愁情，这成为山水诗蓬勃发展的重要推动力。423年，刘宋的开国君主刘裕病逝，即位的是年仅17岁的少帝，事实上则由徐羡之、傅亮、谢晦三人共辅朝政，谢灵运试图在三人中间挑拨离间搞分裂，谁知这三个人团结得很，一致把谢灵运排挤出了朝廷，安置到浙东的永嘉当太守。谢灵运起初非常不满，到了永嘉还大病一场，谁知永嘉山水清丽，最适合陶冶情操，不多久他的病就好了，此后彻底爱上了山山水水，一发而不可收拾。这首《登池上楼》就是他大病初愈后的作品：

> 潜虬媚幽姿，飞鸿响远音。薄霄愧云浮，栖川怍渊沉。
> 进德智所拙，退耕力不任。徇禄反穷海，卧疴对空林。
> 衾枕昧节候，褰开暂窥临。倾耳聆波澜，举目眺岖嵚。
> 初景革绪风，新阳改故阴。池塘生春草，园柳变鸣禽。
> 祁祁伤豳歌，萋萋感楚吟。索居易永久，离群难处心。
> 持操岂独古，无闷征在今。

开篇八句交代了谢灵运卧病居所的心路历程：水中的潜龙姿态优雅，远方传来大雁的飞鸣，既点明了开春的时序，又揭示了自己久病宅居的心境。同时，诗人还以空中的飞鸿隐喻进取之志，幽居的潜龙隐喻退守之情，表现了自己困于两条人生道路之间的苦恼，故而才会在挣扎中得出既对不起长空的浮云，也对不起深邃的池渊这样的感慨。为什么会这样呢？是因为想要仕途进取，能力却不够，倘若归隐田园，心中又不甘，这才为了些许微薄的俸禄来到这海边小城做官，也因此卧病在床。紧接着八句，情绪则有所变化，主要来自于春日融融的美景：病中感知到了季节的变化，还是忍不住走出房室，登上高楼踏春，耳边回荡着春潮涌动的波涛声，放眼望去则是一片片郁郁葱葱的山林；初春的阳光已经代替了残余的冬风，新岁的阳气也更替了去冬的阴冷；池塘中，融融的春草发芽长出，园中翠柳之上的禽鸟也变换了种类，改换了更活泼的声调。此时的谢灵运，尚未从官场失意的阴影中走出，难免勾起了伤春的情绪：想到《诗经·豳风》中"采蘩祁祁"的诗句和楚地民歌里"春草生兮萋萋"的语言，再次感受到了离群索居的孤独，不过既然古人都能够保持高尚的情操，想必自己也会从此远离烦闷吧。看得出来，除了些许失意、孤独和忧伤，永嘉的美好春景，带给谢灵运更多的还是温暖与治愈。

由此开始，谢灵运逐渐沉浸在了山水美景之中，离开永嘉之后，他回到了自己的故乡会稽始宁，动用自己作为大士族丰厚的家产，在山野四处买园林、盖别墅，逢山开路、遇水搭桥，修赏景平台、铺景观大道，不亦乐乎，整天不停地辗转于各个别墅之间，从早到晚，穿梭其间，可以说峰回路转之间处处都是美景。于是他将这些经历和见闻写成了诗歌，便是我们如今看到的精彩绝伦的山水诗。

我们先来看一首《石壁精舍还湖中作》：

昏旦变气候，山水含清晖。清晖能娱人，游子憺忘归。
出谷日尚早，入舟阳已微。林壑敛暝色，云霞收夕霏。

芰荷迭映蔚，蒲稗相因依。披拂趋南径，愉悦偃东扉。
虑澹物自轻，意惬理无违。寄言摄生客，试用此道推。

题目中有两个地名，"石壁精舍"指的是修筑在山崖深处的精装修别墅，"湖中"则是指巫湖之畔的旧居。这首诗写的就是他在两处居所间迁徙的沿途景象。开篇六句交代了游览的总体感受和情绪：晨昏气候的变化，使得山水景象在光影之中愈发清丽迷人，身处其间游览的人忘怀归处，与自然融为一体。接下来的八句就是对沿途见闻的细致的景物描绘：离开山谷的时候还是清晨，等到进入湖中的小舟，便已夕阳西下了，暗沉的天色从层林的缝隙中收拢，夕阳的红晕随着云霞卷起，消失在天空尽头，菱叶与荷花在水中交相呼应，蒲柳与水边杂草相互堆叠成趣，拨开它们顺着南方的小路走去，开开心心地回到屋舍之中，掩上东边的门窗。最后四句是在此基础上生发出的感悟：心思淡薄，自然会觉得外物都清新活泼，情感惬意，也就没有任何烦心的想法，那些想要追求长生不老的人啊，你们就照这个道理去思考吧！

这是一首极具典型特色的"大谢体"山水诗，"大谢体"具体有什么特点呢？主要有以下三个：一是在审美视角和写景结构上的移步换景。谢灵运山水诗中的景物都是相对独立的一个一个细节景观，比如这首诗中的林壑、云霞、芰荷、蒲稗，是四幅互不关联的图景，缺少宏观全景式的投射，这是由浙东独特的自然环境所决定的，在低山丘陵庄园和茂密的森林中，景观被自然地遮挡成一幅幅单独的画面，随着游览的步伐次第出现在观者眼中，谢灵运的移步换景其实就是他游览历程的真实再现。"大谢体"的第二个特点是对景物间组合关系的极致表现，以及对诗眼的追求。在一幅图景中，谢灵运格外注重两种景物的组合关系，即搭配构成完美的画面，比如这首诗中的"林壑敛暝色，云霞收夕霏"，就是运用了天象与山林的光影搭配，为了使这种组合产生完美的效果，中间的动词选用就需要格外考究，于是造就了所谓的诗眼。类似的例子还有很多，比如前面介绍的"潜虬媚幽姿，飞鸿响远音""池塘生春草，园柳变鸣禽"，以及"白云抱幽石，绿筱媚清涟""憩石挹飞泉，攀林搴落英"等，都是极具代表性的名句、佳句。第三个特点，其实也是"大谢体"的不足之处，就是结尾的说理往往略显生拗，这是由于山水诗本身脱胎于玄言诗，而谢灵运又处于山水诗的开创阶段，难免还会残存很多玄言诗的影响，这种现象也被戏称为"玄言的尾巴"，但终究瑕不掩瑜，其实从本质上来说，"玄言的尾巴"反映出的是文质升降之际，二者之间的关系尚未完美调和的问题。

有了对"大谢体"三大特点的认识，我们再来看这首《登江中孤屿》，很快便能产生驾轻就熟之感：

江南倦历览，江北旷周旋。怀新道转迥，寻异景不延。
乱流趋孤屿，孤屿媚中川。云日相辉映，空水共澄鲜。
表灵物莫赏，蕴真谁为传。想像昆山姿，缅邈区中缘。
始信安期术，得尽养生年。

前四句交代出游的背景，自不必多说，不过要提醒大家注意，谢灵运山水诗中的整体意境是寻幽探奇，这既是浙东山水的本来特点，也是宋初诗歌尚新尚奇的取向所决定的。中间四句写景，江间杂乱的水流都朝着江心孤屿而去，而这座孤屿就傲立河流当中，英姿绝伦，"趋"和"媚"既写出了水势的浩大，也表现出了孤屿的奇秀，可谓刚柔并济，正是诗眼所在。至于，云日相映，水天一色的景象，则是对于光影变换的巧妙搭配。最后六句毫无疑问，又是"玄言的尾巴"，表明山水之中自由真趣、大道的所在。

"大谢体"可以说是所有诗歌风格中个性最为鲜明的一个，同时也是缺点十分突出的一个,从现在的眼光来看,它的视野有些局限,结构也过于单一,对于诗眼的过度追求常常导致作品有句无篇,缺乏浑然一体的美感,"玄言的尾巴"更是显得冗余。但不得不承认,在山水诗的领域中,谢灵运的贡献是不可磨灭的,后世的山水诗也绝不可能绕开谢灵运的影响。

四、"颜谢之孤高"

与谢灵运同时期的诗人还有颜延之和鲍照,他们三人并称为"元嘉三大家",是推动魏晋诗风转向南朝诗风的核心主力,奠定了未来三百年诗歌的发展方向。关于鲍照,我们会在下一讲中具体介绍,这里再简要介绍一下颜延之。

颜延之出身次门士族,在晋宋之际颇有诗名,他是陶渊明的好朋友,给了陶渊明很多资助,在陶渊明死后还为他写了悼念的诔文。同时,颜延之又与谢灵运齐名,被称为"颜谢",元稹评价杜甫说他"掩颜谢之孤高",可见颜延之和谢灵运一样,诗歌是以新奇幽微取胜的。不过可惜的是,从现存作品来看,颜延之的文学成就既不及谢灵运,更比不上陶渊明,也看不出什么孤高的特点,反而是凝练规整,喜好错彩镂金、堆砌辞藻,十分文饰、雕琢。

颜延之最为令人称道的作品是《五君咏》,吟咏"竹林七贤"中的嵇康、向秀、刘伶、阮籍、阮咸五位古人,表明自己对其情操境界的崇拜,情感直率放达、风格骨鲠清新,例如咏嵇康的这首诗:

> 中散不偶世,本自餐霞人。形解验默仙,吐论知凝神。
> 立俗迕流议,寻山洽隐沦。鸾翮有时铩,龙性谁能驯。

将嵇康比作铩羽的青鸾，却仍然保有高傲的情性，不轻易为人所驯服，更不与时俗的昏暗同流合污，敢于与之抗争，这种精神也是经历了晋宋之乱的颜延之本人所向往拥有的。

　　晋宋之际是诗运的一次转关，不仅是因为文质关系上发生了文升质降的逆转，在另一组关系——士庶之间，也同样有所变易，一批寒素文人登上了文学主舞台，书写了属于他们的辉煌，这其中最具代表性的就是与谢灵运、颜延之同为"元嘉三大家"的鲍照。为什么寒素文人能够在宋初崭露头角，他们之后的命运又将何去何从呢？我们下一讲再说。

第十五讲
不平则鸣

——挣扎中奋起的寒士

一、夹缝中求生存

晋宋诗运的转关不仅体现在文升质降的变化,还在于沉寂已久的寒素文学重获了生机,而且士庶之间极端不平衡的格局开始呈现出瓦解的趋势。可以说,在东晋百余年的历史中,文坛之上是完全没有寒素文人的身影的,因为门阀政治之下,寒素文人既没有文学上的话语权,也没有政治上的表达需要,毕竟无论如何呼号与申诉,他们都看不到出路和希望。

刘宋的建立和门阀政治的瓦解为寒素文人的发展带来了新的希望:首先,刘裕本人就是一个从寒素军士成长为一代帝王的成功案例。他的成功经历对于寒素士子有着精神上的激励,相比于世家出身的司马氏皇族而言,同为寒素起家的刘裕也更能产生对寒士的价值认可和情感认同,这就为寒士们的政治参与和才华施展提供了更多的机遇。其次,出于皇权与士族对抗的现实需要,寒士们本身就是刘宋政权需要大力拉拢的对象。刘裕为刘宋政权奠定了打压士族门阀的政治基调,世家出身的子弟虽然享有任官特权,但大多都是有名无实、位高权轻的清流官。朝廷内外的日常运转离不开人才,于是就有相当数量的寒门士子被任用、提拔，他们大多任职于新设的中央中枢机关——中书省和尚书台，控制着朝廷公文政令的发布和执行权，还有的担任地方要职，协助管理和监察藩镇、州郡，维护着皇权对朝廷内外的有效统治，形成了"寒族掌机要，士族居虚位，宗室镇要州，典签控州镇"的基本政治格局，其核心就是服务于皇权统治，而随着皇权的不断增强，寒素士子也必将得到更加大力的任用和提拔。

尽管新的机遇出现，横亘在寒素士子面前仍有三大难以逾越的障碍：一是皇权与寒门士子之间利用与被利用的本质关系，注定了寒门士子的发展空间是十分有限的，绝不可能产生新的士族。皇权任用寒门士子的目的在于打压士族，那么自然不允许寒门士子本身朝着士族化的方向发展，更不可能容忍寒门士子中再出现一个像刘裕这样的政治强人，于是朝廷对寒门士子的任用是十分谨慎的，中书省和尚书台的官职往往不是制度化的任免，这就使得任何一个出现威胁皇权苗头的官员都能够瞬间被"釜底抽薪"，失去已经拥有的一切，寒门士子在政治上的生存与发展必须紧紧地依附于皇权。也正是因为紧密依附于皇权，寒门士子的第二大障碍，就是在政局变动中极易受到波及。刘裕称帝两年后去世，其子少帝即位，大肆改动其父的为政路线，从中央到地方的重要官吏也随之被层层撤换。三年之后，少帝被废，文帝即位，随之而来又是朝中官员的一次大面积洗牌。每次皇权更迭，都伴随着一批批寒门士子的起起落落，这是紧密依附于皇权的他们所要经历的必然宿命，而这种朝不保夕的不稳定性，给寒门士子们造成了极大的心理压力，也极大限制了他们的政治前景。第三大障碍便是士族集团的鄙夷，虽然寒门士子的政治参与度得到了提升，但在文化领域始终难以得到掌握着核心话语权的士族们的接受。士族集团虽然受到了政治上的压制，但悠久的家族文明史、稳固的经学传统、深厚的文学修养和积累，以及以血缘和姻亲维系着的关系纽带，都使他们以庞大利益集团的形式保持着对文化领域的高度控制。与他们相比，寒素士子始终显得基础薄弱、势单力孤，其社会地位尤其是文化地位，不可能得到本质的提升，这种士庶之间不可逾越的文化鸿沟也是横在他们面前的最大阻碍。

基于以上两大希望与三大障碍，刘宋时期的寒素士人其实艰难地生活在夹缝之中，比起东晋门阀政治下的毫无希望，他们有了拼搏奋斗的必要与可能，但在士族主导的文化场域中，他们同样得不到平等的对待与表达的机会，加之来自皇权的利用与不稳定性，寒素士人郁结于心中的巨大情绪正酝酿着一次集中的爆发。

二、"俊逸鲍参军"

寒素文人爆发的焦点集中在了鲍照的身上，虽然与谢灵运、颜延之并称为"元嘉三大家"，但其实他生活的年代要比颜、谢二人更晚，加之出身贫寒、年少不知名，以至于在谢灵运去世两年之后，鲍照才第一次进入人们的视野。

425年，宋文帝的统治进入了第十二个年头，经历了"少帝之乱"的刘宋政局也终于渐趋稳定，毕竟对于紧紧依附皇权的寒门士子而言，政局的稳定是他们能够在仕途上健康发展的必要前提，于是鲍照瞅准时机，选择以临川王刘义庆的幕府作为自己政治生涯的起点。刘义庆是刘裕的侄子、宋文帝刘义隆的堂兄，时任荆州刺史，素以雅号文学而知名，我们所熟知的《世说新语》就是他组织编纂的。起初鲍照来到刘义庆的王府，因为出身寒微而被拒之门外，想要献诗求仕，也遭到了他人的冷眼，于是他十分愤慨地说：

千载上有英才异士沉没而不可闻者，岂可数哉！大丈夫岂可遂蕴智能，使兰艾不辨，终日碌碌与燕雀相随乎？

意思就是说，历代都有怀才不遇而泯没不闻的英才，既然怀有雄才壮志，怎能安心终日里碌碌无为，蹉跎人生呢？鲍照的这段话反映出两个问题：一是他认为评价人生成败的尺度应该是才华而非门第，这个意思很明显，也很能代表寒门士子们的基本立场；二是他没有提到所谓的士庶之别，说明此时在他的心目中，这不是一个不可逾越的鸿沟，也体现出了刘宋立国以来打压士族的一定成效。

于是，鲍照还是通过一定的途径向刘义庆献上了自己的诗赋作品，果然，刘义庆看后大为赞赏，赐他绢帛以示嘉奖，并留他在自己的帐下担任侍郎，从此鲍照也如愿以偿地开启了自己的晋升之路。四年后，刘义庆由荆州移镇江州，鲍照也随行前往，途中路过庐山，写下了一首著名的山水诗《登庐山》：

悬装乱水区，薄旅次山楹。千岩盛阻积，万壑势回萦。
巃嵸高昔貌，纷乱袭前名。洞涧窥地脉，耸树隐天经。
松磴上迷密，云窦下纵横。阴冰实夏结，炎树信冬荣。
嘈嘈晨鹍思，叫啸夜猿清。深崖伏化迹，穹岫閟长灵。
乘此乐山性，重以远游情。方跻羽人途，永与烟雾并。

想必大家不难看出，这是一首典型的"大谢体"山水诗。开篇两句交代远行途中旅居山下，借机一览庐山美景这样一个大的创作背景；其下十二句就是移步换景地展开了一个又一个山间奇异幽美的画面：千岩堆叠连绵，谷壑萦绕深回，层错迭出的山峦一个高过一个林立在眼前，山间的岩洞和溪流都深邃得仿佛直通地脉，高大的树木又直入云霄，仿佛将天上的日月星辰都统统遮蔽，小路在松林中蜿蜒密布，洞穴中不时吞吐云气，让人觉得扑朔迷离，阴凉之处还结有冬日的严冰，太阳照射的地方则草木葱茏，昼夜之间都能听到猿啼和鸟鸣，甚至还不时有他们行动的踪迹；最后四句不出意外，也是"玄言的尾巴"，宣讲着在自然山林之中与天地精神同化的大道至理。鲍照写作"大谢体"山水诗说明了两个问题：第一，鲍照本人有着极高的文学天赋与文学识见，对于成熟不久但成就极高的"大谢体"，他能够准确地把握其精髓，写出水平相当的属于自己的文字；第二，"大谢体"作为士族文学的重要代表，鲍照按照这一规范来创作，显然是有意想要融入士族文化的圈层，尤其是连"玄言的尾巴"都要保留，这对于对玄学毫无兴趣的鲍照而言，意图是十分明确的。

途中，他还写就了一首名篇，叫作《登大雷岸与妹书》，是途经安徽望江一带时写给他的妹妹鲍令晖的。文中以大量的笔墨描绘了沿途所经的九江、庐山一带的山容水貌，以及云霞夕晖、青霜紫霄构成的的奇幻景色，是南朝骈体山水文的杰出代表。在写景的同时，他还抒发了思乡思亲的情绪，以及对行役艰难的感触。在此之外，大雷是刘裕进击孙恩、卢循起义军的重要战场，隐喻着寒素之士的发迹史，仕途之中的鲍照在这里有所感怀，也不可能不将其与他的功名意识牢牢地联系在一起。

刘义庆对于鲍照可谓有知遇之恩，在他的幕府中，鲍照受到了很好的礼遇，也得到了长足的发展，一度成为常侍，也就是身边的近臣、机要人员，直到444年刘义庆病逝，鲍照在解职还家之前还为之守孝，以尽忠义之心。

此后，鲍照又先后投靠衡阳王刘义季、始兴王刘濬，随他们镇守各地、转战四方，也深得他们的栽培和信任。不过，对鲍照而言，真正的人生转折发生在453年，这一年执政满30年的宋文帝被太子刘劭和始兴王刘濬联手弑杀，刘劭即位后不久又被武陵王刘骏讨灭，刘骏即位为孝武帝，鲍照则因为为孝武帝作了歌功颂德的《中兴歌十首》而受到重视，走上了仕途升迁的快车道。短短三年，鲍照就被任命为太学博士、中书舍人，成为孝武帝的"御用笔杆子"，其间他为皇帝和朝廷执笔创作了大量公文和应制诗文，一度也能够与顶级士族出身的谢庄联句作诗，可以说是达到了南朝寒门士子所能达到的事业和荣耀的最高峰。

但正如我们前面所说，寒门士子对皇权的高度依附性注定了他们仕途的不稳定，一旦他们失去了皇帝的信任和喜爱，就意味着前功尽弃。457年，鲍照离任中书舍人，转到秣陵、永安等地任县令，离开朝廷之际，他写下了《代白头吟》一诗表达心中的苦闷：

直如朱丝绳，清如玉壶冰。何惭宿昔意，猜恨坐相仍。
人情贱恩旧，世义逐衰兴。毫发一为瑕，丘山不可胜。
食苗实硕鼠，点白信苍蝇。凫鹄远成美，薪刍前见凌。
申黜褒女进，班去赵姬升。周王日沦惑，汉帝益嗟称。
心赏犹难恃，貌恭岂易凭。古来共如此，非君独抚膺。

诗歌开篇即自比"朱丝绳""玉壶冰"，表明耿直、纯洁的心性和品质，可即便如此，诗人还是受到了嫉恨而被排挤在外，这使他对人情冷暖、世态炎凉都有了深切的体会，他痛斥宵小之辈如同硕鼠、苍蝇一般肮脏害人，又悲叹野鸭、鸿鹄即便品行高洁、志向远大也难逃被残害的命运，这正是他眼下遭遇的处境。而后，诗人借古讽今，以褒姒、赵飞燕的典故喻指朝中奸臣当道，这终究会导致国家的败亡，然而对此他却无能为力，只能暗自忧伤。

此后，在地方官任上，鲍照也常常受到来自朝中的政治迫害，反复被限制行动，长达数年。更不幸的是，晚年的鲍照又一次卷入了皇权纷争当中，孝武帝驾崩之后，其子刘子业被湘东王也就是后来的宋明帝刘彧所废，鲍照追随的临海王刘子顼响应了对刘彧的讨伐，于466年兵败被杀，鲍照也不幸死于此次祸乱。

三、《拟行路难》与杂言歌行

鲍照成就最高的作品当属《拟行路难十八首》，这是一组杂言歌行，大致创作于其人生的末期，主要内容是对人生艰难处境的感慨和回顾，尤其抒发了寒门士子的激愤之情，情感强烈丰沛，语言遒劲有力，风格雄放恣肆，犹如寒夜之中的振臂一呼，予以寒门士子极大的振奋，也打破了诗坛上雅正典丽之风一统江湖的格局，为后世的诗歌开创了新的发展方向。

我们不妨通过几首诗来具体体会这组作品的特点，先看其六：

对案不能食，拔剑击柱长叹息。丈夫生世会几时，安能蹀躞垂羽翼？
弃置罢官去，还家自休息。朝出与亲辞，暮还在亲侧。
弄儿床前戏，看妇机中织。自古圣贤尽贫贱，何况我辈孤且直。

这首诗反映的是鲍照厌弃官场，一度想要辞官回乡的心路历程。诗歌开篇一句便是情感由积蓄到爆发的过程表现：对着满桌饭菜，因为内心愁苦而没有食欲，这是情绪的郁结，突然深压的怒气喷涌而出，化作拔剑击柱的动力和长长的叹息之声，一齐从胸中倾吐。后面的句子自然也就是诗人要倾诉的内容：人生在世不过数十年，应当要有所成就有所作为，怎能畏首畏尾不敢拼争呢？身为寒士处于官场的他，几经挣扎也还是屈心逆志，既然如此还不如弃官而去，回家讨个清闲，能够终日陪伴家人，与妻儿同事生产，共享天伦之乐，多么令人羡慕。自古以来，圣贤之人都逃不出贫贱的命运，何况自己也是一位耿介孤直之士！这首诗看似写自己有了弃官的打算，实则处处语含锋芒，指向官场的昏暗和世道的沦丧，情绪饱满，风格直率洒脱，在士族文坛对雅正的一致追求中令人耳目一新。

再来看其十五：

>君不见柏梁台，今日丘墟生草莱。君不见阿房宫，寒云泽雉栖其中。
>
>歌妓舞女今谁在，高坟垒垒满山隅。长袖纷纷徒竞世，非我昔时千金躯。
>
>随酒逐乐任意去，莫令含叹下黄垆。

这首诗表现了一种历史的沧桑感：汉时的柏梁台是君臣唱和的繁华所在，如今只剩下荒丘野草，而秦代的阿房宫是最为繁华的宫殿，如今也只有野鸡在其中栖息，更不必说昔日那些涂脂抹粉的歌儿舞女了，没有人能够青春常在，终究都会化作一座座山野的坟头，就说眼前官场中这些长袖善舞的势利之徒吧，谁又能保证长久的荣华富贵呢？他感慨，着眼于一时一世的荣宠，终究不是善保千金之躯的良方，倒不如随性洒脱，追求人生快乐的真谛，才不至于带着遗憾离开人世。这首诗虽说以抒情论理为主，却同样反映出了刘宋以来文升质降的文学发展趋势，大量的排比用典，也是文学性提升的重要标志。

还有其十八：

>诸君莫叹贫，富贵不由人。丈夫四十强而仕，余当二十弱

冠辰。

　　莫言草木委冬雪，会应苏息遇阳春。对酒叙长篇，穷途运命委皇天。

　　但愿樽中九酝满，莫惜床头百个钱。直得优游卒一岁，何劳辛苦事百年。

这首诗是诗人对自己人生经历的回顾，开篇先说贫贱富贵皆由天定，不是个人能够左右的，意在劝诫众人不可逆天而行。好比一般人都要四十岁且能力很强才能够出仕，而鲍照自己却二十出头就步入了官场，这就难怪他的一生经历了太多悲喜浮沉。回望这些往事，只愿能够安然地饮酒为乐、度过余生，不求大富大贵，只愿得到一时的顺心与满足，便胜过一切苦心经营。总体来看，鲍照用一生的挣扎明白了不可与时代为敌的道理，这是多么痛的领悟，可事实的确就是这样残酷。

关于这组作品，我们要着重强调的还有它的体裁——杂言歌行，这里面有两个概念，一是杂言，二是歌行。杂言的意思很明了，它与齐言相对，就是每一句的字数多少不一，整体上长短错杂、参差不齐。相比于齐言诗，在当时来说也就是四言诗和五言诗而言，杂言诗最显著的特点就是自由率性，不受格式的约束，想长就长，想短就短，这就有助于自由地表情达意。况且大家一定要认识到，一句诗的字数多少，不仅仅是长短问题，它还涉及诗歌的节奏。因为一般来说，人们念一句诗，都会设定一个相对稳定的音长，于是一句诗中字数越少，节奏就会越慢，字数越多，节奏也就越快，例如"鹅，鹅，鹅，曲项向天歌"，前后两句的节奏变化是十分明显的，而节奏的快慢也很容易和情绪的高低起伏建立起联系，对于自由地抒情达意同样是有帮助的。

说完了杂言，再来说说歌行，它是一种诗歌的表现形式，简言之就是脱胎于民歌，带有较强的韵律感和吟唱性的诗体；同时呢，歌行还有着极强的抒情性和情感的跳跃性，因为它没有严格的规范，对于字数、句数、音律、对仗、起承转合都没有要求，想怎么写就怎么写，心里想什么，嘴上就唱什么，这同样是极其适用于抒情议论的体裁。

鲍照可以说是杂言歌行真正的开创者，在他之前有汉乐府的杂言诗，也有魏晋的歌行体，但二者之间并没有稳定的关联，且汉乐府有音乐的束缚，魏晋的歌行则都是齐言，鲍照将二者适于自由抒情议论的优势相融合，开创出了新的体裁，对后世产生了巨大的影响，李白的大量乐府诗、杜甫的新题歌行，无一不继承了鲍照的诗歌遗产，杜甫评价李白"俊逸鲍参军"，已经足以代表诗仙、诗圣对他的共同赞许。

正如左思《咏史八首》中的那句至理名言："悠悠百世后，英名擅八区。"鲍照的一生就是南朝士族文化环境中寒门士子的缩影，在夹缝中求生存，有限的空间中求发展，虽然在时代的厄运面前终究脆弱得不堪一击，但好在他的文学成就保留了下来，成为其奋斗一生最大的收获，也为文学的健康发展贡献了不可忽视的一份力量。

第十六讲
名士风流
── 士大夫生活的必修课

一、志人小说的滥觞

前面介绍了，魏晋南北朝是小说艺术发展的关键时期，尤以志人小说和志怪小说成就最高，关于志怪小说已经讲过，这一讲我们来说说志人小说。

志人小说的兴起也是建立在魏晋士族政治文化兴盛的大背景之上的，当时在士人文化生活圈中特别流行一种活动，叫作人物品藻，就是由一些德高望重的士林领袖坐在一起，品评、褒贬社会上一些士子的德行、才华、功过，一位士子如果得到了好评，名声和身价也就会随之大幅提升，反之也会在士人群体中难以立足。

这种人物品藻的风气在社会上流行开来，至少造成了三点重要的影响：一是对于士子们而言，他们的一言一行都受到关注，并且与他们的人生前途产生了密切的联系，因而他们格外注重自身的德行修养和才华锻炼，这当然催生了一批德才兼备、风流儒雅的名士，但同时也导致部分心术不正者以一些标新立异的言行来邀买名声的行为。二是对于当时的名士而言，掌握了品藻人物的话语权，也就掌握了引领时代文化的风向标，于是他们频繁地开展各种形式的人物品藻活动，力图将自身话语的影响力发展到最大，其中比较有名的是汝南的许靖、许劭兄弟，他们每月月初都要进行一次固定的人物品藻，被称为"月旦评"，在当时就影响巨大，他们最有名的论调，就是对曹操的那句评述："清平之奸贼，乱世之英雄。"得到评价的曹操也是大为心悦。而人物品藻风气的第三大影响就是志人小说的出现，士子们的言行举止提供了大量素材，名士们的品藻将这些素材收集起来并加以升华，在此基础上稍加记录也就有了志人小说的雏形，只不过这个概念在当时还没有产生，但这种记录、描写人物言行以塑造其性格形象的文学形式的确可以作为后世以人物为中心的小说文体之滥觞。

根据《隋书·经籍志》的著录以及鲁迅先生的《古小说钩沉》，魏晋时期较早产生的志人小说主要有这么几部，分别是邯郸淳的《笑林》、裴启的《语林》、郭澄之的《郭子》以及托名刘歆实为葛洪所辑的《西京杂记》，可惜的是这里面的很多著作我们都已经看不到原貌，只能通过后人的辑佚整理加以管窥，这也从侧面说明了这类稗官野史、小说家言在整个文坛中地位是比较低的。

因为记录的多是逸闻琐事和品藻之语，本身体量不大、情节有限，因而这类作品在文本上表现得十分短小、零散、琐碎，同时因为崇尚儒学，作者在主观上也有着向《论语》式的语录体学习的用意。我们不妨通过几则小故事来大致了解早期志人小说的叙事模式和艺术手法。先看一则《语林》中记载的关于裴秀之母的故事：

> 裴秀母是婢，秀年十八，有令望，而嫡母妒，犹令秀母亲役。后大集客，秀母下食；众宾见，并起拜之。答曰："微贱岂宜如此？当为小儿故耳。"于是父母乃不敢复役之。

故事很简单，但来龙去脉和情节都很完整：裴秀是魏晋之际的名臣，出身河东裴氏，不过他的母亲出身不高，是裴家的婢女，裴秀年少有名、很争气，这引来了嫡母的嫉妒，为了羞辱他，特意让他的母亲在宾客宴集的场合为大家劳作、服务，然而宾客们见了却都起身施礼，裴母也很客气地回应说："我又何德何能让大家这样礼遇呢？大家都是看我儿子的面子吧。"她的谦卑、恭谨和礼让不仅让满座宾客折服，就连那位成心刁难的嫡夫人也不禁对她另眼相看，今后再不找她麻烦了。这个故事以极简的情节塑造了裴母的温良恭俭与嫡母的跋扈善妒，同时也通过宾客的反应渲染出了尚贤的社会风气。更精妙的是，裴秀本人在这个故事中并未出场，但通过人们对他母亲的态度，足以见出其人格魅力，他的德行操守就这样完美地展现了出来，这才是这个故事最为突出表现的主旨。

再来看一则《郭子》中的故事：

> 许允为吏部郎，多用其乡里，帝遣虎贲收允，妇出合戒允曰："明主可以理夺，难以情求。"允至，明帝核之，允答曰："'举尔所知'，臣之乡人，臣所知也，愿陛下检校，为称职与否？若不称职，臣宜受其罪。"既检校，皆官得其人，于是乃释允。旧服败坏，诏赐新衣。初被收，举家号哭，允新妇自云："无忧，寻还。"作粟粥待之。须臾允至。

这个故事稍长，情节结构同样非常清晰：许允在魏明帝的朝廷担任吏部郎，主管官员的选任工作，他喜欢任用自己的乡党，这引发了他人的猜忌，于是皇帝派军队就把他给"双规"了。临行前，他的妻子告诉他，皇帝是讲道理的，你别怕。于是呢，许允就去和魏明帝讲道理，他说："圣人教导我们选官要选你所了解的，我最了解的就是我的同乡人啊，您可以看看我选的这些人，要是有一个不称职的，我甘愿受罚！"皇帝就按他说的查验了一番，果然没有一个是违规任用，于是很开心，不但把许允放了，还赐他一身新衣服。许允被抓的时候，全家都哭，觉得天要塌了，唯独新过门的妻子镇定自若，说："别怕，一会儿肯定就回来了。"然后做好了饭等着，果然不一会儿夫妻团聚。故事至此结束，集中表现了许允的知人善任、尽忠职守以及不拘凡俗，也刻画了新妇睿智、优雅的形象，同时，依然有对时局环境的颂美，毕竟是明君在上才能成就这样一段佳话。故事中特别值得注意的是最后一个细节，"作粟粥待之"，这短短的五个字极为成功地刻画出了新妇的淡定自若，与前面"举家号哭"的状态形成了鲜明对比，人物形象瞬间就鲜活了起来。

这些故事虽然简单，却不轻率，不但语言、行为和神态刻画都十分精道传神，也很好地把握了小说情节所期盼的"情理之中"和"意料之外"，对于名士形象中某一方面特质的刻画十分到位，同时对于士族文化的整体环境渲染也十分机巧，为志人小说的发展开了个好头。

二、名士的"教科书"与"回忆录"

当然，要说起魏晋南北朝志人小说的代表作，那必须是刘宋临川王刘义庆主持编纂的《世说新语》，它被鲁迅先生称为"名士的教科书"，因为从反映士族群体政治、文化发展的角度来看，这部著作的确是包罗万象、体系周全、思想深刻、文辞精妙，有着时代经典、宏大史诗与思想行为纲领的性质。

称其为"时代经典"，主要是针对《世说新语》的编纂，可以说是荟萃了一时文坛上的精华力量共同铸就的智慧结晶。上一讲中，我们说过，刘义庆是刘宋开国君主刘裕的侄子，也是宋文帝的堂兄，有极高的政治地位与号召力、执行力，他同时又雅好文艺，将当时一大批著名的文人都招至麾下，这些人里除了我们熟知的大诗人鲍照还有谁呢？有博通经术、辞采遒丽的前中书侍郎袁淑，有与谢灵运交游密切的文学之士何长瑜，还有一位江东士族陆展。这些人无论是对士族文化与历史的了解，还是对于儒家经义的钻研，以及文笔功夫、写作才能，都堪称当时的顶尖水平，由他们来合作这样一个"国家级重点项目"，想不让它成为精品恐怕都难。

称其为"宏大史诗"则主要是针对《世说新语》在时间上的巨大跨度。全书记录的人物故事，上起东汉后期，下至晋宋之际，可以说是包含了士族阶层从萌芽、产生，到逐步发展，直至达到"门阀政治"顶峰的完整过程。从汉末党锢之祸中的清虚刚直，到门阀凌驾皇权时的飞扬跋扈，在对士族阶层不同时期发展历程、表现状态的呈现中，也间接揭示了其所以兴衰的历史规律。《世说新语》以人物为线索，同时勾勒出了几大家族的浮沉兴衰，王、谢何以长久，桓、庾何以凋亡，在对比之中也不难看出编者的价值取舍。

而之所以称其为"思想行为纲领"，是因为《世说新语》对于士族文化的各领域、各层面、各角度有着极为周备的覆盖，同时有着极为明确的核心价值。全书共三十六章，每章都有一个明确的主题，我们也称之为"门类"，而这三十六门类的排布很有意思：开篇四章是"德行""言语""政事""文学"，正与"孔门四科"相对应，其实也是士大夫生活中所要追求的四大领域，把它们安排在卷首，意在彰显编者对儒学经典的推崇，也是为全书奠定了一个宗经、崇儒、尚贤的基调；其后，从第五到第二十二章，这十八章的内容包括"方正""雅量""豪爽"等正面的道德评价以及"识鉴""捷悟""自新"等杰出的素质品质，意在树立起正面的榜样；至于最后的十四章，则主要集中了士大夫阶层中的一些负面表现，如"简傲""忿狷""汰侈"等，这显然是对士子们的反面警诫。可以说，一位士大夫在政治和社会生活中的任何行为，都可以在《世说新语》的记录当中找到相关或类似的场景，以儒家正统思想为标准，对其进行规范化的评价；当他不知道该如何应对生活中这样或那样的疑惑时，同样可以到《世说新语》之中，去找寻前辈士子们那些或为经验、或为教训的案例，以资借鉴。

不过，当我们进一步深入了解刘义庆主持编纂《世说新语》的背景和用意，便会觉得，这不仅仅是一部"名士的教科书"，同时更像是一本"士族文化的回忆录"。

首先说，刘宋乃至整个南朝的政治基调是强化皇权、打压士族的，随着士族在政治上的话语权越来越弱，其在文化上的生机和影响力逐步消退，这是历史的必然过程。《世说新语》这样一部总结性著作的出现，本来就意味着士族文化的巅峰期已过，已经开始向下滑落，而不是向上发展了，对于雅好文学、崇尚经典、追慕风流的刘义庆而言，他势必想要为即将消亡的士族文化留下一段珍贵的记忆。其次，自东晋中后期以来，士族子弟的文化好尚、生活作风、言行举止已经出现了腐朽化的倾向，随着他们的功名意识越来越淡薄，同时经济政治特权又越来越固化，他们的腐朽程度也愈演愈烈。对于推崇大道雅正、名士风范的刘义庆来说，他有一种十分强烈的意识，想要以陈蕃、嵇康、王导、谢安等先贤的人格魅力来鼓舞当代的世家子弟，以遏制和扭转他们腐化堕落的进程，当然，事实证明这是无济于事的。最后也是很重要的一点，那就是刘义庆当时所处的环境，正是皇族之间权力斗争激烈，互相倾轧残害的背景，他也希望能够以标榜名士风流，从而一方面达到自己远离现实、全身避祸的目的，另一方面也是在对魏晋名士的追念感怀中，消除对于现实政治的忧虑和伤感。

虽然我们常把魏晋南北朝"志人小说"与"志怪小说"放在一起来说，但其实将他们产生的时间稍加梳理就不难发现一个有趣的现象："志怪小说"集中出现在士族发展强势、政治与文化地位均处鼎盛的两晋时期；而"志人小说"则分列其前后两端，士族文化或处于发展期，或在巅峰后的回落期。这绝不是一种历史的偶然，而是反映出社会文化风气中所关注的问题的变化，当士族文化强势到无需为自身的境遇考虑的时候，他们关注的就更多是未知世界的玄奥，而当他们的着眼点放在自身发展相关的问题时，才说明这本身就是一个重要的社会问题。所以从小说题材的变化，也足以反映出士族文化发展的潮起潮落。

三、以人物为中心

我们将《世说新语》视为南北朝志人小说的最高成就，除了它作为一部论著整体上的体量宏大、材料主题丰富、时间跨度久远、思想性突出，更注重的还是它在叙事手法和小说艺术上的突破。我们说，小说这种文体有两大核心特质，一是情节的虚构性和曲折性，二是人物形象的鲜活性，而魏晋南北朝的"志怪小说"和"志人小说"分别在这两方面实现了突破。

不得不承认的是，以《世说新语》为代表的魏晋南北朝志人小说，在故事情节的虚构性和曲折性上是略显不足的，曲折性不足是因为文本大都非常简短，而虚构性的不足则是因为创作者的主观意识所决定的，毕竟在时人的眼中，他们所写的不过是正史之中没有收录的逸闻轶事，是以存史料、鉴后世的心态写出来的，故而很长一段时间内，这类作品都被收录在"史部"的分类之下，那么当然更不会去在主观上进行随意编造和艺术加工了。

不过也正是这种修史的心态，使得这类小说中以人物为中心的特点体现得尤为突出，因为中国史书的最大特征就是"以人系事"，对史书来说，人物就是核心，那么对于以模仿史书为目的的志人小说而言，当然也是如此。

我们还是通过几个故事来进一步体会《世说新语》以人物为中心的写作手法，第一个故事出自"德行篇"：

桓南郡既破殷荆州，收殷将佐十许人，咨议罗企生亦在焉。桓素待企生厚，将有所戮，先遣人语云："若谢我，当释罪。"企生答曰："为殷荆州吏，今荆州奔亡，存亡未判，我何颜谢桓公！"既出市，桓又遣人问欲何言。答曰："昔晋文王杀嵇康，而嵇绍为晋忠臣；从公乞一弟以养老母。"桓亦如言宥之。

文中的"桓南郡"是指桓玄，就是后来篡夺东晋皇位的那一位，他打败了荆州刺史殷仲堪，把他的部下也一网打尽，其中有个叫罗企生的顾问是桓玄的老朋友，桓玄不忍心直接杀他，让他认个错就可以赦免了。不过罗企生这个人很有骨气，说我不可能背叛殷仲堪，更不可能投靠你，桓玄当然只能把他杀了。临刑前问他还有什么说的，他说了一段很巧妙的话："当年司马昭杀了嵇康，但嵇康的儿子嵇绍还是做了晋朝的忠臣。"这话说得很巧妙，也很明白，祸止于身，请不要连累我的家人。于是呢，桓玄没有追究他的母亲和弟弟的罪过。这个故事主要运用的是语言描写，但是从语言中我们依稀能够体察到说话者的动作和神态，临刑之际的罗企生必定是和嵇康一样，风骨卓绝，慷慨赴死，他的忠贞、睿智、忠孝节义，都在这一个故事中体现了出来。同时，我们还要说桓玄这个形象，众所周知他是谋朝篡位的奸臣，但即便如此，他仍能心存故旧，而且信守承诺，体现了人物形象的多面性、丰满性和真实性。

再来看一则"容止篇"中的故事：

潘岳妙有姿容，好神情。少时挟弹出洛阳道，妇人遇者，莫不连手共萦之。左太冲绝丑，亦复效岳游邀，于是群妪齐共乱唾之，委顿而返。

潘岳的俊美和左思的貌丑，在文学史上都是有名的，但这一则故事别出心裁，并不直接去描绘、刻画二人的容貌，而是运用了侧面描写和对比反衬的手法，使得二人的俊与丑都更加夸张、鲜明并具有形象性，那群城郊妇人的手舞足蹈和嬉笑怒骂都极具生活的画面感和艺术的表现力，同时让人读来颇觉有趣。

再看一则反面的故事，出自"忿狷篇"：

魏武有一妓，声最清高，而情性酷恶。欲杀则爱才，欲置则不堪。于是选百人一时俱教。少时还有一人声及之，便杀恶性者。

讲的是曹操杀歌妓的故事，对这个歌妓，曹操既爱惜她的声音，又痛恨她的情性，于是呢，他略施小计，让她去教其他歌妓，只要教出了一个和她水平一样的，立刻就可以杀了她。这则故事非常简短，但从中，我们却非常真切地体会到了曹操这个形象的三大特点：一是爱才惜才，二是心狠手辣，三是狡诈奸猾，足见其人物刻画的高超功力。

所以说，《世说新语》与《搜神记》共同代表了魏晋南北朝小说的最高水平，前者将人物形象的刻画技艺发展成熟，后者则将故事情节的曲折离奇推向新的高峰，这"志人""志怪"的两大著作体现了中国小说艺术的极高成就，而到了唐代，它们也终于合流成为"唐传奇"，标志着中国古典小说真正的成熟。

第十七讲
山水方滋

——诗仙诗圣的共同偶像

一、"竟陵八友"

鲍照于466年去世之后，十余年内，刘宋文坛都没能产生有影响力的文人。同时，混乱的宗室纷争也将这个立国尚不足半个世纪的王朝推向了覆灭的深渊。通过政变夺位的宋明帝刘彧，前期统治尚且贤明有序，一度挽回了废帝给朝政带来的混乱和恐慌，也革除了很多弊政，但好景不长，没过几年他也变得残暴不堪，为了维护自己的统治并保证权力平稳移交到其子手中，他开始大肆屠杀宗室、功臣，致使人人自危、国政废弛，最显著的体现就是国力衰弱、北部防线节节败退，长江淮河之间的大量土地被北朝政权侵占。

472年，刘彧去世，其子刘昱继承皇位，但这对父子千算万算，还是没能避免权臣对朝政的把持。掌握文书机要的阮佃夫和统领禁军的萧道成形成了对皇权最大的威胁。矛盾逐步激化，阮佃夫谋划废黜刘昱，刘昱则先发制人杀了阮佃夫，而原本只求自保的萧道成则坐收渔利，他派人暗杀了刘昱，另立其弟刘准为帝，实则一人独揽了军政大权。此后，他又先后扫平一波波宋室忠臣的声讨势力，终于于479年胁迫顺帝刘准禅位，自己当上了皇帝，定国号为齐，史称"南齐"。

改朝换代的萧道成，吸取了刘宋败亡的教训，行事重节俭，为政尚宽厚，同时和睦宗室、善待功臣，使朝政重新恢复了稳定，社会也趋于繁荣，综合国力稳步提升。他本人还雅好文学，推崇太康文风，多才多艺的他擅长草书，尤其精于棋弈，于是在他的影响下，沉寂多年的文坛很快复苏。萧道成登基四年后去世，其子萧赜即位，在他统治的十余年中，严格继承了萧道成的政治遗产，追求富国强民、兴学办教，南朝的经济、社会、文化也都迎来了新的发展高峰，因为他的年号为"永明"，这个时期也被称为"永明之治"。

萧赜共有子23人，长子被立为太子，另有4子早夭，余下18位皇子皆被分封在各地为王，许其各自开府治事，其中尤以次子竟陵王萧子良品行最高、能力最强、影响最大，于是笼络了大批能人异士在其府中效力。萧子良与其祖父萧道成一样，雅号文学，善结交文人雅士，不论其士庶出身，只要在诗文方面有一技之长，便都召入他为文人才士特别开辟的文学活动场所——西邸之中，并时常与他们一起探讨文艺、进行文学唱和活动，竟陵王府一度成为繁荣的文学中心，再现了梁园、邺下的文采风流，也为齐梁文学奠定了坚实的基础、明确了发展的方向、培养了中坚力量，可以说，萧子良的地位无异于齐梁文学的"教父"。

竟陵西邸最为繁盛之时，活跃的文人多达七八十人，其中成就最高、影响最大的当属"竟陵八友"，都有谁呢？无一例外，都是齐梁文坛上响当当的名字：首先是萧衍，后来的梁武帝，文武兼修、雄才大略，主政南朝半个世纪之久，缔造了南朝经济、社会、文化的鼎盛繁荣；其次是沈约，著名的政治家、文学家、史学家、语言学家，齐梁文坛的"宗主"、诗歌格律的创始人、"二十四史"中《宋书》的作者，同时还是有名的大帅哥；再有就是"小谢"谢朓，中国最伟大的山水诗人之一，也是李白一生最佩服的偶像；再接下来，王融、范云也都是齐梁文坛上"宗师"级别的人物；任昉长于公文写作，有"任笔沈诗"之称，同时还是著名的小说家，代表作是《述异记》；最后，萧琛、陆倕相对而言没有那么出名，但在当时同样受文坛推崇。

"竟陵八友"之间志趣相投，联系密切，交流频繁，这种文人团体的形式非常适应诗文在"文"这一层面上的追求，极大地促进了诗文创作技艺的发展，后来随着梁武帝的登基，沈约、范云等人纷纷主宰文坛，他们的文学主张也随之扩大为主流文坛的发展方向，所以说"竟陵八友"对于齐梁诗文的发展贡献和影响是决定性的。

二、"谢朓每篇堪讽诵"

关于"竟陵八友"中的萧衍、沈约等人，我们后面会逐步介绍，因为到了梁代其实才是他们真正大显身手的时候，而在他们尚未叱咤风云之前，另一位同侪诗人已经名满天下了，他就是有着深厚家学渊源的"小谢"谢朓，虽然他于499年不幸遇害，一生只走过了短短的36年，但却足以在中国诗歌史上尤其山水诗的发展史上留下不可磨灭的印记。

谢朓与谢灵运一样，出身于陈郡谢氏家族，虽然两人年龄相差近80岁，但在辈分上其实只差一辈，谢灵运是谢朓的族叔。谢氏作为高门甲族中最为注重子女教育的士族，对于谢朓儒家经义和文学才能的培养自然是少不了的；除了谢家，他的祖母家和母家同样都来头不小，谢朓的祖母姓范，是著名史学家、《后汉书》作者范晔的姐姐，谢朓的母亲姓刘，他的外公就是刘宋的第三位君主宋文帝。因而无论在史学修养还是政治才干上，谢朓也必然受到了祖母家或母家极好的栽培。故而《南齐书》说他："少好学，有美名，文章清丽。"这样一位少年天才的养成，与他优越的家庭出身是有着密切关系的。

作为"平流进取，坐致公卿"的士族子弟，谢朓在20岁左右步入仕途，先后在豫章王萧嶷和随王萧子隆的幕府中担任过参军、文学一类清要的官职。这段时间里，他和一般的世家子弟一样，过着裘马轻肥的快意生活，同时广交诗友，并以此博取了文坛上的声名与地位。于是于永明五年前后，也就是他25岁时，谢朓终于被萧子良所征召，来到竟陵西邸，成为"竟陵八友"之一。这段时间里，谢朓频繁参与文学唱和，由于生活经历相对简单、创作环境也比较单一，他的作品主要是游宴诗和一些短小的拟乐府之作，风格婉转流丽，明朗秀美，但尚未形成自己的风格。其中比较优秀的作品，比如这首拟乐府的《玉阶怨》：

夕殿下珠帘，流萤飞复息。长夜缝罗衣，思君此何极。

诗歌非常短小，写的是深宫之中的愁思，题目中的"玉阶"以及诗句中的"夕殿""珠帘""罗衣"都是非常典型的宫廷意象，且都具有纯洁、轻盈、飘零、柔弱的特质，非常贴合"幽怨"这一情感基调，诗歌整体风格柔媚、形象玲珑、情思婉丽，体现了象与意的完美统一，营造出了高超的诗境。不过要特别注意的是，这里的深宫愁思并不是来自谢朓自己，这仅仅是一种情感表达的训练，或者说游戏，这是永明诗歌的显著特点之一。也正因如此，这类诗歌写得多了，文学的思想性就得不到很好的锻炼，所谓"文升质降"说的就是这个道理，不过这段时间内频繁的文学交游和唱和，使得谢朓的诗歌写作技艺再一次得到了很大的提升，为他诗文成就的全面发展奠定了重要的基础。

几年之后，谢朓回到都城建康，在朝中任职，其间与当权的萧鸾关系密切。萧鸾本人是一个野心家，很希望谢朓能够为他所用，助他实现集权夺位的阴谋，谢朓却因为昔日与萧子良、萧子隆等诸王的关系，不愿意涉足政治斗争，于是常常寄情山水之间，借以躲避朝中的纷争。他的山水诗名篇《游东田》正是在这一背景下创作出来的：

戚戚苦无悰，携手共行乐。寻云陟累榭，随山望菌阁。
远树暧阡阡，生烟纷漠漠。鱼戏新荷动，鸟散余花落。
不对芳春酒，还望青山郭。

东田位于建康城郊，是太子萧长懋营建的一处园林名胜，谢朓在这首诗的开篇便交代了前来游览的目的：内心忧愁，缺乏快乐，于是与友人前来，想要在清丽的山水中远离纷扰。其后六句是具体写景的句子：登上高高的台榭，找寻流云的踪迹，辗转于起伏的山峦，眺望一座座华美的楼阁；远处的林木朦胧而茂密，只看得清一团绿色，其上有烟雨之气弥漫，到处充满了生机；而池塘之中，游鱼在莲间嬉戏，卷起的涟漪带着荷花一起波动，飞鸟从林间穿梭而过，扑动翅膀摇落了枝头的花瓣。最后两句是借景抒情，表达了远离世事、醉心山林的渴望。在这首诗中，谢朓显然是将竟陵西邸中锤炼出的写景咏物技巧融会贯通，移植到了更为广阔的场景上来，不但描绘的景物极尽物态，而且整体意境鲜活灵动，更具艺术的生命力与创造性。更为可贵的是，在"大谢体"山水诗一统天下的环境中，他突破了固有的模式，呈现出了诸多别样的山水风情，比如更为广阔的观景视野、动态的景物关系、清新流畅的环境特点等，都是"大谢体"中从未见到过的，显然，一种新的山水诗创作模式正在渐渐走向成熟。

三、"中间小谢又清发"

谢朓的诗歌创作真正产生质变性的突破，是在495年，由于屡屡不与萧鸾合作，谢朓终于被排挤出朝廷，外放到宣城担任太守。面对这样的处境，谢朓内心感到十分矛盾，一方面他终于可以逃离朝中纷扰的权力斗争，而宣城山水清丽，能够让他安心地寻觅和发现自然之美，享受生活真趣；但另一方面，建康毕竟是自己的家乡和朝廷的象征，这份乡土之情难以割舍，恋阙之意不可磨灭，虽然身处宣城的山水之间，心意却总与建康割舍不断。

终于，怀着这样复杂的心情，谢朓登上了溯江而上的舟船，临行之际他写下了两首形役题材的山水诗——《之宣城出新林浦向板桥》和《晚登三山还望京邑》。这两首作品是他内心深处喷涌而出的真挚情思与外化的数十年积淀的文学创作技巧完美融合的产物，达到了情景俱佳、文质兼备的完美境界，于是在意境上更为浑融开阔、在风格上更为明朗自然、在情感上更为真切动人的"小谢体"山水诗，应运而生了。

我们先来看第一首《之宣城出新林浦向板桥》：

> 江路西南永，归流东北骛。天际识归舟，云中辨江树。
> 旅思倦摇摇，孤游昔已屡。既欢怀禄情，复协沧洲趣。
> 嚣尘自兹隔，赏心于此遇。虽无玄豹姿，终隐南山雾。

题目中的"新林"和"板桥"都是长江上的地名，在建康西南数十里处，这个数十里是怎样的一个概念呢？大体就是谢朓离开建康之后一天之内能走到的地方，也是目力所及还能看到建康城最远的地方。诗歌开篇交代行役的背景和方向：宣城在建康上游西南方向，溯流而上的路途还很遥远，而无论是天上的野鸭还是江间的流水，他们都向着东北而去，相对的两个方向既拉开了诗歌的境界，也突出了辞家与恋阙之间的心理矛盾，仿佛世间的一切都在与谢朓背道而驰。依稀之中，距离建康城越来越远，只能在天边隐约认出归帆的舟船，在云间分辨着沿江排列的送行树。才刚刚启程，他便已感受到了旅途的劳顿，这是因为过去的二十多年里自己已经经历了太多孤独的宦游，如今却不得已再次远行，更不知何时何处才是尽头，谁让自己既想要好好做官，享受俸禄，又心系江海，崇尚自由呢？既然做出了这样的选择，也就该承担相应的宿命。结尾四句，他稍稍调整了心情，说道：既然选择了离京，就该从此远离尘世喧嚣，从此实现真正的心情舒畅，虽然自己没有传说中的玄豹那样全身远害的资质，但也希望今后能够彻底地归隐自然，再不受世事纷扰。

我们说这首诗是典型的"小谢体"，那么它有什么突出的特点呢？我们不妨拿它与"大谢体"进行一个对比，就会一目了然：首先是观景视野的区别。"大谢体"山水诗没有宏观的全景展现，像"江路西南永，归流东北骛"这种宏大的场景不会出现在谢灵运的诗中；"大谢体"山水诗中各个图景之间是独立的，而"小谢体"同样有移步换景的手法，其中的景象却随着行役的步伐被连缀起来，构成一幅连贯的画卷。其次，大小谢的差别还体现在景物的组合方式与意境特点。"大谢体"山水诗中，景物多是静态的，一般以两种以上景物间的位置关系或光影色彩变换形成诗境，风格新奇、幽深、奇幻；而"小谢体"山水诗中的景物则常常动静结合，富于变化，常由多层次、多角度的风景叠加，形成一幅冲淡、混融、流动的山水图。最后，是情景关系的处理方式上存在很大不同。"大谢体"中的山水是一般的审美客体，谢灵运对山水景物的表现是完全自然客观的，而"小谢体"中，谢朓是将主观情感投射到山水客体之上，山水景物都是主观情感的外化表现，因而，"大谢体"中的景与情截然分开，而"小谢体"则表现得情景交融。

我们带着对"小谢体"特点的了解，再来看一首《晚登三山还望京邑》，这是谢朓所有诗作中成就最高的一首：

灞涘望长安，河阳视京县。白日丽飞甍，参差皆可见。
余霞散成绮，澄江静如练。喧鸟覆春洲，杂英满芳甸。

> 去矣方滞淫，怀哉罢欢宴。佳期怅何许，泪下如流霰。
> 有情知望乡，谁能鬒不变！

开篇的两句既是用典，也是实写：王粲在灞桥上回望长安，潘岳在河阳驿边远眺京洛，正如此刻谢朓身处三山回望建康一样，都是临行之人对都城和家乡的眷恋。接下来六句描写的是回望所见的景象：夕阳照耀着参差错落的飞檐，晚霞被打散成一条条五光十色的彩带，排布满天，少顷，明月东升，月光下的长江又如同一条洁白的素练，鸟雀飞来，栖满了江心小洲，繁花绽开布满郊野，一派春机盎然。这段景物描写，很突出地体现了"小谢体"中山水景物的宏大、冲融与动态之美，所有的景观也被统摄在一幅完整的图卷之中。最后六句抒情的意味更浓：离别之际又驻足停留，带着悲苦的心情结束了欢乐的践行宴会，不知道何时才能再与都城相聚，不舍的泪水如霜花般落下，没有人不会为离别家乡而感到悲痛，何况人生本就苦短。情感的抒发由回望京邑的行为自然引出，情与景在这一层面上是和谐统一的。

到达宣城之后，谢朓更是将对山水自然的深沉热爱发挥得淋漓尽致，为了更好地欣赏美景，他特意在城北的陵阳山上修了一座高斋，自己常常"视事高斋，吟啸自若"，在纵览天地大观的环境下垂拱而治，"小谢体"山水诗也正由此而进一步发扬光大。我们再来看一首他在宣城写下的山水诗《郡内高斋闲望答吕法曹》：

> 结构何迢遰，旷望极高深。窗中列远岫，庭际俯乔林。
> 日出众鸟散，山暝孤猿吟。已有池上酌，复此风中琴。
> 非君美无度，孰为劳寸心。惠而能好我，问以瑶华音。
> 若遗金门步，见就玉山岑。

法曹是官名，应该是谢朓府中的一位僚属。这首诗就是谢朓在新修的高斋之上闲望赏景之时写下的。开篇先交代高楼巍峨立于山上，视角极为深广，从窗户中可以眺望远处起伏的山峦，往下则可以俯瞰茂密的树林；而后写山中的物态变化和楼上的清雅活动，鸟雀飞来飞去，猿猴不时啼鸣，自己则把酒临风，弹琴抒怀，好不潇洒快意。大家注意，这所有的景象都是站在高斋这一个点上收于眼底的，与"大谢体"式的移步换景有着更为本质的区别。最后六句，他似与吕法曹调笑，实则借机表明了自己不为功名俗务所累，专注享受自然真趣的生活态度，而这种心态的表达同样与前面写景过程中流露出的怡然自得之情是一脉相连的。

为什么同为山水诗，"小谢体"与"大谢体"会表现出这么多的风格差异呢？我认为主要有两点原因：第一是山水景物本身的区别。谢灵运的山水诗创作环境是自家在浙东丘陵的庄园、别墅，景物本身就幽深曲折，多山的地形更限制了视野的展开；谢朓则不同，他所处的环境多在大江之滨或高山之上，视野开阔，故而诗境也更为宏大疏朗。第二是诗歌自身发展的规律所致。晋宋之际的谢灵运刚刚从玄言诗的理窟中走出，承载着诗运转关使命的他，能够将山水客体引入诗歌，将其描绘得声色大开，已经是极为可贵的进步；而谢朓经历了永明诗风的历练和洗礼，在山水诗领域将文学发展的成果融会贯通，这也是水到渠成的胜利。

就诗歌发展的宏观角度而言，"小谢体"比"大谢体"有更大的进步意义，它解决了一个很重要的问题，那就是一首诗中的多元素材相统摄的问题：早期诗歌中，内容和主题都相对单一，然而魏晋以后，随着诗歌领域的扩展，更多的素材被纳入诗歌的范畴，但如何将他们有机地整合在一首诗中，是一道长久没能突破的难题。魏晋诗人的做法是分层分章，这样会使得诗歌的篇幅很长，条理也很难理清；谢灵运进行了尝试，但始终没能消除"玄言的尾巴"，事物与情理之间，总有着生硬的隔阂；直到谢朓，以主观情感投射进客观事物的形式，终于使这个问题在山水诗的范畴中得到了解决，从此，后世的山水诗再也没有超出过"小谢体"的基本范畴，其余题材之中多元素材的统摄问题也可以从"小谢体"山水诗中找到可供借鉴的经验。这一突破，对于近体诗在篇幅、结构上的定型具有重大的意义。

其实谢朓的诗与谢灵运的诗相比，还有一个很显著的优点，那就是语言的清新流畅，音韵的婉转动人，这与他的好朋友沈约、王融等人的影响是密不可分的，诗歌要注重音律的和谐是人所共知的规则，然而这个规则具体该怎么把握，在沈约之前，从来没有一个可供操作的细致标准，那么沈约到底做了什么呢？他对于诗歌的发展又有着怎样历史性的贡献呢？我们下一讲再说。

第十八讲
永明声律

——枷锁与出路一同到来

一、"天子圣哲"的奥义

上一讲的最后，我们说到，"小谢体"山水诗在语言上还有一个显著特点，那就是节奏明快、声韵流转，一改"大谢体"为代表的宋初诗坛生涩古奥的风调，这种变化之所以能够实现，与人们对语言学和声韵规律的探求逐步深入是息息相关的。

大家都学过汉语拼音，都知道一个字的读音一般就是一个音节，由声母、韵母和声调组成，它们有各自的发声部位、发声方法和发声频率，互相搭配组成了我们充满变化的语音，在长期的生产生活实践和语言文化沉淀过后，我们如今的汉语普通话形成了22个声母、39个韵母和"阴阳上去"4个声调的格局，所有音节都是由这些元素搭配的产物，我们也称之为现代汉语普通话音系。

不过众所周知，语言是不断发展变化的，而其中又以语音的变化最为显著，毕竟我们的生活无时无刻不处于变化之中，而语言、语音作为生活中最重要的工具，自然也要不断变化来与之适应，因而在中国历史上至少可以按照时代大致划分出四个大的音系：第一是以《诗经》为代表的上古音；第二是以《切韵》为标准的中古音，也就是唐诗宋词的语音系统；第三是以《中原音韵》为标准的近古音，也就是大多数戏曲的语音系统；第四就是我们正在使用的以《汉语拼音方案》为标准的现代音。所以我们在阅读唐诗宋词的时候，发现有的字平仄、押韵和当今的情况不一致，或者观看戏曲的时候发现有的字读音很特殊，这都是语音演变的结果。

大家注意，在上古音那里，我们说《诗经》是它的代表，而后面三个音系则都给出了它们的标准，这说明什么呢？当然就是说明上古音的时代还没有产生一部语音学上的著作标准来将当时的语音清楚地规范出来，也说明了语音的规律在当时还没有被科学化、体系化地发现，但不可否认的是，这种规律是伴随着汉语的使用而一直存在着的。那么关于汉语语音规律的奥义，到底是什么时候被发现的呢？那便是魏晋南北朝。

魏晋南北朝为什么能发现四声和语音的规律？这是多种因素共同作用的结果：首先，魏晋南北朝不只是文学自觉的时代，也是科学自觉的时代，语言学本身进入了科学发展的轨道，得出规律性的理论也是理所应当；其次，文学向着"文"的方向发展，使得人们在应用中对于声音韵律的调和以及抑扬顿挫有着切实的需求，所谓"抑扬"就是音调的高低，"顿挫"就是节奏的缓急，要达到这些外在形式追求，就必须搞清楚其运作的内在规律；最后也是环境的影响，魏晋南北朝时期佛经大量传入中国，对佛经的翻译和转读，也在很大程度上促进了语言学、语音学的发展。

现在一般认为，东汉末期的孙炎首创"反切注音"的方法，标志着人们对于声母、韵母的认识，而"四声理论"则是由宋齐之际的周颙最早提出，而后王融、沈约在实践中进一步将其发扬光大。这些关于语音的理论一提出来，立刻在文坛上引起了极大的反响，成为一时极为流行的风潮。比如梁武帝萧衍就曾在朝堂上问一个叫周舍的人说："你们整天搞什么所谓的'四声'，到底什么是'四声'啊？"这个周舍很机智，他说："'四声'啊，就是'天子圣哲'！"这个回答非常巧妙，因为"天子圣哲"四个字，恰好就对应了"平上去入"的四声，既给梁武帝作了科普，又成功地拍了马屁，梁武帝当然也很开心，对"四声理论"随之产生了兴趣。

除了四声，随着声母和韵母规律的发现，民间也兴起了对双声叠韵这一潮流的追捧。所谓"双声"就是一个词中两个字的声母相同，比如琳琅、参差、坎坷、挣扎等，相对应的，"叠韵"就是韵的相同，不过大家要注意，这里的"韵"是韵母和声调的结合，所以葳蕤、婆娑、萧条这些词是叠韵，像黯然、丑陋这类就不是叠韵了。《洛阳伽蓝记》中有这样一个有趣的故事：

陇西李元谦乐双声语，尝经文远宅，曰："是谁第宅过佳？"值婢春风出曰："郭冠军家。"元谦曰："凡婢双声。"春风曰："佇奴慢骂。"

故事中这两个人一共说了四句话，前后用了八组双声词，没有一个词不是双声：比较显而易见的是"是谁""双声""佇奴"和"慢骂"，这些不用多解释；此外呢，"第宅"在中古音中同为"定母""凡婢"同为"并母"，在现在的闽方言中，他们各组声母还依然是相同的，而"过佳"和"郭冠军家"则都是"见母"，会粤语的话可以读一下，声母完全是相同的。这样再来看这个故事，是不是一段充满趣味的对话？更神奇的是这两个人的身份，一个来自西北边疆，一个是府中的丫鬟，都不是居于文化核心圈层的中原士族，他们都能完全用"双声词"组成一段生活对话，也足见这股风气在社会上流行之广泛了。

二、从"言志"到"游戏"

在齐梁之际的文坛上，同样兴起了一股游戏化写作的风气，随着南朝士族文化日趋腐朽，诗歌言志、述怀、论理的功能正在主流文坛中逐步减退，取而代之的是以之为工具进行的诸多文学游戏，比如联句或分韵作诗等。

本身怀着游戏的目的来作诗，就不可能有太多的真情实感，自然也不会有太高的思想价值，失去了言志传统的诗歌，其骨气之卑弱、格调之低下也就可想而知了；加之这些士族文人们生活和创作的环境都十分集中，所能够选取的素材也就非常单一，于是他们只能去不断挖掘新的素材和主题，这就使得其诗歌的视角越来越狭小，境界越来越琐碎；而一旦对于生活中零零碎碎的主题拓展达到了一定的边界，其内容的新鲜感也就无法继续得到保证了。于是，这些诗人再想要出新，就只能将目光聚集在诗歌的外在形式上来，从中获得标新立异的愉悦感，这一点从南朝文学发展的进程上看，也算是适应了"文升质降"的总体趋势。上一讲中介绍的竟陵王府西邸就是这样一个文学游戏的大本营，而谢朓的那首《玉阶怨》正是一首游戏之作，不过它在形式上倒是没有什么创新。

那么具体的形式创新都有哪些呢？比如他们会拿药名或者地名来写诗，也就是说一首诗里的所有字词全都是药材的名字或者地名，还要使其构成一个完整的诗境，事实上这种诗歌作品除了形式上标新立异与娱乐性，没有任何其他的价值。除此之外，随着声韵规律的流行，还出现了一种特殊的双声诗，我们来看一首王融的《双声诗》：

园蘅眩红花，湖荇烨黄华。回鹤横淮翰，远越合云霞。

全诗二十个字，共用一个声母"匣母"，大致等同我们现代汉语拼音中的"h"，大家可以读着体验一下，非常新鲜有趣，不过除了这种形式上"双声"创新，这首诗在内容上写的还是园林景象，并没有什么新意，成就也不高。但有一点值得肯定的是，诗人们已经开始有意将声韵规律运用到诗歌创作当中，他们发现了不同的语音要素在诗歌中有着特殊的表现与功用，所欠缺的不过是一种正确的、合理的打开方式而已。也正是在这样的一种需求下，永明声律应运而生了，这其中作出至关重要贡献的一位诗人，就是沈约。

三、沈约与"四声八病"

沈约我们在上一讲中已经介绍过，他是"竟陵八友"之一，与梁武帝萧衍过从甚密，因为拥戴之功，以及他本身在文学理论、文学创作上的极高成就，成为齐梁文坛名副其实的宗主，他对于诗歌发展最大的贡献，无疑是"四声八病"理论的提出。

"四声"指的是中古汉语中的平、上、去、入四个声调，这不是沈约最早发现和提出的，但却是他最早主张在诗歌中关注的。沈约认为，每个汉字因其四声的不同，而有着各自的旋律、韵律特征，因此在写作诗歌时，应当注重发挥这一特点，在一句、一联、一首诗中要注意字音声调的选择，使其尽量能够和谐动听。这一理论的提出具有伟大历史意义，因为它标志着近体诗概念的产生。我们现在引以为最高成就的、唐代发展成熟的近体律诗，正是建立在这一理论基础上才能够实现，这是沈约毋庸置疑、不可磨灭的理论贡献。

不过相对"四声"而言，"八病"的理论就复杂得多了。简单来说，"八病"说是沈约针对"四声"说而提出的方法论，主要针对五言诗——

要追求四声调和，就应该在写诗的过程中，注意规避八种语音上的"病犯"。这"八病"分别是指：平头、上尾、蜂腰、鹤膝、大韵、小韵、旁纽、正纽，下面我们分别来具体解释。

先说后四种，因为这四种相对来说比较次要，影响也比较小，大家稍作了解就可以。"大韵"指的是五言诗一联十个字中，前九个字不能和最末一个字同韵，比如说"微风照罗袂，明月耀清辉"这句诗中的首字"微"和句末的"辉"是同韵的，就犯了"大韵"之病；而"小韵"呢，指的是除了句末字，前九个字相互也不可以同韵，像阮籍的名句"薄帷鉴明月，清风吹我襟"中，因为"明"和"清"同韵，就犯了"小韵"之病。我们可以把"大韵"和"小韵"结合起来理解，就是说，五言诗一联上下两句十个字，不能有同韵的，这个要求其实很苛刻了。

再来看"旁纽"和"正纽"，这里的"纽"是指"声纽"，也就是我们说的声母，具体而言，"旁纽"是指五言诗一句之中不能有同声母的字，比如古诗中"思君令人老，岁月忽已晚"这一句，上句中"令"和"老"同声母，下句中"月""已""晚"三个字同声母，这就是"旁纽"犯得很厉害了；"正纽"则是指五言诗一句之中不能有同发声部位的字，这个规则更复杂，我们将古代声母归为唇、齿、牙、喉、舌"五音"——简单来说，现在读b、p、m、f的就是唇音，读d、t、n、l的就是齿音，以此类推，他们每一组的发声部位是相同的，沈约就要求，一句诗中，不能有两个唇音、也不能有两个齿音，比如杜甫的名句"会当凌绝顶，一览众山小"，上句中"当"和"顶"同声母，属于"旁纽"，下句中"众"和"山"同属齿音，就是"正纽"了。如果再把这两个规则结合起来，也就是说，一句诗中五个字的发声部位必须各不相同，而中古汉语的发声部位一共有多少个呢，满打满算最多也就七个，选择空间十分有限。

所以"大韵""小韵""旁纽""正纽"这四个规则，沈约虽然提出来了，但实际上却没有人能够做到，也包括他自己在内。因而没有产生实质的影响，真正对当时和后世影响较大的还是"八病"中的前四个，而它们都是与声调相关的。

"平头"是说五言诗一联中，第一、二字和六、七字声调不能相同，也就是说上下两句的前两个字不能同声调，比如古诗"相去日已远，衣带日已缓"这一联，"相去"是平声、去声，"衣带"也是平声、去声，这就犯了"平头"病，这条规则延续到了后来的律诗当中，如果上句开头是"平平"，下句开头必然是"仄仄"，其实就是"平头"规则的变体；再来说"上尾"，指的是五言诗一联中，第五字与第十字声调不能相同，也就是说上下句的句尾不能同声调，这个很好理解，后来的律诗普遍也都是这样，上句句尾是仄声，下句句尾就是平声，只有一种情况例外，那就是律诗中首句入韵的情况，比如王维的诗句"单车欲问边，属国过居延"，"边"和"延"平声押韵，这在律诗中是符合规范的，但在沈约这里，就犯了"上尾"病。

以上两条规则限定的是一联中上下两句之间的声调规范，而"蜂腰"则着重关注的是一句之内的要求，它规定五言诗每句中的第二字与第五字不能同声调，比如千古名句"大漠孤烟直，长河落日圆"就犯了"蜂腰"病，上句中的第二字"漠"与第五字"直"同为入声字，下句中第二字"河"与第五字"圆"同属平声字。事实上，对"蜂腰病"的避忌是沈约"四声八病"理论的核心，因为"蜂腰病"关注的是五言诗成句的问题，这个问题解决之后才会涉及成联、成篇的问题，然而"蜂腰病"却也是"四声八病"理论与唐代近体格律矛盾最突出的一点，因为众所周知，唐代格律中有两个标准句式是"平平仄仄平"与"仄仄平平仄"，而这两种句式是必犯"蜂腰"病的，我们上面举的"大漠孤烟直，长河落日圆"就是这样的句子，再比如杜甫的"当春乃发生""江船火独明"，李白的"月下飞天镜，云生结海楼"等名句都是如此，因为唐代律诗的规定是每句的第二字与第四字不能同声调，对于第二字与第五字的关系是没有限制的。那么，对于这一问题我们该如何看待和解释呢？这里要说的是，其实这两种规则的原理和目的是一致的，就是要在一句之内确立起声韵交错的关系，之所以产生了"二五异声"与"二四异声"的区别，则主要是因为不同时代背景下语言习惯的问题，齐梁诗句的常见音步是"二一二"，重音落在第二和第五字上，比如"沾妆疑湛露，绕臆状流波"之类，而唐诗中，常见音步是"二二一"，重音落在了第二字和第四字上，比如"明月松间照，清泉石上流"等，声调的差异应当体现在最明显的地方，因而齐梁诗中追求"二五异声"，而唐诗中追求"二四异声"，所以从这个角度来说，沈约的"蜂腰"病理论也是被唐代律诗所吸收的，而这种一句之内声调抑扬交错的思想也是近体律诗格律形成的理论基础。

最后再来说"鹤膝"，这一条针对的是联与联间的声调关系，具体要求是五言诗的第五字与第十五字不能同声调，也就是说五言诗中连续两联的上句句尾声调不能相同，这个其实很琐碎复杂了，比如杜甫的《春夜喜雨》"好雨知时节，当春乃发生。随风潜入夜，润物细无声"，第一联上句的句尾"节"是入声，第二联上句的句尾"夜"又是入声，这就属于"鹤膝"病。沈约提出"鹤膝"病的目的在于让五言诗的每联之间也能产生声韵的抑扬变化，然而事实证明，这一理论在实践中并不能保证联间的声韵变化，这也说明了沈约对五言诗声韵格律探索的贡献主要体现在句中和句间，至于联句成篇的追求则要等到唐代粘对规则成熟之后才能真正实现。

以上便是沈约"四声八病"理论的主要内容，且不论其操作性如何，至少在理论体系上，它涉及声母、韵母、声调的规则，也关注到了句中、句间、联间的变化关系，是一套完备的理论体系，也是第一套为近体诗制定的格律规范，因为诞生于永明年间，我们也将其称之为"永明声律"。

四、"永明声律"的功与过

关于沈约和"永明声律"的评价，历来褒贬不一，称赞的人认可他将声韵规则引入文学创作的突破性创举，也承认他在古诗向近体诗发展进程中的决定性贡献。然而批评的声音也有很多，其中最突出的声音主要集中在三点：一是，"四声八病"的限制过于烦琐、苛刻，大大脱离了诗歌创作和文学欣赏的实际需求，缺乏现实操作性，相比于指导性的框架，它的意义更接近于限制性的枷锁，因为就连提出这些规范的沈约本人，也很难完全满足自己的要求；二是，对于诗歌外在形式的过分关注和追求，使得原本已经"文升质降"的格局更加失衡，诗歌的思想内容在沈约的理论体系中完全没有受到关注，致使诗歌进一步朝着华而不实的方向发展；三是，沈约的"四声八病"理论将作为整体艺术的诗歌拆分的过于零散，甚至成为字词声韵相关元素的排列组合，在艺术上缺乏整体兴象浑然的意境之美。

关于以上三点，我想为沈约和"永明声律"进行一些简单的辩白：首先，"四声八病"的烦琐、严苛是不争的事实，但其严格的条条框框背后揭示出的，其实是声韵搭配之间最为核心的原理，这才是"永明声律"的核心价值所在；其次，"文升质降"是南朝诗文发展的大势所趋，沈约和"永明声律"作为特定时代背景中的人物和事物，不可能违背历史发展的总体规律，而且事实证明，华而不实的"永明声律"是"声律风骨兼备"的"盛唐之音"必要的前奏；最后，诗歌的整体与局部都很重要，他关注局部的目的正在于使整体更为和谐，而事实上，唐诗之所以能够达到"兴象浑然"的高度，与沈约在"象"这一层面上的极致追求也是密不可分的。

沈约"四声八病"理论的提出，标志着一种新型诗歌体裁——近体诗的诞生,"永明体"就是其最早的表现形式,与此同时,诗坛之上也出现了古近体的分流,那么"永明体"究竟是什么样子?功过几何?复古的诗风又有着怎样一种不同的追求呢?我们下一讲再说。

第十九讲
古近分野
——终于走到分岔路的路口

一、尽态极妍的"永明体"

大家认为的近体诗,指的是唐代的律诗和绝句,这个说法其实是不准确的,首先说绝句未必都是近体诗,这个问题暂不赘述,要再补充一点就是,在律诗完全成熟之前,诗歌由古体向近体演变的过程中经历了一些发展阶段,这些不同阶段呈现出的形象虽然有着较大的差别,但从最基本的艺术创作原理来说,其实都应该算是近体诗,"永明体"就是其中最突出的代表。

"永明体"和"永明声律"一样,因为形成于南齐永明年间而得名,其形成的原因总结起来一共有四点:一是"文升质降"的总体趋势发展到了一定的程度,魏、晋、宋的诗歌创新成就完成了较为深厚的积累,但在内容、题材、形式上仍有不断创新的需求;二是社会经济发展相对趋于稳定,士庶关系、皇权与士族的关系都走向调和,诗歌反映现实和抒情言志的需求减弱,反之娱乐化与游戏化的功用大为增强;三是竟陵西邸为文人的聚集和交流创造了条件,提供了日常创作的环境与素材,但同时也导致了文学风格与视野的趋同;四是对语音奥义的探索取得了较大突破,形成了一股追求声律的社会文化风潮。

相应地,"永明体"诗歌的所有特点,也都是在上述原因和条件的主导下而形成的:"永明体"诗歌的出现,标志着南朝诗文"文升质降"的程度已经达到了极致,因为极度淡化了抒情言志的传统,它的思想价值几乎为零,诗人的主观情感和个性特点也几乎淹没不闻,与东晋玄言诗正好处于"文"与"质"的两端;另外,"永明体"十分讲求写作的手法技巧,对于骈偶、用典、辞藻、修辞等方面都有很高的追求,也有新锐而前沿的探索,可以说在艺术上做到了"尽态极妍",在句法、联法、篇法上也已经初步具备了律诗的雏形;同时,游戏的目的与"尽态极妍"的风尚注定了"永明体"诗歌的题材不可能过于复杂,主要集中在山水和咏物两个方面,因为这两个题材的诗歌内容主体是对外在事物形态的客观呈现,最能够体现出诗人艺术手法的高下;不过,竟陵西邸相对有限的创作空间,使得"永明体"的山水诗既不能够像"大谢体"一样寻幽探奇,也不可能像"小谢体"一样有广阔的山水,而是局促在狭小的园林之中,显得十分单调,倒是咏物诗的素材挖掘越来越细致,出现了很多前代诗中未曾染指的新事物。因而咏物诗是"永明体"诗歌中比例最大、成就最高的一个领域;最后,当然是在声律上,"永明体"是"永明声律"的实践检验,当然,他不可能严格地按照"四声八病"的要求来创作,但大体上是以之为标准的,尤其在规避"蜂腰""平头""上尾""鹤膝"这四种病犯上,基本都严格地遵守了下来。

下面我们通过具体的诗作来体会一下"永明体"诗歌的风貌,来看这首沈约的《玩庭柳诗》:

轻阴拂建章,夹道连未央。因风结复解,沾露柔且长。
楚妃思欲绝,班女泪成行。游人未应去,为此还故乡。

因为"永明体"诗歌基本不关注社会现实,也不表达个性化的思想感情，因而在赏析这类作品时，知人论世就失去了意义，所以我们也不必过于关注其创作的背景，直接来看文本中的写作手法。题目中的"玩"字很明了地揭示了这首作品带有游戏、娱乐的性质，就是诗人闲中把玩庭院柳树，突然有了诗兴就写下了这首诗。"建章""未央"皆是汉代宫殿之名，诗人由庭中的一棵柳树想到了昔时皇宫、御道之上接连排布的片片轻阴，以联想的手法铺垫出柳树的一般形象，使人将其与皇家的高大、威严、尊贵联系在一起；第二句画风一转，才引入对庭中这棵柳树的描写，柳树在轻风吹拂之下，柳条四处飘摆，时而缠绕在一起，时而又飘逸地分开，柳条上沾满了晶莹的露水，随着风儿吹开露珠，水滴与柔嫩的枝条一同氤氲在空中，是何等轻盈而柔美；见到这样美好的事物，会让人想到什么呢？当然是女子柔顺的秀发与晶莹的眼泪，然而这棵柳树并非凡品，所以诗人想到的女子也不是寻常人家——娥皇女英，这是上古尧帝的女儿、舜帝的妃子，是世间才貌双全、德行兼备的最佳代表，这一联既是比喻联想，又很自然地引入了典故。最后一联，诗人又提到了柳树这一事物的文化内涵，因为"柳"与"留"谐音，自古以来是送别的象征，诗人说看到这样一棵美好的柳树，恐怕游子也不舍得离去了，巧妙地运用了侧面描写而又不着痕迹，烘托出的依然是庭中柳树的美好姿态。大家可以用前面讲的"永明体"诗歌的特点来与这首诗对照一下，游戏写作的性质、"尽态极妍"的咏物成果、高妙而又综合运用的艺术手法、每一联的工整对仗以及整体和谐婉转的声韵起伏，的确是写得很精彩，但要问你这首诗传递了什么主张、反映了什么问题、表达了诗人什么样的生活体验，恐怕就很难说出来了。

关于"永明体"诗歌的评价，就和"永明声律"一样，历来褒贬不一，其最受诟病的点就是有文无质、华而不实。但试问中国诗歌史上真正完全做到文质兼备的时代又有几个呢？也无非建安和盛唐而已，其中，建安是古体诗最高成就的代表，盛唐是近体诗思想艺术的巅峰，而"永明体"不正是二者之间至关重要的一座桥梁吗？如果没有永明体，就不会有平仄交错，不会有起承转合，不会有大量精妙卓绝的艺术手法，也不会有丰富多彩的诗歌形象，那么，盛唐的"兴象浑然""声律风骨兼备"又该从何而来呢？因而，对于"永明体"，我认为其功劳是远大于过的，以陈子昂为代表的初唐诗人站在纠偏的角度打压"永明体"，有其特殊的现实背景与需求，而如今的我们倘若不能站在一个公平客观的角度，以历史发展的眼光看待"永明体"的功过，那就是我们这个时代的遗憾了。

二、江郎未必才尽

"永明声律"的提出标志着近体诗的产生，尽态极妍的"永明体"一跃而成为诗坛上最具活力的风格和体裁，诗歌的发展沿着由古而近的方向飞速前进着。但同时，"永明体"诗歌中现实性和思想性的缺失还是引起了诗坛上一些有识之士的关注，毕竟诗文的意义不仅仅是游戏与娱乐，它还有着"传道明心""经国不朽"的伟大意义，于是在永明新诗蓬勃发展的同时，一股与之相反的注重诗歌经典性、现实性、思想性的复古风潮也同时兴起了。

其中最具代表性的诗人是江淹，他比沈约小三岁，两人大概同时步入政坛与文坛，是当时诗歌领域并驾齐驱的两名旗手。在沈约活跃于竟陵西邸，开创永明文坛新方向的同时，江淹的政治生涯也在大踏步地前进：出身寒门，以才学知名的他受到了萧道成的关注和征召。后来在平定沈攸之的叛乱中，江淹为萧道成陈说利害，力劝其拥兵自重，奠定了代宋自立的基础，他也成为萧道成最为信任的御用文人。此后，他又一路晋升，做到了中书侍郎，这是个很高的官职，相当于宰相，负责为天子和朝廷起草诏令文书，还负责修国史，并兼任太学博士，在政治和文化领域都享有极高的地位。

　　这样的政治经历与文化地位对江淹的文学好尚有着鲜明的塑造作用：为朝廷起草诏令，使他不可能像沈约等竟陵文人一样，将文学当作游戏和娱乐的工具，更不可能将视角局限于狭小的亭林园囿之中，脱离对社会现实的关注。反之，他仍然秉承着曹丕"文章者经国之大业"的思想，在实践中发挥着文学传道明志的功能；同时，修国史的经历使得江淹有着鲜明的历史感，对于历代典籍、文翰、掌故有着充分的了解和认识，这一点上，沈约与他经历相似。江淹将主要精力集中于探讨如何将典故化用进文学创作当中，对于前代的历史与文学积淀，沈约着重取其"文"，而江淹旨在取其"质"，反映的还是两种文学路线的差异；再有，太学博士主管的是儒家经典的传承和教育，这也使江淹形成了崇儒、宗经、尚古的思想倾向，这与永明诗人们着意于求新的思维是截然相反的。

　　正是因为这样的经历，江淹对于诗文创作有着自己的见解与坚持，面对日益占据主流却抛弃传统、华而不实的永明新诗，他明确提出了批评，认为一味追求这种"温软甜媚"的诗风对于文学发展有着很大的负面作用，因而极力主张"贵古贱今"的思想，标举汉魏、晋宋诗风，提倡悲慨劲健之气，同时认为诗风应该彰显诗人的个性情志，但同时，对于历代以来在"文"的方面积累的成果，他也选择性地有所继承，崇尚诗风的清丽，总的来说，这是一种对于真、善、美的全面追求。

　　关于江淹的作品，大家最为熟悉的应当是《别赋》，这在魏晋南北朝的所有赋中也是一篇成就极高的具有代表性的作品，但要特别强调的是，在齐梁文坛"重文轻质"的背景中，这一篇以思路清晰、论证严密著称的佳作，显得极为新颖别致。文章开篇即点明观点："黯然销魂者，唯别而已矣。"指出世间最让人形容惨凄、精神沮丧的事就是别离，主旨清晰，一目了然。而后，江淹选取了不同的离别场景加以描绘，分别写了富贵、侠客、从军、绝国、夫妻、方外、情侣这七种身份、地位、目的、心思各异的别离，反映了他们独具特色却本质如一的"黯然销魂"，进行了多角度、多层面的充分的事实论证。要特别注意的是，在对这些离别场景的描绘中，江淹同样运用了非常高超的写作技巧，他善于以环境和场景的渲染来烘托人物的心情，有意象的铺张和文采的夸饰，但这些都是为了情感表达服务的，这就是江淹诗文与"永明体"的核心区别。最后，江淹又对前文进行了总结升华，指出"别方不定，别理千名，有别必怨，有怨必盈，使人意夺神骇，心折骨惊"，以清晰的逻辑线条推理指出了人人都不可能跳脱离别的折磨，也指明了自己想要以文字来传递和刻画这种情感的创作目的。后人评价这篇作品"诵之如行云流水，听之如金声玉振，观之如明霞散练，讲之如独茧抽思"，可谓一语中的、精道绝伦。

而江淹的诗歌作品中，成就最高的当属《杂体诗三十首》，这是一组特点鲜明的"拟古诗"，就是江淹根据对汉、魏、晋、宋共三十位著名诗人的了解，依照其各自特有的题材、意象、诗境、句法、体格、声律等特点，而模拟其风格创作出来的作品。这三十首诗作，彰显了江淹对前代诗文创作成果的全面理解和继承，同时他又在复中有变，以旧瓶装新酒，表达的都是自己的当前情感和现实思想，而这也正是江淹文学主张的本质，复古的核心和目的正在于以古为新，这一理念也成为日后所有文学复古运动的纲领。

我们来选择其中几首大致了解一下江淹诗歌的创作风貌，来看这首《阮步兵籍咏怀》：

青鸟海上游，鸒斯蒿下飞。浮沉不相宜，羽翼各有归。
飘飘可终年，沆瀁安是非。朝云乘变化，光耀世所希。

精卫衔木石，谁能测幽微。

阮籍的咏怀诗我们之前讲过，它最突出的特点是"兴寄玄远，旨意遥深"，善于营造幽微昏暗的诗境，表达的主要是对于正始年间黑暗社会风气的不满，其中比较典型的意象有孤独的"青鸟"和广阔漫长的"天""海""林""夜"等。江淹对于阮籍诗中这些经典意象的选取十分准确，行文也是以情感和意气串联组织起完整的结构，抓住了渺小个体与深广时代相碰撞的基本矛盾，表达出了个人面对广阔的宇宙时心中的迷茫，既抓住了阮籍诗的主要特点，又表达出了新的思考与感悟，这是一首很成功的复古诗作。除此之外，江淹拟曹丕、曹植、刘桢、王粲、谢灵运、鲍照等人的诗作，也都很好地抓住了其各自诗风的核心特点，又在此基础上实现了表达新思想、新情感的突破。

不过其中也有不成功的拟作，比如这首《陶征君潜田居》：

种苗在东皋，苗生满阡陌。虽有荷锄倦，浊酒聊自适。
日暮巾柴车，路暗光已夕。归人望烟火，稚子候檐隙。
问君亦何为，百年会有役。但愿桑麻成，蚕月得纺绩。
素心正如此，开径望王益。

陶渊明诗歌的那种自然风尚对于后世的模仿者而言的确很难学到精髓，这首诗无论是在用词、句法还是整体结构上，其实都距离"一语天然万古新"的境界有着较大的差距。除此之外，江淹模拟嵇康的作品也难言成功。这也体现了一个问题，那就是"复古"并不是万能的，有的"古"纵然想"复"却实在"复"不了，某些特定的时代背景和语境可以通过理论和规律的探索去再现，但还有一些诗人灵光一闪的创造，让后人很难达到与之相仿的高度了。总体来说，江淹开出这条"以古为新"的道路是功不可没的,即便他在才思上达不到比肩陶渊明、嵇康的高度,却为日后能够达到此高度的李白、苏轼等诗人探出了先驱的脚步,这一步是足够伟大的。

三、"双一流"的梁武帝

以沈约为代表的"永明体"和以江淹为代表的"复古诗"在齐梁文坛上争得不可开交,那么国家主流文艺政策在二者之间如何取舍,就成了影响甚至决定文学发展走向的重大问题。于是,作为梁朝的开国君主,整个魏晋南北朝在位时间最长的帝王,同时也是一位有着极大文学兴趣和较高文学成就的天子,梁武帝萧衍成为又一个足以左右中国文学命运的人物。

萧衍的人生经历十分特殊,他是南齐皇室的远亲,也因为家世,早年的他博览群书,游艺文坛,曾进入竟陵西邸,成为"竟陵八友"之一,且与沈约、范云等人建立了良好的友谊,此时的他无疑是"永明体"的坚定拥护者与践行者。

而到了三十岁这年,萧衍作出了人生中至关重要的一个选择,那就是在齐武帝去世引发的皇权竞争中,独具慧眼的他坚定地支持了当时的辅政大臣、日后的齐明帝萧鸾,也由此深得其赏识,逐步列土封疆,成为镇守荆襄的上游统帅,并逐步壮大势力,为其日后登基称帝奠定了雄厚的基础。齐明帝去世后,其子东昏侯即位,这位小皇帝荒淫无度,屠戮功臣,引起了各方势力的强烈抵制。于是,韬光养晦多年的萧衍终于率军东下,一举攻克建康,诛杀东昏侯,拥立和帝,实际则掌握了朝廷大权。502年,在沈约、范云的劝进下,萧衍胁迫齐和帝禅位,建立了南朝的第三个政权——梁朝。

登基后的萧衍，一方面给予了沈约、范云等故友和拥立功臣以极高的荣誉，其中沈约官拜尚书令、领太子少傅，贵为百官之首，同时也成为文坛上当仁不让的宗主。但另一方面，萧衍也认识到，游戏化、娱乐化、华而不实的"齐梁体"诗文，对于经国兴邦、济世安民没有什么实质性的帮助，于是在朝廷之上对于"尚质"的"复古派"诗文也是大力提倡，不但授予了"复古派"领袖江淹以极大的荣宠，拜为金紫光禄大夫，足以与沈约分庭抗礼，同时自己也脱离了"永明体"的好尚，转而投入了"复古诗"的创作当中。

因为这种"由文学之友到一代君王"的特殊人生经历，梁武帝在文艺政策上对待"永明体"与"复古诗"两派的态度，实际上是让他们自由争鸣、齐头并进的，这在他儿子们不同的文学喜好中都得到了充分的体现——梁武帝的长子昭明太子萧统是杰出的"复古派"，而继承他皇位的简文帝萧纲则是新体诗的忠实拥趸。正是这样不偏不倚的态度，使得两种文学风格与文学路线在梁武帝"超长待机"的近半个世纪里，都得到了充分而长足的发展，也为日后两派的发展融合创造了必要的条件。

在萧衍的影响下，也基于南朝以来文学发展取得的丰硕成果，梁代初年兴起了一股"复古诗学"的风潮，诞生了诸多集大成的文学或文论专著，其中包括刘勰的《文心雕龙》、钟嵘的《诗品》以及萧统的《文选》，这些典籍有着怎样的历史地位？又揭示了怎样的文学发展规律呢？我们下一讲开始慢慢来说。

第二十讲

宗经正纬

/

——诗文创作的"风向标"与"指北针"

一、文学理论的原始与兴起

在第一讲中,我们曾介绍过,文学理论的发展是魏晋南北朝时期文学"自觉"的重要表现。而文学理论的发展具体体现在两个方面:一是理论指导下诗文创作实践的变化,再者就是文学理论著作的不断涌现。事实上,这些文论作品本身就很值得关注,其中不少也是文采斐然的名篇。这一讲我们就专门来探索一下魏晋南北朝时期文学理论著作的发展历程。

在探讨魏晋南北朝文论著作的发展之前,我们还是有必要追根溯源,先来了解一下它们在先秦两汉时期的萌芽与原始状态。之前已经讲过,魏晋南北朝以前的文学并不纯粹,它服务于学术、依附于政治,还处于诗、乐、舞合流的状态,因而当时没有专门的文学理论和文学理论著作,但不少政论、乐论和学术讨论中已经不可避免地涉及相关的内容,对后世产生了深远的影响,这里就要介绍三部最为重要的典籍,分别是《尚书·尧典》《礼记·乐记》和《毛诗大序》,这三部都是儒家的经典,反映的也是儒家原始、正统的文学理论。

先来看《尚书·尧典》,《尚书》即"上古之书",记录的是从尧舜禹到夏商周这些上古君王的言论与事件,从性质上来说是一部语录体史书，在"五经"之中是成书较早的一部，而《尧典》又是《尚书》的第一篇，其中就提到了文学的相关问题，可见中国文学的起源是很早的，几乎与民族文化一同诞生。《尧典》在文学理论上最大的贡献是提出了文学教化和"诗言志"的理论。来看具体文本：

> 帝曰："夔！命汝典乐，教胄子，直而温，宽而栗，刚而无虐，简而无傲。诗言志，歌永言，声依永，律和声。八音克谐，无相夺伦，神人以和。"夔曰："於！予击石拊石，百兽率舞。"

夔是尧帝手下的乐官之名，尧帝命他主管文学教育，制作乐章，使百姓能够修养出良好的品格，这是强调文学的教化功能；又明确提出"诗言志"，是说文学尤其是诗歌，是表达人的情感、志向、思想最好的工具与途径。同时，"八音克谐，无相夺伦，神人以和"的说法，其实也是对文学形式与内容相统一的基本要求。

再来看《礼记·乐记》，《礼记》是对先秦礼乐制度的总说，其中《乐记》主要论述的是音乐制度，由于先秦的诗乐舞统一，也可以将其看作对原始文学的专论性篇目。《乐记》在对文学功能、兴致和标准的界定中没有超出《尧典》的范畴与框架，但同样有新的理论贡献，这主要体现在"物动心感"和"乐与政通"的理论。所谓"物动心感"指的是，外界事物的变化会对身处环境中的人产生影响，使其内心有所感触，从而产生文学创作的欲望，这就比"诗言志"更进了一步，提出了"志"的由来，强调了环境对文学的影响。而"乐与政通"的理论则突出了文学风貌与时代特性的关联，其中最著名的论断是：

> 是故治世之音安以乐，其政和；乱世之音怨以怒，其政乖；亡国之音哀以思，其民困。声音之道，与政通矣。

这里的"音"都可以等价替换为"诗文",强调不同时代背景下的文学呈现出不同的样态,这也是我们后世文学评论中知人论世方法的理论基础。

最后说说《毛诗大序》,这里的"诗"就是《诗经》,"毛诗"就是汉代毛公作传而流传下来的《诗经》,也就是我们如今看到的《诗经》。《毛诗大序》则是毛公为之作的序文,是全书的纲领,我们知道《诗经》是"五经"之中与文学关系最为紧密的一部,因而这篇序文也是对先秦文论的整体提升和总结。《毛诗大序》的内容主要有三个部分:一是强调"诗言志"的属性,这与《尚书·尧典》的内涵是一脉相承的;二是主张"乐与政通",这是对《礼记·乐记》思想的再度重申;而第三点则具有更大的开创性,那就是"六义四始"的理论体系。众所周知,"六义"指的是"风、赋、比、兴、雅、颂",我们现在普遍认为其中的"风、雅、颂"是"诗之体",也就是不同的文体,毛公也将"风、小雅、大雅、颂"并称为"四始,诗之至也",就是说他们是最基本的诗歌体裁,这是最原始的"文体论"思想;而"赋、比、兴"则是"诗之用",也就是不同的文学手法,又是较早的"创作论"思想。

先秦的这些著作,虽然不是专门的文学理论,但对后世影响巨大的文学思想和纲领却基本上都已经孕育其中,且发展得相对完整了,因此它们不仅是中国古典文论的萌芽和起源,更是后世无论如何都绕不开的经典。

二、"一波未平,一波又起"的魏晋诗论

进入魏晋南北朝,文论随着文学的自觉也进入了蓬勃发展的阶段,这种蓬勃发展主要体现在三个方面:一是数量上的激增。魏晋南北朝的

文论著作见于经、史、子、集等不同门类的典籍之中，篇目达数百种之多，与先秦两汉时期的屈指可数形成了鲜明的对比；二是视角更丰富，关注的文学元素更为细化。与先秦两汉诗论中将文学作为一个整体，看作政治与学术的附庸不同，魏晋南北朝诗论区分出了文学中的创作者、传播者、接受者等不同的参与主体，以及文学的内容、形式、源流等诸多方面。如形式这一个层面也进一步区分出文体、风格、声律、辞藻等更为细化的要素，这是对文学理论探索更为科学化、体系化的具体体现；三是对待文学的观点与主导思想更为多元。先秦两汉时期，因为文学服务于学术、依附于政治的特性，在"大一统"皇权至上、儒家思想占据主导地位的政治环境和学术背景下，文学领域的主导思想也只可能有一个，那就是儒家的"诗教说"，但随着进入魏晋南北朝以来政治与学术领域发生的变化，尤其是文学摆脱附庸的属性而拥有了独立的地位，关于文学意义、价值、功用、目标的认识也变得多元起来，打破了"儒家诗教"一统天下的格局，相应地，作家论、玄学论、文体论、声律论、游戏论等文学理论观点也都纷纷涌现，并此起彼伏地产生着影响，真正呈现出"一波未平，一波又起"的格局。

魏晋南北朝诗论的第一波高潮来自建安时期，其中的最高峰是曹丕的《典论·论文》，这既是文学自觉的标志，也是中国历史上第一部专门的文论专著，具体的成就与贡献我们已经讲过，这里就不再赘述了。与此同时，还有两篇论著值得关注，那就是曹丕的《与吴质书》和曹植的《与杨德祖书》，前者列叙了作者与"建安七子"的文学交谊，其中对于"七子"人格精神、文学成就与诗文特点的评价尤为值得关注：

而伟长独怀文抱质，恬淡寡欲，有箕山之志，可谓彬彬君子者矣。著《中论》二十余篇，成一家之言，词义典雅，足传于后，此子为不朽矣。德琏常斐然有述作之意，其才学足以著书，美志

> 不遂，良可痛惜。间者历览诸子之文，对之技泪，既痛逝者，行自念也。孔璋章表殊健，微为繁富。公干有逸气，但未遒耳；其五言诗之善者，妙绝时人。元瑜书记翩翩，致足乐也。仲宣独自善于辞赋，惜其体弱，不足起其文，至于所善，古人无以远过。

这段文字以举例评述的方法，讨论了作家的品格、个性对其文学作品风格、特点和成就的影响，比起儒家"诗教说"中"物动心感""乐与政通"的客观因素决定论，曹丕在这里更强调文学创作主体自身的价值、作用和影响，这就使得文学从政治之学、礼乐之学变成了作家之学、人的文学，这是最早的"作家论"思想。至于曹植的《与杨德祖书》，则是他自己站在一个文学创作者的角度上，阐述了其对于作家的自我认识与评价、作品的修改、文学批评的条件及文学的地位等一些基本问题的看法，可以看作以作家的第一视角对曹丕"作家论"进行的完善与补充。

建安之后，文学理论著作在西晋时期迎来了第二波发展高潮，其代表性的论著就是陆机的《文赋》和挚虞的《文章流别论》，这二者都是"文体论"的拥护者。挚虞的《文章流别论》我们前面讲过，它是《文章流别集》的序文，也是最早按照文体探究各文类诗文渊源及发展源流的著作，可惜的是这篇论文与整个集子都已失传，我们无法再看到其完整的面貌。

至于陆机的《文赋》则有着非比寻常的意义，从题目也可以看出来，它本身是一篇赋，所以与前代单纯的文论相比，它既有理论性，又有着独特的文学鉴赏性，这对于文论的领域来说是一种开创，也直接启发了杜甫的《戏为六绝句》、元好问的《论诗绝句》等"以诗论诗"的创作思维。

《文赋》的篇幅很长，总结起来大致论述了以下四个方面的问题：

第一，强调唯美主义的形式追求。陆机承认文学表现中应当以思想内容为核心，但修辞技巧、音韵结构等艺术形式，对于思想内容的表现有着重要的意义，因而也要予以足够的重视，而当时处于文学思想内容高度"雅"化的时代，所以形式上必须极尽唯美主义的追求，才能使得"言"与"意"之间形成对等的呼应。第二，陆机认为观察生活、博览群书、培养情志，是文学创作的必要前提。这一点强调的是文学来源于生活实际，是一种现实主义文学观，同时也强调了对前代思想成就与艺术经验的继承与积累，具有发展的眼光，也在不同时代、不同主张、不同派别的文学创作活动之间建立起了一脉相承的联系。第三，重视作者的个性和创造力。这一点指明了文学发展的方向和根本动力，在于不断地创新，只有如此才能永葆活力，这在一味模拟"雅"诗、陷入僵化板滞的西晋文坛，有着独到的意义。第四，则是文体与风格相应的观念。陆机主张文体的形成是某种风格不断积累成熟的过程，也是文学发展的自然规律，创作者应当遵循和运用这种规律，使各种文体充分发挥其在不同场合、不同领域表情达意的功用。可以看出，《文赋》关注的核心是文学作品创作的过程与思路，这与前代的"诗教说"和"作家论"有着视角上的本质区别，由此，如何写诗作文、文学创作活动有着怎样的过程与技巧就成为文学理论界关注的新问题，这也是《文赋》在理论上最为突出的贡献。

魏晋以后，随着史学领域的发展与健全，诸多正史和野史著作中都出现了"文学传""文苑传"等门类，比如成书于这一时期的《后汉书》《南齐书》等，《宋书》虽然没有文学家的类传，却也有重要文学家的传记，如《谢灵运传》。而史书之中有了传记，也就免不了有对传主相关成就的评价，于是南朝的史传论也因此掀起了魏晋南北朝文论的第三波高潮，其中最杰出的代表是《宋书·谢灵运传论》。

《宋书·谢灵运传论》之所以有如此高的地位，很大程度上是因为他的作者——兼具文学家与史学家身份的沈约。在文中，他先以史学家的积累，列叙了中国文学的发源和历代流变，而后，他又在梳理前代成就的基础上以文学家的独到见解提出了他心中最高的文学标的：

> 夫五色相宣，八音协畅，由乎玄黄律吕，各适物宜。欲使宫羽相变，低昂舛节，若前有浮声，则后须切响。一简之内，音韵尽殊；两句之中，轻重悉异，妙达此旨，始可言文。

粗看文意，再结合沈约"永明声律"代言人的身份便不难得出这一段的核心思想，就是主张在诗文中追求声律的和谐，在抑扬顿挫、疾徐有致之中追求文学的形式美、艺术美，这便是建立在齐梁文学背景下的"声律论"主张。虽然以我们如今的眼光来看，这一主张显得有些偏颇，但在当时的确产生了很大的影响。

总的来说，从建安"作家论"到晋宋"文体论"再到齐梁"声律论"，魏晋南北朝的文论是与文学创作发展的历程相同步的，反映了文学领域中理论与实践的紧密结合。

三、"居其所，而众星拱之"

到了梁代，随着尚"文"的"永明体"与尚"质"的"复古诗"两面大旗高高立起，南朝文学在创作层面上已经发展到成熟的境界，短期内已经不可能再产生革命性的进步和突破，因而文学的主题也从创新的探索转向了回顾与总结，正是在这样的背景下，文学理论领域诞生了集大成的论著——刘勰的《文心雕龙》，这是一部理论系统、结构严密、论述细致、文辞精丽的著作，是中国古代文学批评史上巅峰中的巅峰，前无古人，同样后无来者。

　　《文心雕龙》全书共五十篇，可以清楚地划分为五个部分：前五篇——《原道》《征圣》《宗经》《正纬》《辨骚》是全书整个理论体系的纲领与核心，主张文学创作与批评，都应该"本之于道，稽诸于圣，宗之于经"，也就是以儒家的文学思想和文学经典为宗，这一主张被称为"宗经观"，是《文心雕龙》的核心思想，而对于由"经"在特定环境、特定背景下演变而成的"纬"和"骚"，则应辩证地看待和扬弃，做到"守正以创新"。

　　第六至第二十五篇是"论文序笔"的"文体论"部分，刘勰先后论述了诗、乐府、赋、史传、论、诏等三十四种文体的渊源、体式追求、风格流变，并对各体的代表作家作品进行了评论，力求探究出每种文体本身最原始、最适合的艺术风格与创作倾向，从而将其树立为这一文体所应坚守的标准，以指导后世的文学创作，这也是在具体地践行着他的"宗经观"思想。

　　我们以《诠赋》篇为例来简要了解一下这一部分的论证结构：开篇，刘勰先引用《诗大序》的观点，指出"赋者，铺也，铺采摛文，体物写志也"。从而点明赋这种文体应该具备的核心特点是"以华丽的文采描摹事物，以彰显作者内心的情感志趣"；而后，文章的主体便是以前面确定的标准，对上自先秦，下到齐梁的历代辞赋作者和他们的代表性赋作进行评赏辨析，从而得出"一代不如一代"的评价；最后，在上文的基础上，得出如何才能写好赋这种文体的结论：

　　　　情以物兴，故义必明雅；物以情观，故词必巧丽。丽词雅义，符采相胜，如组织之品朱紫，画绘之著玄黄。文虽新而有质，色虽糅而有本，此立赋之大体也。

最后，再以一段四言的韵文对全篇的大意进行简要的总结，这就是一篇完整的文论了。

《文心雕龙》的第三部分是第二十六至四十四篇，属于"创作论"的部分，其中既包括了《神思》《情采》《风骨》《养气》等对作者品格、特质、才性的要求，也涉及《声律》《章句》《丽辞》《比兴》等常见的艺术手法和创作技巧，可以见得，这是对魏晋南北朝以来"作家论""创作论""声律论"等成果的全面总结。

第四十五至四十九篇属于第四部分，包括《时序》《物色》《才略》《知音》《程器》，是关于文学鉴赏与批评的尺度和方法；而最后一篇《序志》阐明了刘勰写作《文心雕龙》的目的、态度和原则，单独构成第五部分。

从"宗经观"这一核心思想以及"文体论"中刘勰在大多数情况下都选择"是古非今"的态度来看，刘勰和《文心雕龙》的文学倾向是主张"复古"的，这是他针对齐梁文学"文胜于质""华而不实"的普遍现实，为了文学回到长久良性的发展轨道上作出的正确判断与引导，只有提倡"原道、征圣、宗经"，将文学的思想价值重新提到核心的位置上，才能从根本上扭转"文升质降"的发展趋势。但对于南朝以来文学的发展成就，刘勰也并没有刻意贬低与完全漠视，一方面他在"创作论"中对诗文的艺术追求进行了客观的评价与引导，另一方面在本身的创作中，刘勰通篇使用骈文，讲求对仗工整与声律和谐，也足以彰显出他的态度，在"宗经"的前提下，一切形式美的追求也都是有意义、有价值的。

刘勰《文心雕龙》的问世标志着南朝文论体系的最终形成，而在诗文创作领域，同样有两部总结性的著作在梁代产生，那就是《诗品》和《文选》，它们的出现对于诗坛与文坛又有着怎样的意义呢？我们下一讲再说。

第二十一讲

品鉴源流

——"乘风破浪"的前辈诗人

一、"成团"的规则和纲领

上一讲中,我们介绍了梁代"复古诗学"与"永明新诗"共同影响下催生的文艺理论领域集大成的名著《文心雕龙》,在这个南朝文学发展到顶峰,各领域都开始总结成就的时代,诗歌评论界也出现了一部品鉴源流、综合梳理前代诗歌创作成就的著作,那就是钟嵘的《诗品》。

《诗品》的成书晚于《文心雕龙》,同为文学理论著作的它能够在"体大而虑周"的高峰之后开出新的天地、产生新的影响,这是非常不容易的,之所以能够做到这一点,这部著作精准的角度、清晰的定位与独到的形式起到了重要的作用:从角度的选择上来说,《诗品》只关注单一体裁——五言诗的发展流变,这个对象很好,因为五言诗既是魏晋南北朝文学领域中体量最大、成就最高、变化最多元的一种文体,同时又有着"由古体及近体"这样一条十分清晰的发展脉络,所以最能够从对它的梳理中得出深刻、周遍、成熟的结论;从定位的确立上来说,《诗品》不同于其他文学理论,没有指导当代创作的意图,只是对历代知名诗人的作品和成就进行点评,这就在一定程度上避开了需要在"复古派"与"新体诗"之间选边站队的顾虑,从而在立场、态度与结论上显得更客观；而从形式上来说，以人系诗、分品定优劣的模式，其灵感来源于魏晋南北朝士族文化下非常流行的人物品藻活动，这也使得《诗品》更容易流行和被人接受，而对历代诗人品头论足、评定优劣，自然很容易引发关注、讨论乃至争议，这也能使其很容易成为文论领域中备受关注的"爆款"。如果拿当代综艺来类比的话，以《文心雕龙》为代表的常规文论著作就类似于《文坛·青春有你》或是《文学家创造营》，而《诗品》作为中国历史上第一部专门的诗论，更像一部《乘风破浪的前辈诗人》，以另辟蹊径的眼光与极强的话题意识，走出了《文心雕龙》的巨大影响，在重重包围中奠定了自己独有的历史地位。

在对具体的诗人"品鉴源流"之前，钟嵘为《诗品》作了一篇序，算是阐述了整部著作的核心思想和评价标准，也对诗歌这一文体的发展流变进行了总论，奠定了后面正文的基调，因而我们要先来看看这篇序文。序文的篇幅很长，大概占到了一卷的体量，总体来说，写了以下四个方面的内容：

序文先是以相当的篇幅回顾了历代五言诗的发展成就。钟嵘认为，五言诗的渊源十分久远，可以追溯到上古歌谣当中，这是人们感知外物之后"摇荡性情，形诸舞咏"的产物，具有"动天地，感鬼神"的效用；先秦诗歌虽然以四言为主，但同样已经有成熟的五言诗句间入其中，承担着与四言诗句不同的表达效用；而真正完整的五言诗诞生于汉代，在钟嵘的认识中，"苏李诗"便是五言诗最早的形态。这里我们有必要多说几句，所谓"苏李诗"其实是一组汉代五言诗作的总称，其中"苏"是苏武，"李"是李陵，因为这组诗歌题目标为《与苏武诗》《与李陵诗》，被认为是他们二人之间的互相赠答，故而得名。李陵、苏武皆为西汉武帝时人，大多数南朝诗论家由此认为这组作品是最早的完整的五言诗，而五言诗的成熟年代也因此被他们认定在西汉早期。但事实证明，这组所谓的"苏李诗"实际上是后人的托名之作，五言诗的成熟与定型应该发生在东汉而非西汉。为什么这么说呢？我们不妨顺着序文接着往后看。钟嵘讲道：

> 从李都尉迄班婕妤，将百年间，有妇人焉，一人而已。诗人之风，顿已缺丧。东京二百载中，惟有班固咏史，质木无文。

意思是说，自李陵之后，五言诗在汉代经历了二百多年的发展，只有西汉末的班婕妤这一位继承人，而到了东汉，也只有班固的《咏史诗》拿得出手，还是"质木无文"之作。这就有问题了，且不说二百多年来一种文体找不出像样的传人和作品已经很违背文学、文体发展的一般规律，再加之班固的《咏史诗》是有确切历史记载的，可以证实为班固在东汉初年所作，但他身为一名大辞赋家，写出的五言诗尚且处于"质木无文"的原始境界，比他早二百余年的不以文名的一位将军、一位使臣，如何能够写出比班固还好的五言诗作品呢？这也是不可信的。通过风格、意象、主旨等多方面的分析，我们现在认为，"苏李诗"的真正创作年代应该在东汉末期，大概与《古诗十九首》是同时诞生的。不过，在整个魏晋南北朝都是将"苏李诗"当作真迹看待的，所以在钟嵘的诗歌发展理论体系中也是如此。再往后，钟嵘依次评价了建安、太康、东晋、元嘉文坛的五言诗特点与发展地位，这与我们如今的看法都是一致的。其实应该反过来说我们如今对于这一段诗歌发展进程的基本观点是钟嵘《诗品》所奠定的，他独创的许多概念与评价被我们引为了诗学批评的"金科玉律"，比如评价建安文坛"彬彬之盛，大备于时"、评价玄言诗"理过其辞，淡乎寡味"、将太康文坛的代表诗人总结为"三张二陆，两潘一左"等。

紧接着，序文转入了第二部分，对五言诗艺术追求的辨析。钟嵘先抛出问题：

> 五言居文词之要，是众作之有滋味者也。故云会于流俗。岂不以指事造形，穷情写物，最为详切者耶？

意思是说，五言句是所有句式中最适宜展现文采、最容易写出韵味的，所以是不是应该以穷尽世态、尽态极妍地描绘出事物的特点为最高追求呢？首先要承认，钟嵘这个大前提是无比正确的，在常用的诗歌句式，也就是四言、五言、七言和杂言中，五言是最适合叙事、描写、营造意境的，这一点有现代语言学的理论依据作为支撑。钟嵘单纯凭借传统的诗学感受力能够认识到这一点是尤为不易的。但大前提的正确是否意味着这个问题的结论也是对的呢？显然钟嵘自己也不这么认为，他抬出了诗歌中的经典《诗经》，指出对于"赋、比、兴"三种手法的综合运用，才是诗歌发展要达到的最高标准：

> 弘斯三义，酌而用之，干之以风力，润之以丹彩，使味之者无极，闻之者动心，是诗之至也。

在钟嵘的理解中，前面提出的一味发挥五言诗的叙述描写功能，始终只是停留在"直书其事，寓言写物"的"赋"的层面；通过这个物的描写，表达出了某种情绪、感受、思想、志向，这才上升到了"比"；而呈现出语言之外的更深奥义，才能达到"兴"的境界。要实现"三义"具备，诗人的思想品格、学养积淀、文笔辞采，是缺一不可的。

序文的第三段相对简单，是关于《诗品》体例的介绍。全书共收录西汉至齐梁的诗人共计一百二十二家，按照魏晋通行的品藻人物之风，将其以成就高低为标准，划分为上、中、下三品，各品之内则不强分高低，只以年代定先后；在文体上，只论五言诗，不旁涉别体，亦不论文，不会因为一位诗人作文水平的高低左右其诗歌成就的定品；其中没有指出的是，在定品之外，《诗品》的体例中还有很重要的一项内容，就是对每位诗人的诗学源流进行梳理，由此构成了一个庞大的诗学发展体系，这一点比单纯的分类定品更有意义与价值。

在序文的最后一部分中，钟嵘也谈及了对自己所处的齐梁诗坛的看法。他先是批评了这种游戏化的创作倾向，反对过分拘忌于严苛的声律规范，从而伤害了文学的"真"与"美"，然后，他又指出：

> 余谓文制，本须讽读，不可蹇碍，但令清浊通流，口吻调利，斯为足矣。至平、上、去、入，则余病未能；蜂腰、鹤膝，闾里已具。

意在表明，诗歌的声律调和、朗朗上口、流畅易读，这是在创作中应该追求的，但至于"四声八病"这样复杂的格律限制，则过于细致，难以做到。总体来说，这一认识趋向于自然音律观，反对近体声律的探索，在这一点上，不得不说钟嵘是有其保守性与落后性的。

以上便是对《诗品》序文的简单解读，从中我们对于这场《乘风破浪的前辈诗人》"舞台大秀"的"赛制"和规则有了一定的了解，接下来就是这些文坛明星们一一登场的时刻了。

二、"等级评定"

就像诸多综艺会在开始的时候对选手进行分级一样，《诗品》在形式上的最大亮点也是对每一位前辈诗人进行了等级评价，这就为其制造了充足的话题。在全书提到的一百二十二人中，钟嵘共评出了上品十一人，中品三十九人，下品七十二人，分别占到了总数的一成、三成和六成，可见其标准是相对严苛的。

首先要承认的是，《诗品》对大多数诗人的评定是符合我们如今一般看法的，这保证了这部著作整体的权威性和可信度。在上品的十一人之中，有"才高八斗"的曹植、"七子之冠冕"的王粲、"正始之音"的代表阮籍、"太康之英"的陆机、风力独具的左思以及"山水诗的集大成者"谢灵运等，这些都是诗歌发展各阶段中的佼佼者，在整个文学史上都有着举足轻重的地位，是毫无争议的"一线诗人"；除此之外，像建安诗坛上与"王粲"齐名的刘桢、太康诗坛上与陆机齐名的潘岳、张协，尽管他们与前几位相比，成就有所不及，但总的来说入选也都有一定的合理性。

而中品和下品当中，的确也有很多适合这个品类的诗人"对号入座"，比如中品当中的应璩、张华、刘琨、郭璞、颜延之、范云等，这些都是我们前面提到过的诗人，他们在特定的时期或特定的诗歌领域中有所建树，但若论整体成就和对诗歌史的影响，自然是不及上品诸家的，故而定为中品合情合理；至于下品，我们比较熟悉的则有五言诗创制之初"质木无文"的班固、"建安七子"中不以诗名的徐幹、阮瑀，太康文坛上一味追求"繁缛"的张载、傅咸，坠入玄言诗"理窟"的许询、孙绰，以及一大批齐梁诗人等，他们在诗歌创作中都有着明显的短板，甚至产生过负面的影响，故而列为下品也各有其道理。

不过，在分级定品的过程中，存在的争议同样是不少的。比如建安文学的两位"缔造者"，曹丕被定为了中品，而曹操更是只被列在了下品；与阮籍齐名的"正始文坛"的领袖嵇康，也只被定为中品；而后世评价中魏晋南北朝成就最高、影响最大的诗人陶渊明，竟然也只是中品；同样被定为中品的还有成就极高的鲍照、谢朓，以及梁代文学"复古派"与"新体诗"的两杆大旗——江淹与沈约。有被低估的诗人，当然也就有被高估的，像上品之中的李陵、班婕妤，中品当中的秦嘉、徐淑，在现在看来也是不太配得上相应品类的。

分类定品当中的这些与我们认识有出入的观点，自然容易引起关注与争论，本着"文无第一""见仁见智"的观点，我们不对这些分歧作过多的评判，但出于文学理论研究的目的，可以回到钟嵘所处的时代与他的文学观中去探究这些分歧产生的原因。

总的来说，导致《诗品》中的诗人定品与我们的常规评价出现偏差的原因主要有四个：第一是《诗品》只论五言诗的体例所限。钟嵘在序文中明确提出，给诗人定品分级的标准是五言诗成就的高低，因而，像嵇康、鲍照这样的诗人就落了下风，因为他们创作的重心以及主要的贡献、成就分别体现在四言诗和杂言诗中，五言诗的成就相对比较平庸。至于曹丕，他更多的成就来源于七言诗和文学理论，单凭五言诗也是难以位列上品的。

第二个影响的原因来自当时认知水平的局限。齐梁时期的文学理论研究虽然已经取得了极大的发展，但总体来说还是属于传统文论的范畴，尤其在文本流传极为不便的手抄本时代，受限于文本视野、考辨能力、学术传统等诸多现实条件的限制，一旦其所立足的基础出现了讹误，基于此得出的结论自然也就存在着偏差。这一点上尤以"苏李诗"的情况最为突出，列于上品的"李陵诗"并非李陵所作，但钟嵘不知道这一点，故而将其视作了五言诗定型的标志，高估了其文学地位与影响；至于陶渊明，则因为其隐士的身份，大多数诗歌流传不广，影响有限，钟嵘也没有能够看到全貌，以至于对他的评价偏低。

第三个影响的原因则是对诗人人格品质的判断影响了诗歌定品。钟嵘分级定品的思路来自人物品藻之风，自然也就不可能不受到人物品行判断的影响，何况在"作家论"思想下，诗人的人品与文品之间是存在对应关系的。故而，诗风"古直悲凉"、诗艺无明显不足的曹操，因为奸谋篡权的缘故被定在了下品；而诗歌艺术水平与创作成就都比较一般的班婕妤和徐淑,作为仅有的两位女性诗人,其评价都有相应的拔高。

而第四个原因则是钟嵘的思想理论同样受到了"宗经观"的影响。我们来梳理一下《诗品》中各时段的诗人及其评价情况:汉代选入八家,其中上品三家,中品二家;曹魏选入十家,其中上品三家,中品二家;两晋选入三十八家,其中上品五家,中品十六家——基本上汉、魏、晋诗人中的上品和中品共计占到了总数的一半以上。而后的宋、齐、梁又是什么情况呢?共选入了诗人六十六家,其中上品只有谢灵运一人,中品也只有十九人,其余均为下品。两相对比之下,钟嵘尚古贱今的倾向一目了然,这就解释了为什么谢朓、沈约、江淹这些齐梁宗师级别的诗人只能屈居中品。

不论受到了现实条件怎样的影响,也不论在个别问题上公允与否,《诗品》毕竟是第一部将历代诗人荟萃一体,集中评价其成就优劣的理论著作。在开创性上,《诗品》的地位与价值是独一无二的,况且其评价的总体水准与我们的认知相符,因而称之为诗论、诗话领域的奠基之作,当之无愧。

三、与谁"乘风破浪"

除了分级定品,钟嵘在《诗品》中还做了一项重要的工作,那就是梳理诗歌的传承脉络,这对于梳理出中国古典诗歌和诗学的发展轨迹有着重要的意义。

按照钟嵘设立的体系,五言诗从诗学渊源上来看,一共有三个源头,分别是《国风》《小雅》《楚辞》,虽未明说,却实际上分别对应着文学风格中的"风""雅""骚",这是合乎诗歌发展实际的,而对于上品中的十一家，以及中下品中的部分诗人，钟嵘也以"其源出于某"的形式梳理了其相互间的传承关系。我们据此可以大体梳理出三套相应的诗学传承体系：第一个是"源出于《国风》"的体系，其直接传人有汉古诗和曹植，而后分为两条线索——第一条线是古诗影响到了刘桢，刘桢又传承到了左思；第二条线则是曹植分别影响了陆机和谢灵运。第二个体系"源出于《楚辞》"，直接传人是李陵，再由李陵传承到班婕妤、王粲和曹丕，他们之下，传承的路径和范围也更多更广。第三个体系则是"源出于《小雅》"，直接传人是阮籍，其后则无再传者。

关于这三大源头的特点，诗歌研究界可谓众说纷纭，尤其联系到诗学传承的问题上，到目前为止还没有一个清晰的线索可以勾勒出每一个体系中准确的传承要素与核心精神，这就像班固《汉书·艺文志》中"诗赋略"的三大分类一样，成为困扰学界的难题，不过好在《诗品》中涉及的作品大多都是保留至今的，为我们留存着解决问题的可能，相信有朝一日，我们终将发现其中的奥义。

齐梁是文学成就总结的时代，理论领域有《文心雕龙》，诗歌领域有《诗品》，接下来就是文的领域，诞生了更为重要的一部著作《文选》，《文选》的地位是"集部之经"，在所有文学论著当中至高无上，为什么它能达到这样的高度？它又有着怎样的意义和特点呢？我们下一讲再说。

第二十二讲
文章大成
/
——中国古代最伟大的"语文教科书"

一、"文学教父"——昭明太子

梁朝建立后不久，作为"复古派"与"新体诗"两大阵营领袖的江淹与沈约相继去世，继承其文坛地位的是梁武帝的几位皇子，其中太子萧统沿袭了"复古派"的诗学路线，日后即位为简文帝的萧纲则在"新体诗"的道路上继续前行。

若论诗文创作成就，萧家这小哥俩固然不及他们的前辈，在诗歌艺术上没有实现大的创新与突破。但身为皇子，其享有的资源和影响力是任何人都难以望其项背的，加之梁代的文学发展实际已经进入成就总结的阶段，于是他们也十分明智地顺应潮流、发挥优势，将精力集中在了文学观念的确立与受众的培养上。为了达到这一目的，他们认识到，编选一部与自身文学观念相合的文集，使之影响当时、流传后世，就是最为切实可行的方法。于是，萧统与萧纲分别组织了一个"国家级重点人文社科基金项目"——《文选》与《玉台新咏》，成为集中体现"复古派"与"新体诗"文学理念和诗文创作成就的"经典教科书"。关于萧纲与《玉台新咏》，我们后面再来介绍，这一讲主要谈萧统和他的《文选》。

萧统是梁武帝萧衍的长子，502年，梁武帝刚刚即位，就直接将两岁的他册立为太子，足见对他的喜爱与厚望。萧统像他的父亲一样，既雅好诗文，也迷恋佛学，因而深得其父欢心，常常得以皇太子之尊，代天子进行各种礼仪文化活动——或释奠于国学，彰显国家重儒尊圣的立场；或讲经于寺院，弘扬佛教佛法、钻研佛理；或主持文学活动，组织君臣间的宴饮唱和，活跃文坛。这种地位颇像曹丕在建安文坛中一样，俨然是一代文坛宗主，也是梁武帝心中合格的皇位继承人。

性格上，萧统温柔敦厚，朴素简约，因为自小身为太子，时刻谨守储君之礼，对于现实政治与国计民生十分关注，同时通晓五经，崇尚儒学，这些都是塑造他"复古派"文学倾向的重要原因。他的身边也与当年的曹丕以及竟陵王萧子良一样，形成了一定规模的文学集团，《南史》记录他与众文人"讨论文籍，或与学士商榷古今，继以文章著述，率以为常"。还说："于时东宫有书籍三万卷，名才并集，文学之盛，晋、宋以来未之有也。"这既体现了梁代文学发展的总体水平达到了南朝的巅峰，也反映出萧统个人的文学修养及其强大号召力、影响力。《文选》也正是在这样的理念下和环境中诞生的。

围绕萧统活动的文学之士众多，其中比较有名的是所谓的"东宫十学士"，包括刘孝绰、殷芸、陆倕、王筠、到洽等，可以说在《文选》的编纂工作中，他们也是功不可没的，这些人中又以刘孝绰的才名最为突出，尤其受到萧统的赏识，萧统本人的文集就是由刘孝绰为之编辑作序，足见倚重。身为刘宋宗室后代的刘孝绰，同样在诗学倾向上是复古的，这也与萧衍、萧统一拍即合，从而成为编订《文选》的主力功臣。

《文选》的编订是在526年至531年之间进行的，此时的萧统与父亲萧衍之间产生了一些嫌隙，处于被疏远的状态。萧统心中颇有惭愧懊悔之情，因而全身心投入《文选》的编辑工作当中，一方面有着为后世确立起一部文学领域的"不刊之经"的崇高追求，另一方面也有以此排解内心负面情绪的现实目的。他与身边的文人们兢兢业业、夙兴夜寐、呕心沥血、历时数载，终于完成了这部伟大的经典。但不幸的是，在《文选》问世后不久，萧统还是因为忧思成疾，于531年，以31岁的年纪早早离开了人世，梁武帝为此痛心不已，追谥其为"昭明太子"，"昭明"二字即是"光芒万丈"之意。同时，人们为了纪念萧统编订《文选》的伟大功绩，也将这部著作称为《昭明文选》，果然像他的名号一样,《文选》的确成为此后文坛上最为璀璨光耀的一颗明珠。

二、"集"中之"经"

《文选》是中国现存最早的诗文总集，总集是文集分类的一种形式，指的是收录不同年代、不同作者作品的文集，与之相对的，只收录单一作者作品的文集，我们称之为别集。总集和别集的存在各自有其意义，我们如果想要全面了解一位诗人的生平经历、文学风格和创作成就，就要去读他的别集，而要了解一个时代总体的文学风尚，或了解某种文体的历史发展演变过程，或是对中国古典文学的某些领域想要有一个宏观的认识，就应该去读相应的文学总集。

作为一部定位为反映上千年来中国文学发展总体成就的诗文总集，《文选》收录的范围上至春秋战国时期，下至南朝的齐梁，共涉及作家一百三十余位，收录诗文七百余篇，体量之巨达到了三十卷，是一部分量十足的经典。而说起分量，它在文学史上乃至文化史上的地位更是举足轻重。

在魏晋以后，通行的学术体系是四部分类法，即将所有的著作按照其属性分入经、史、子、集四类。其中"经"是指儒家经典，因为是圣贤之书，且历代崇儒，奉之为主流思想，故而地位最高；"史"是指史书，有着为统治者提供经验教训以资借鉴的现实政治意义，因而地位仅次于经；"子"主要是诸子百家之学，无论是在思想、文化还是科技、生产领域具有一定贡献，能成一家之言者皆属于此类，地位不算太高，但也有其可观之处；"集"自古属于末流之学，包括各类诗文作品，对于经世安民、治国理政没有直接的意义，且内容、成就参差不齐，历来不为人所重视，以至于扬雄贬斥其"雕虫篆刻，壮夫不为"。然而《文选》不但自身成为打破这一格局的第一部文集，也为后世开出了可资借鉴的门径。

《文选》的地位是足以与"经"相提并论的，为什么这么说呢？我们要先搞懂"经"的含义，什么叫"经"呢？本义是指织布的时候纵向起到贯穿作用的丝线，它们的位置固定之后，其他的线才能找到自己相应的位置，从而构成完整的织品。引申之后，这个"经"就有了"固定的、常用的"这一含义，而所谓"经书"就是地位稳固、常读常用之书。那么《文选》作为前代文学成就的总汇集，它是有着稳固地位的，这一点上毫无疑问，而至于常读常用，则得益于后世科举考试的推广。以唐代的科举考试为例，无论考"明经"，就是四书五经，还是考"进士"，就是治国理政，都少不了要写试帖诗和策文，那么试帖诗和策文以什么为评判优劣的标准呢，就是《文选》，所以我们可以把《文选》看作科举考试的大纲，同时对于读书人而言，这也是最好的"语文教科书"，必须要烂熟于心。这才在宋代有了"《文选》烂，秀才半"的说法。

那么《文选》又为什么能被后代统治者和学者这样看重，成为文学领域不可撼动的典范呢？仅仅是因为他是梁代太子所编吗？显然不是这样，我们还要从《文选》这个名字说起，这两个字可是大有讲究！先说"文"，它可不是单纯的文章或文学，"文"字的本意是花纹、纹理，所以也引申为天地之中自然形成的条理与规范，比如我们常说的天文、水文以及人文，而文学则是由此而进一步引申出的概念，书名之中不称"文章选"或"文笔选"，单单着一个"文"字，显然是有着更宏大的旨归，意在表明这部著作不是单纯的文章学或文艺学论著，而有着发现和显明人文发展演变规律的用意，这是"文"的本来意涵；再来说"选"，对于前代的诗文，萧统在这部论著中不是照单全收的，而是有所选择，有选择自然也就有标准，哪些选入、哪些不选，本来就体现了萧统的态度与好尚，更是对"文"的概念的强化，于无数的前代文章之中"选"出符合人"文"追求的作品，这才是《文选》的本质。

所以说，《文选》不仅是中国现存的第一部诗文总集，也是也是第一部立足于"选"经典、传"文"道的典籍，这才是它在地位上可以与"经"相媲美的根本原因。

三、"事出于深思，义归乎翰藻"

既然知道了《文选》的核心性质是"选"经典、传"文"道的典籍，那么我们就首先要搞清楚它是以什么标准选经典，又传了什么样的文道。要探究这个问题，我们就要紧紧围绕着这部著作的纲领进行认真探析，即文选的序文。

先把内容放在一边，只从这篇序文的形式来看，它是一篇典型的四六文。所谓四六文，也就是我们常说的骈文，因为通篇使用对句，且多以四六言的小短剧连缀而成，节奏长短错落有致，故而称之为"四六文"，这是南朝文学尤其是"声律论"发展到一定程度之后才流行起来的文学样式，这说明《文选》的编者萧统与《文心雕龙》的作者刘勰一样，在实践中深深地受到了永明声律的影响，也乐于接受和吸纳新体诗文发展的成果，使之为自己所用。

下面我们具体来看萧统这篇《文选序》的内容，大体来说，它表达了三个部分的内容。首先是关于"文"的发生与发展：

式观元始,眇觌玄风,冬穴夏巢之时,茹毛饮血之世,世质民淳,斯文未作。逮乎伏羲氏之王天下也,始画八卦,造书契,以代结绳之政,由是文籍生焉。《易》曰:"观乎天文,以察时变;观乎人文,以化成天下。"文之时义,远矣哉!若夫椎轮为大辂之始,大辂宁有椎轮之质?增冰为积水所成,积水曾微增冰之凛,何哉?盖踵其事而增华,变其本而加厉。物既有之,文亦宜然。随时变改,难可详悉。

这一段有两层含义:萧统先是认为,穴地而居、茹毛饮血的原始社会,自然是没有"文"的概念的,而随着伏羲画八卦,以图形化的文字符号取代结绳记事,人类进入文明社会起,也就有了相应的文化典籍,他还引了《周易》中"观乎人文,以化成天下"的句子,意在表明"文"是人类社会的原始奥义与终极追求,这就是"文"的发生与开端。其次,他将"文"的发展比作由轮造车、由水成冰的历程,在核心情事的基础上逐步增加华美的修饰,使得其本质与内涵更加突出与彰显,这就是"文"之所以随时变改的原因与状态。

由"文"从人类文明本源的奥义随着"踵事增华,变本加厉"而"随时变改"这一认识,萧统随即引出了文体辨析的概念,不同文体的产生正是符合了"文"适应人类文明发展进程中不同时代、场合的需要,这也是这篇序文的第二部分,即"文体论"的部分。关于这一部分内容,我们后面再说,先来看序文的第三部分。

在辨析了不同文体之后,萧统解释了自己创编《文选》的目的,以及大家最为关心的选入标准等相关问题。关于为什么编选这样一部经典巨著,他的说法是:

余监抚余闲,居多暇日。历观文囿,泛览辞林,未尝不心游目想，移晷忘倦。自姬汉以来，眇焉悠邈。时更七代，数逾千祀。词人才子，则名溢于缥囊；飞文染翰，则卷盈乎缃帙。自非略其芜秽，集其清英，盖欲兼功，太半难矣！

这里面集中表达了三个意思：一是萧统自己有相对宽裕的时间精力和强烈的情趣爱好，支撑他完成这样一项体量宏大的工程；二是经历了周、汉以来近七个王朝的发展，至梁代中叶，文坛已经呈现出蔚为大观的局面，有充分的空间和余地去任他拣选出最有代表性的杰出作品，以资标榜；三是虽然数量繁多，但各文体发展的质量参差不齐，因而有着"略其芜秽，集其清英"的现实需求，这样才能更清晰地探索出"文"的最高标准和建康的发展轨迹。

而关于选入标准，萧统先明确了四类不选之"文"，并给出了不选的充分理由：第一是儒家经传、圣人之书。这些都是经典的必读典籍，不靠他的选入来体现价值，更不能随意评判褒贬，故而不必选、不能选也不敢选。第二是诸子百家之文。这些文本创作的目的是"以立意为宗，不以能文为本"，虽然其中有一些体现出了文学性的价值，但终归也不在所选之列。第三是历史上的名人名言，诸如"贤人之美辞，忠臣之抗直，谋夫之话，辨士之端"等。这是很容易混淆的一类，但是萧统为了给"文"以清晰的定义，规定这些口头性的表达成果一律不选，由此也划清了书面文学与口头文学的界限。第四是史传记录。因为其带有客观记载历史事件与人物的使命，与文学性的创作有着本质区别，故而即便是"无韵之《离骚》"，也终究列为殊途；不过，其中的赞、序、论等体现修史之人主观情志的内容是可以选入的例外。这四点规则的确定，彻底划清了文学作品与非文学作品之间的界限，为文学圈定了清晰而明确的范围，从根本上巩固了文学自觉的成果，自此也成为历代诗文总集收录作品的唯一标准。

在四类不选之后，萧统终于提出了选入的标准，清晰明了的一句话——"事出于深思，义归乎翰藻"，什么意思呢？前半句指的是内容上要言之有物，表达出作者对于宇宙、人生或万事万物的深刻思考与真挚情感；后半句则指的是形式上，要有文学的辞藻、声律、篇章、结构方面的美感，且这种美感是作者主观追求和表现的。说白了，萧统还是以文章思想内容与艺术美感的兼具，作为《文选》选录的唯一尺度，这与《文心雕龙》《诗品》的评价标准都是一致的。

四、"次文之体，各以汇聚"

最后我们再来看看文体的相关问题。

萧统在《文选》中共区分了三十八种文体，分别是：赋、诗、骚、七、诏、册、令、教、策文、表、上书、启、弹事、笺、奏记、书、檄、移、设论、辞、序、史论、史述赞、论、颂、赞、符命、连珠、箴、铭、诔、哀、碑、墓志、行状、吊文和祭文。

这里面有一些文体概念是我们沿用至今的常见文体，比如赋、诗、骚，它们都有相对稳定且鲜明的格式特点，不用过多介绍；再有就是一些有着特殊格式，但不常见的文体，比如连珠，指的是篇幅短小、节奏明快、前后连贯、顶针续麻的一种小文体，再比如七体，是指枚乘《七发》开创的一系列以铺张扬厉、劝百讽一的"七段论"为特点的文章，我们如今也将其归为赋的一类；还有一些虽然不常见，但也有其特定的使用场合，我们现在统称之为应用文，比如君王发号施令的诏、臣子言事陈情的表、人与人之间通信的书、刻在石头上的碑等，因为特定场合的要求，它们往往也有相应的格式规范和风格要求，从而形成固定的文体。

而对读者来说，最难的则是一些看似相近相关，却又各不相同的文类，比如诔、哀、碑、墓志、行状、吊文和祭文，都与悼亡祭祀的活动相关，但其实有着细微的差别，其中诔是通过追述死者生前事迹来表达悼念的文章，哀的对象往往是"不以寿终者"，且主要以表达哀情为主；碑与墓志都是写下来刻在石头上的，不过碑立于地上，而墓志埋于地下、行状有立传的性质，往往要求客观公正地评价死者的事迹与功过；吊文是为了参加吊唁活动而作；祭文则是出于祭祀的目的而作。这些差别反映出了古人"慎终追远"的文化心态，同时更体现出文章在应用场合、文体格式以及艺术追求上的一致性，这种一致性正是"文体论"思想的核心与根本。

大家在今后阅读古诗文的过程中一定要注意这样一个思维模式，拿到一篇文章或诗歌，一定要先明确文体，然后去了解这种文体的应用场合、起源流变以及风格追求，这样才能真正把握住这篇文章在整个中国文学史上的地位和价值，这也是《文选》为我们指示出的为文、治学的门径。

这一讲我们了解了《文选》的编订、地位及基本原则纲领，下一讲我们就走进《文选》中的具体篇目，去一观魏晋南北朝文章的具体发展成就。

第二十三讲
纵横翰墨

——那些"灵光鲁殿"与"沧海遗珠"

一、"文笔之辨"

上一讲中我们介绍，萧统的《文选》之所以能成为"集"中之"经"，是因为他贯彻了"选"经典文章以传承"文"道的核心理念。这里还有一个疑问，不是说《文选》是现存最早的诗文总集吗？他的三十八种文类中的确也是有诗这一体啊，怎么只说他选的是经典文章呢？

这里要先纠正一个认识，我们现在通行的文体分类观是将文学作品分为诗歌、散文、小说、戏剧，其中一般是将诗歌与散文分别简称为诗、文，且并列对举，我们说的"诗文总集"是站在这个角度而言的。但《文选》所处时代的文体观与我们不同，这一点上一讲中也已经介绍过，首先文就不仅仅是文章，而是涵盖一切承载人文精神的思想成就和作品。还要告诉大家的是，古代的文章也和我们现在所说的概念不同。文章这个词的本义，"文"是纹路，"章"是章甫，都是花纹、纹理的意思，区别是前者简单，后者复杂，因为其含义之中兼具自然、条理、美好、修饰等概念，也就被引申为同样具备这些要素的文学作品的指代，故而在中国古代来说，文章的概念范围很大，包括我们常见的诗、词、歌、赋等各种文体和作品，《文选》和《文心雕龙》中的文都是这个意思。

那么是不是说所有的作品都可以称为文呢？当然也不是，与之相对应的还有一个概念叫作笔。这两个概念之间的对比很形象，文我们已经介绍过多次，它作为最高的人类社会的精神追求与秩序规范，其特点是天然的、深远的、曲折修饰的、本体性的；而笔的本义就是书写用的工具，后来也引申为写就的带有工具性的文字，故而它的突出特点是人为的、简明的、直白朴素的、工具性的，这就是文与笔之间的本质区别。然而，以上这些概念，说起来清楚，可是真正遇上具体的篇目，往往就很难界定了，比如李斯的《谏逐客书》，它是为了劝谏秦王而作，显然带有工具性，但同时文中运用了大量排比、比喻的修辞手法，在艺术上又是曲折修饰的，那它到底是文还是笔呢？再比如东晋的玄言诗，它们探究玄学的终极奥义，体现的是深远的、本体性的追求，然而表现形式却质木无文、直白朴素，在文、笔之间又要如何归类呢？于是这就引发了魏晋南北朝文坛上一场重大的论争，那就是"文笔之辨"。

所谓"文笔之辨"就是关于文与笔之间界限的讨论，其本质还是文学自觉的问题，因为在文学自觉之前，是只有笔而不存在文的，这个问题的出现本就说明文学的地位提升而拥有了独立的身份，不过不得不承认的是，这个问题讨论了上千年，至今依然没有一个答案，只不过在现当代文学的领域，我们对"文笔之辨"换了一个表述，称之为"纯文学的论争"，因为世间万物本就是相互联系的，文学又怎么可能真正独立存在而与外部领域毫无关联呢？

说回魏晋南北朝的"文笔之辨"，关于这个问题，当时形成了三种比较主流的观点：第一种观点是"有韵为文，无韵为笔"，这是一种文体学的划分。这里的"韵"指的当然是声韵，包括押韵、抑扬平仄、韵律节奏等，这显然是齐梁"声律论"兴起后才广泛流传的观点。如果这么算的话，诗、骚、赋、颂、赞、铭、箴这类文体当然是典型的文，而论、说、书、启、章、表、序等文体则属于笔，刘勰在《文心雕龙》中

"论文序笔",其实使用的就是这个标准。第二种观点认为"有文采为文,无文采为笔",这是一种风格学的划分。所谓文采,就是各类华辞丽藻及修辞、对仗、骈偶等艺术手法的运用,不论什么文体、文类,只要内容上文辞华美,形式上曲折复杂的就属于文,反之直白朴素、质木无文的就是笔。第三种观点则认为单纯抒情言志的就是文,带有其他目的的则为笔,这是一种应用学的划分。这个标准更接近于我们当今对于"纯文学"的分类,和第一类"有韵无韵"的区分有一定的相似性,但实际上更灵活,考虑到了一些文章托题为书、序、移、祭,实际抒情意味更浓的情况,而萧统的《文选》实际上遵循的也是这一标准。

但正如前面所说,魏晋南北朝的"文笔之辨"实际上无论按照那种标准,都不可能完全清楚地将文、笔的概念区分得一清二楚,这场论争更大的意义在于巩固了文学自觉的成果,也促进了文艺理论更为蓬勃的发展。对于所有的作品,无论是有韵无韵、有文无文、有用无用,我们都应该以发展的眼光予以公正的看待。

二、从都邑到山水田园

《文选》所收各类文体中,地位最高、篇目最多、分量最重的是赋体。赋体诞生并兴盛于汉代,脱胎于战国时期的纵横家辞,且顺应了汉朝大一统帝国润色鸿业的需要,其原本的主流风格追求是铺张扬厉、弘辞丽藻、劝百讽一的,也就是所谓的汉大赋。《文选》开卷即是班固《两都赋》、张衡《二京赋》、左思《三都赋》等都邑大赋以及《甘泉赋》《上林赋》《长杨赋》《羽猎赋》等郊祀、田猎题材的大赋,反映了赋体在汉代的主要形态,然而这些作品其实都有着干谒君王或讽谏朝政的现实用意,在抒情性上相对有所欠缺。

东汉中后期以后，赋体出现了新变，因为大一统帝国的衰落和文学现实政治功能的逐步缺失，汉大赋日渐退出历史舞台，取而代之的是篇幅短小、情思细腻、兴寄深沉的抒情小赋，如张衡的《归田赋》、王褒的《洞箫赋》等，这种变化事实上与文学自觉的趋势是一致的，因而赋体之中以抒情小赋为主的风潮一直延续到魏晋南北朝时期。我们此前介绍过的王粲《登楼赋》、潘岳《秋兴赋》、江淹《别赋》都是典型的抒情小赋，而曹植的《洛神赋》虽然风格宏肆，但在抒情特点上同样属于抒情小赋。

　　与大赋相比，抒情小赋在题材上的显著特点是将关注的视角从都邑宫室转向了山水田园，将表现的生活图景从铁马楼船变为了柴门草木，这种变化反映出文学的关注点由政治权力为中心逐渐移动到日常生活为中心，赋体也因此走出了一味的铺张扬厉，艺术手法与风格追求都变得多元起来。我们再来看几篇魏晋南北朝时期杰出的抒情小赋。

　　先是祢衡的《鹦鹉赋》，祢衡是三国时期有名的狂士，大家熟知他"击鼓骂曹"的典故，后来曹操将其赠予了刘表，刘表把他安置在黄祖座下，祢衡对于这些长官上司一贯不放在眼中，依然我行我素，狂傲张扬，最终为黄祖所害。这篇《鹦鹉赋》正是他委身黄祖之时，在一次宴会上，因有人进献鹦鹉，而受命所作。

　　祢衡在开篇先介绍了鹦鹉"绀趾丹觜，绿衣翠衿；采采丽容，咬咬好音"的美好姿态与"性辩慧而能言兮，才聪明以识机"的优良品质，称赞其为"西域之灵鸟"，且将其比作鸾凰这般鸟中之王，塑造出了一个才貌俱佳的精英形象，显然这个形象也是他心目中的自己。而后，他接着写鹦鹉来到中土之后的遭遇，不但没有被奉之高阁，反而身陷罗网，遭受了诸多迫害，但这只鹦鹉"容止闲暇，守植安停；逼之不惧，抚之不惊；宁顺从以远害，不违迕以丧生"，仍然坚守着孤高耿介的节操，而不苟且偷生，这不正是祢衡自身的遭遇与品质吗？读到这里，我们已经能够清楚地读出这篇赋中的兴寄与主旨了。再往后，祢衡由鹦鹉的遭遇引出对世道的评判，他深切地痛斥这个衰乱败亡的时代，为包括自己在内的流离失所的名士们而感到深深的痛惜，他写道："长吟远慕，哀鸣感类；音声凄以激扬，容貌惨以憔悴；闻之者悲伤，见之者陨泪；放臣为之屡叹，弃妻为之欷歔。"其境可悲，其情可悯，有着极强的艺术感染力。祢衡死后，被埋在长江的江心小洲之上，后世为了纪念他，便以他这篇名作为这块小洲命名为"鹦鹉洲"。

再来看一篇《思旧赋》，其作者是"竹林七贤"之一的向秀，他与嵇康、吕安是很好的朋友，在嵇、吕二人死后偶然经过他们的故居，听到邻居吹奏出的笛声，突然勾起了对二人的思念之情，回想起了昔日一同交游的时光，故而写下了这篇感人至深的作品：

> 将命适于远京兮，遂旋反而北徂。济黄河以泛舟兮，经山阳之旧居。
>
> 瞻旷野之萧条兮，息余驾乎城隅。践二子之遗迹兮，历穷巷之空庐。
>
> 叹黍离之愍周兮，悲麦秀于殷墟。惟古昔以怀今兮，心徘徊以踌躇。
>
> 栋宇存而弗毁兮，形神逝其焉如。昔李斯之受罪兮，叹黄犬而长吟。
>
> 悼嵇生之永辞兮，顾日影而弹琴。托运遇于领会兮，寄余命于寸阴。
>
> 听鸣笛之慷慨兮，妙声绝而复寻。停驾言其将迈兮，遂援翰而写心。

这是一篇骚体赋，在格式上与楚辞相近，多用"兮"字句，节奏舒缓，抒情性强。开篇四句交代了创作的背景，写自己去往上京折返向北的途中，在黄河边经过了嵇、吕二人的旧居。其后十句写在这里的所见所思：平野茫茫，一派萧条景象，自己一人驾车从城边行过，踏着二人曾经走过的足迹，路过的却是空荡荡的屋舍，而不见友人的音容笑貌。西周亡而有遗民叹黍离之悲，商朝殁而有旧臣为殷墟上的麦苗生长而感到哀伤，这种睹物思人、触景伤情的感受在古今是一致的，于是自己也心中忧思徘徊，脚下踟蹰难行。看着屋舍都完好不曾受损，故友的身体与精神却早已不知去向何处。接下来的四句，是作者冒着生命危险写下的：他先引用李斯被杀时临终伤叹不能再牵黄狗出上蔡门打猎的典故，表达世人皆有恋生之意；而后却写道嵇康被杀时，竟能镇定自若，回望日影慷慨抚琴，是对生死何等置之度外，自己对这种境界又是何等向往与崇敬。要知道，嵇康毕竟是死于司马昭的政治迫害，而向秀在司马氏的天下表达对"罪臣"的怀念与敬佩，这需要多么大的勇气，他同样做了一次视友情高于生死的选择。文章的最后六句颇有哲思：人生的一切运数与缘分，都会在一时间领悟、遇合，因而人生真正的意义也许只在一寸的光阴，就像自己此刻听到这样慷慨悠扬的笛声，等到它消散便再也难以找寻，而这笛声传递出的友情、回忆、风骨、气度，更是稍纵即逝了，因而他只有停下车来细细回味，写下这篇赋文，以记录此刻的情思。

进入南朝以后，抒情小赋受到了诗歌上追求尽态极妍风格的影响，咏物赋的篇制大量增多，在对于物态形象的描绘以及其品质的展现上，发挥了赋体善于铺陈的特点，往往能够曲尽其妙、委婉动人。其中的代表作是谢庄的《月赋》。文章以建安时期为故事背景，写"建安七子"中的应瑒、刘桢去世后，曹植在夜半怀旧忧思，与王粲一同望月感怀，以二人的主客应答展开对月夜景象的描绘和相关情境的渲染。我们看他是怎样对明月展开描写的：

若夫气霁地表，云敛天末，洞庭始波，木叶微脱。菊散芳于山椒，雁流哀于江濑。升清质之悠悠，降澄辉之蔼蔼。列宿掩缛，长河韬映，柔祇雪凝，圆灵水镜。连观霜缟，周除冰净。

　　作者先以八句铺垫出了秋高夜明、天朗气清的环境，唯在这样的环境之中所见之月，才是最为清晰明朗、真切可观的。而后，写明月被群星包围，又为长河倒映，设定出一种"千呼万唤始出来"的期待。最后以四个比喻强化月的形象——洒在地上洁白如雪、悬在空中圆满如镜、披在宫殿之上明澈如缟、铺在台阶之上清寒如冰，这些比喻都抓住了月自身的核心特点，又因为分布的环境不同而呈现出各具特色的面貌，将体物成篇、曲尽其妙的特点发挥得淋漓尽致。

　　从大赋到抒情小赋，赋体的抒情性加强，诗人主观情感的投入更大，这是魏晋南北朝赋体发展的总趋势，也是赋从纵横家辞日渐演化为一种独立文体的关键转变，虽说魏晋南北朝文章的整体成就有限，但在这一点上依然是功不可没的。

三、"使百尺之冲，摧折于咫书"

　　在《文选》划定的三十八类文体中，应用文占到了七成以上，这些应用文大致上又可以分为四大类：第一类是与朝政生活相关，包括诏、令、章、表、奏、启等；第二类是与人际交往相关，包括书、序、檄、移等；第三类是与学术活动相关，包括各种论、赞；第四类是与悼亡相关，包括我们之前介绍的诔、哀、碑、墓志、行状、吊文和祭文。当然，这些功用之间也可能有相互重合、交叉之处，但大体是这个样子。

　　这些应用文体，在文晋南北朝"文升质降"大趋势的影响下，在发展中呈现出的总体倾向是骈偶化、抒情化的，与诗、赋的发展轨迹相一致。但由于各文类应用场合的区别，其抒情化、骈偶化的程度也有所不同。比如与朝政生活相关的文体，因为政治生活的规范化需要，其抒情化的程度就比较小，再如与学术活动相关的各种论，同样因为明理论辩的核心追求，而相对保有较强的思想性、客观性。至于人际交往和悼亡相关的文体，其抒情性、骈偶化的程度是最为突出的。关于这一特点，我们可以通过梁代丘迟的《与陈伯之书》来大概了解一二。

陈伯之原本是南齐将领，在萧衍代齐建梁后一度叛逃北朝，与梁军隔江对峙，这封信正是丘迟以劝降为目的而作的一封书信，在信中他以故交的身份，诚恳地向陈伯之陈说利害，喻之以民族大义、忠义之节，同时还善于攻心，用江南的春景勾起乡情感化对方，这一段写得极为精彩：

> 暮春三月，江南草长，杂花生树，群莺乱飞。见故国之旗鼓，感平生于畴日，抚弦登陴，岂不怆恨！所以廉公之思赵将，吴子之泣西河，人之情也，将军独无情哉？想早励良规，自求多福。

三月的暮春时节，江南的芳草已经生长出一片嫩绿，树上垂下缤纷繁盛的花朵，莺鸟啼鸣着飞来飞去，身为南朝旧将的陈将军，当您登上两军对垒的城墙，看见故国的旌旗，回想起昔日在江南生活的时光，心中岂能不有所感怀！廉颇出逃魏国，却仍想为赵国效力；在秦国效力的吴起，时常对着魏国的西河哭泣。恋阙之意，乃是人之常情，陈将军您岂能无情呢？还是早作打算，自求多福吧。娓娓道来，引人泪下的话语果然起到了极大的作用，陈伯之收到这封书信之后不久，便率众归降了南朝。

总的来说，南朝的确是一个文采风流的时期，即便是应用文也可以写得十分华美，且文学在政治与社会生活中都发挥着极大的效用，《文选》在这样的背景下诞生自然不是偶然的。然而，梁代的复古风潮在催生了《文心雕龙》《诗品》和《文选》这几部重大成果之后，却骤然没有了下文，代之而起的是"新体诗"的下一个发展阶段，这个阶段是什么？它又会将南朝文学的方向引向何处呢？我们下一讲再说。

第二十四讲
南腔北调

——什么节奏最摇摆，什么歌声最开怀？

一、乐府的门类

　　文学不仅仅是文人才子的言志工具或娱乐活动，更作为一种生活的方式，存在于各地域、各阶层之中，其中最具活力的形式便是乐府民歌，因为这类作品与百姓的日常生活有着密切的关联，其内容、形式自然也就随着不同的社会风尚、地域习俗而有着鲜明的特征与区别。

　　"乐府"本是秦汉时期主管音乐与诗教的机构名称，其主要职能有三个：一是为朝廷或官府的祭祀、外交、战争、宴会等礼仪活动创作相应的礼制乐章；二是到民间收集民歌，以此观察和反映民风民情，并对其进行系统的整理；三是负责音乐的排练、演奏与表演活动。从这三大职能来看，再一次印证了我们对于魏晋南北朝以前文学性质的定义，在思想内容上服务于政治，在形式上表现为诗、乐、舞相统一。

　　由乐府机构创作或收集起来的诗歌，也就是我们所说的乐府诗，其中大家最熟悉的是汉乐府，因为大一统帝国的强盛和对儒家"诗教说"的推崇，两汉成为乐府活动最为兴盛的时期，不但诞生了一大批经典的乐府诗篇目，诸如《长歌行》《妇病行》《东门行》《战城南》《十五从军征》《上山采蘼芜》《孔雀东南飞》等，同时也为后世文学奠定了悠久的乐府传统，自汉以后的历代诗人都从未中断过乐府诗的写作，这里所谓的乐府传统，本质上就是指诗歌对于民风民情和社会生活的反映。

乐府诗是一个相对笼统的说法，但凡由乐府创作、经乐府收集整理，或是按照乐府的模式创作出的诗歌，都可以称为乐府诗。《文心雕龙》的文体论中专门有"乐府"一篇，《文选》中也单列"乐府"一体，足见与文人歌诗相比，乐府本身体裁的独特性，而其最大的独特之处就是它的可歌性。我们说，诗、乐、舞的分流是文学自觉的重要标志，然而乐府诗是其中的特例，它保留了诗、乐、舞融合的特性，同时满足着不同场合应用的需要，也正因如此，在乐府诗内部，随着应用场合、题材内容和艺术风格的不同，可以分成多种不同的门类。

对乐府诗门类划分最为权威的是北宋的郭茂倩，他编写了中国古代最为完备的一部乐府诗歌总集《乐府诗集》，其中将古往今来的乐府诗歌分为了十二个门类，分别是：郊庙歌辞、燕射歌辞、鼓吹曲辞、横吹曲辞、相和歌辞、清商曲辞、舞曲歌辞、琴曲歌辞、杂曲歌辞、近代曲辞、杂歌谣辞和新乐府辞。乍一听这些名字很容易让人头晕，不过，只要把这些门类和他们的应用场合对应起来，再结合我们如今音乐分类的观念来加以理解，大家就会对他们的本质和特点都一目了然。

比如郊庙歌辞，郊庙指的就是郊祀和宗庙祭祀，大家可以理解为最盛大隆重的国家礼仪，类似于我们的国庆典礼，那么在这个场合下演奏、演唱和表演的音乐就是郊庙歌辞，大家想想这些音乐应该是什么风格，必然是庄严、宏伟、典正和古雅的，内容自然也以歌功颂德、润色鸿业为主，比如在重大活动上演奏的《歌唱祖国》《东方红》《走进新时代》这些歌曲，放在古代就属于郊庙歌辞，大家感兴趣可以读读《汉铙歌十八曲》，历朝历代都将其作为郊庙歌辞的典范，用来列叙各代先祖君王的盛德盛功。

再比如燕射歌词，所谓燕射就是大型的宴会、联欢会，类似于我们如今的春晚,这种场合下演奏的音乐,自然要欢乐、祥和、轻快,但同时还要坚守"乐而不淫"的追求,不能失去雅正的特点,比如我们春晚上固定演唱的《难忘今宵》就该属于燕射歌词这一类。

相对而言,鼓吹曲词就十分铿锵有力、矫健生姿,因为这是军乐,应用于行军打仗的场合,注重的是气势、节奏和骨力,大家想象一下,嘹亮雄壮的军歌是不是大多这个样子。同为军中音乐的还有横吹曲辞,它与鼓吹曲词的不同在于,前者多用鼓角吹奏,而横吹曲多用笛子吹奏,表现的也以军中苦乐生活为主,故而在高亢意气之中仍有不少款款深情。

与铿锵的军乐相对应,完全以柔媚温软、深情缠绵见长的是清商曲辞。清商指的是五音当中的商调,其曲风低回婉转,歌词也细腻清新,多用于表达郎情妾意、儿女情长,像邓丽君式的情歌如果放在古代,就应该属于清商曲辞。

除此之外,剩下的几个乐府门类都比较能够顾名思义了:相和歌辞就是以对唱形式为主;舞曲歌辞和琴曲歌辞就是用于伴舞和古琴演奏的音乐;杂曲歌辞类似于我们现在的通俗流行音乐,所谓杂指的是演奏的乐器和内容复杂多元;杂歌谣辞主要是指从民间搜集来的山歌小调,类似于如今的原生态歌曲或是街头巷尾传唱的小曲;近代曲辞和新乐府辞相对来说诞生较晚,是唐代以后的产物了,其最大的特点是文人创作。

以上就是乐府诗的十二个门类,不难发现,它们与如今的音乐分类有着相当密切的对应关系,因为乐府诗本来就是古代的歌词,它们对应着国家和人民生活的方方面面,自然经过不断发展演变成了今天的格局。对待乐府诗,把它们当作古代的各类歌曲来考察,可以更进一步地发觉其生活性、亲切感。

二、吴侬软语

　　汉代乐府的兴盛随着汉末乱世的到来而迅速归于沉寂，因为战乱频仍、国家动荡，不仅乐府机构长期停摆、文人乐官大量流落民间，大量存于内府的乐谱、图集、诗稿也都散佚，虽然在三曹父子的努力下，乐府在建安时期一度恢复了兴盛，但到了晋末的永嘉之乱中，更大规模的国家动荡再次袭来，在北国沦丧、衣冠南奔的背景下，汉魏乐府的传统被彻底中断，永远地成了过去式。

　　代之而起的是南朝乐府，它与汉魏乐府是截然不同的两个诗歌音乐体系，这种差别主要表现在：第一，汉魏乐府的主体是中央朝廷，无论创作还是采诗，都是服务于国家政治的，但南朝乐府的主体是民间，其作品多以抒情、娱乐为旨归，满足了世家子弟的文化享乐需求；第二，汉魏乐府依托的文化背景主要集中在北方中原地区，社会经济的主体是农耕，而南朝乐府则主要反映的是长江流域的民风民情，商业活动是其主要的社会经济形式，因而各自孕育出的乐府在风格上也就大相径庭，前者相对庄重古奥，后者则比较清新流畅；第三，汉魏乐府是儒家"诗教说"的重要构成部分，因而重质轻文，以内容为主，较少追求形式，南朝乐府则受到文坛上整体"文升质降"的影响，呈现出形式美、意境美、语言美的特点，但内容相对单一。

　　南朝乐府中最具特点的首先要数吴歌，也叫吴声歌，是流行于江浙一带的民歌的总称。吴地是南朝历代的政治中心所在，因为文人士族的聚集成为重要的文化中心，这里的民风素来温软柔媚，多吴侬软语，因而塑造了含蓄缠绵、隐喻曲折的民歌特色，这些歌儿舞女间传唱的民歌，经由南朝士族文人更加艺术化的修饰润色之后，就形成了风格鲜明的吴歌。其中代表性的作品是《子夜歌》和《子夜四时歌》，这些作品都收录在《乐府诗集》的"清商曲辞"一类中。

《子夜歌》现存四十二首,均为五言四句的小短诗,一般认为创作于东晋或宋、齐时期,内容是以女子的口吻表达对男子的爱慕、思念等情感,好用谐音、双关的手法借物抒情,语言含蓄隽永,清新缠绵。我们来看其中几首:

始欲识郎时,两心望如一。理丝入残机,何悟不成匹。

这是一位少女对心上男子的表白:我刚刚认识你的时候,就希望我们的两颗心能够合而为一,虽然心意直白,语气却充满了娇羞。后两句是巧妙的谐音和双关,表面上写自己在织布时将丝线放进织机,却因为心思繁乱,难以将它们织成布匹。诗中丝线的"丝"是思念之"思"的谐音,"匹"既是指布匹,也有着成双配对的含义,所以这一句诗也是在含蓄地表达自己通过织布纺丝来排遣对心上人的思念,只可惜怎么还不能与他成为和谐的伴侣。再来看一首:

前丝断缠绵,意欲结交情。春蚕易感化,丝子已复生。

这首诗表达的依然是女子对男子的相思情意,整首诗以春蚕为喻,展现了对爱情的全身心投入:春蚕吐丝,意味着前事尽断,丝线缠缠绵绵结成茧,正如同萦绕的相思之情,永远挥之不去。春蚕在茧中化蛹成蝶,而后又产下幼虫,从那一刻起,丝线又重新生出,就好像对男子的思念再度萌生一样。除了表达浓烈的相思之情,有时吴歌当中也会有对爱情求而不得的无奈:

我念欢的的,子行由豫情。雾露隐芙蓉,见莲不分明。

女子对男子的爱是那样热烈而真切，男子却处处犹豫不决，这种感觉就如同美好的芙蓉花被隐藏在深深的迷雾之中，既不能展现出它的娇美迷人，更让人不明白这份爱到底真与不真，"莲"谐音即为怜爱的"怜"，这种对于被爱之情朦朦胧胧的感受最令人煎熬。

除了《子夜歌》，还有《子夜四时歌》，其主要内容与艺术特点没有太大区别，但在形式上以春、夏、秋、冬四季景象展开情景描绘，是其显著的特点，这就在诗境、素材上有一定的多样性了。《乐府诗集》中收录有春歌二十首、夏歌二十首、秋歌十八首、冬歌十七首，每一首中都有特定季节中的典型意象和情景，十分生动。我们来看其中两首：

朝登凉台上，夕宿兰池里。乘月采芙蓉，夜夜得莲子。

这是一首夏歌，写女子夏日中从早到晚的日常生活，白天在高台上乘凉，夜晚在池塘中休憩，乘着明亮的月光采拾芙蓉花，每天晚上都可以得到很多莲子。自然，"莲子"是谐音，表现的仍然是对心上人的喜爱与思念。再看一首冬歌：

寒鸟依高树，枯林鸣悲风。为欢憔悴尽，那得好颜容。

开篇两句的意境与阮籍《咏怀诗》颇为相似：寒鸟在高树上搭窝栖息，北风吹落了片片枯叶，只剩下光秃秃的森林之中无数鸟雀的悲鸣，铺垫了一片清寒肃杀的情境，也奠定了悲苦的感情基调。而后写自己的心情就像寒冬一样毫无生气，憔悴不堪，故而没有美好的容颜。从这首诗不难看出，《子夜四时歌》中也有不少文人墨客的作品，不完全是民间歌谣了。

三、"言情之绝唱"

除了吴声歌，南朝乐府的另一大组成部分是西曲歌。所谓西曲歌，是流行于荆楚一带的民歌，因为荆楚地区是梁武帝的发迹之地，也是后来西梁政权的中心，因而现存的西曲歌多是梁代以后创作的。西曲歌与吴声歌一样，多以五言四句为一篇，大都描写商贾的水上生涯和商妇送别怀人之情，语言自然真率，风格清新流畅。西曲歌中的代表作有《石成乐》《莫愁乐》等。我们来看一首《石成乐》：

布帆百余幅，环环在江津。执手双泪落，何时见欢还。

西曲歌给人的第一感觉就是强烈的流动感——诗中常用的意象多见于江上、水上，反映出荆楚地区的基本社会生活方式与江水间的密切关联，这些短小的离别篇章也正是在港口、码头等现实的送行场合中孕育出来的，充满真情实感。

西曲歌中成就最高的名篇是收录在《乐府诗集》"杂曲歌辞"中的《西洲曲》，这首诗不仅代表了西曲歌和南朝乐府的最高成就，也可以说是孤篇压倒整个魏晋南北朝文坛的绝世佳作。我们来深入解读一下这首作品：

忆梅下西洲，折梅寄江北。单衫杏子红，双鬓鸦雏色。
西洲在何处？两桨桥头渡。日暮伯劳飞，风吹乌臼树。
树下即门前，门中露翠钿。开门郎不至，出门采红莲。
采莲南塘秋，莲花过人头。低头弄莲子，莲子青如水。
置莲怀袖中，莲心彻底红。忆郎郎不至，仰首望飞鸿。

鸿飞满西洲，望郎上青楼。楼高望不见，尽日栏杆头。
栏杆十二曲，垂手明如玉。卷帘天自高，海水摇空绿。
海水梦悠悠，君愁我亦愁。南风知我意，吹梦到西洲。

对于这样一首读起来第一感觉是完美无瑕的诗作，我想任何分析性的语言可能都显得多余，不过我们还是简单地分析一下。诗歌看似篇幅很长，实际上是由八首前后关联的五言四句短章连缀而成，每章之间以顶针的手法相接，使整体显得统一连贯。诗歌每四句都集中表达出了一个独立的含义，从女子的姿态容貌，到西洲的山水环境，再到女子思念心上人，以及其为排遣相思而进行的采莲子、望飞鸿、登栏杆、梦相逢等一系列举动，塑造出了一片完整的诗境，朦胧、悠远而又细腻、真切，这每一部分内容细致动情的描写，连缀起来又构成了完整和谐的整体意境，做到了整体美与局部美的统一。当然，这首诗的成功之处，还在于语言的清新婉转，尤其"采莲南塘秋，莲花过人头"一句，词句简单却音韵和谐、意境优美，将西洲的水清莲绿、女子的身姿娇艳、内心的思绪纷纷都表现得十分真切可感，有极强的画面感，足以引人入胜。《西洲曲》可以说是吸收了南朝乐府民歌所有的优点，吴声歌的含蓄优美、谐音双关，西曲歌的流畅婉转、境界开阔，乃至齐梁新体诗对于音韵和谐的探索，但又丝毫不显出雕琢的痕迹，这种集大成式的成就也为盛唐诗歌的到来做好了铺垫，对诗歌史上的另一座高峰《春江花月夜》有着直接的影响。

四、"最炫民族风"

介绍了南朝乐府的吴声西曲，我们也来关注一下北朝民歌。自永嘉之乱、衣冠南奔之后，北方地区长久地消失在了文学关注的视野之中，一方面，因为北方多为少数民族政权，且长期处于动荡不安之中，不适应文学的发展与创新；另一方面，留在北方的汉人士族们大多结成坞壁自守，缺乏与外界的交流，长久地停留在汉代经学影响之下，缺乏对新文艺的探索。

然而在民间，因为少数民族独特的生活习惯和社会形态，孕育出了别有风味的北朝民歌，这些作品大多被收录在《乐府诗集》中的"梁鼓角横吹曲"里，它们原本都是由少数民族语言写成，传入南朝之后才被翻译成了汉语，因而在体制上与南朝民歌无太大差异，不过反映出的思想内容却有着鲜明的北方特色。

北朝民歌中大家最为熟悉的作品当属《木兰诗》与《敕勒歌》，前者讲述了奇女子木兰替父从军的故事，反映出对于忠孝节义的推崇以及对英雄气概的歌颂，后者是对北方美好河山的歌颂，"天苍苍，野茫茫，风吹草低见牛羊"如今已成为我们对于北方草原最经典的概括。这两首作品在艺术上也很能体现出北朝民歌的特点，语言质朴通俗，内容丰满充实，有强烈的现实观照性，且整体风气刚健昂扬，与南朝婉转含蓄的诗风截然不同。

我们再来看几首很有趣的北方民歌，比如这首《折杨柳枝歌》：

门前一株枣，岁岁不知老。阿婆不嫁女，哪得孙儿抱。

这首诗反映的是北方部分少数民族的恨嫁风气，诗中的女主人公直白的表达诉求，体现了对婚姻幸福的崇尚与期盼，风格奔放、热烈，符合直率洒脱的北方民风。

再如这首《琅琊王歌》：

新买五尺刀，悬于中梁柱。一日三摩挲，剧于十五女。

这首诗的作者应该是一位武士，他新买了一口刀，高兴地悬在正堂中央，爱不释手地每天摩挲，胜过对年轻少女的喜爱，体现了北方民族的尚武豪雄之气。

南朝民歌与北朝民歌作为魏晋南北朝时期的两朵奇葩，在中华文化缤纷的百花园中争奇斗艳，也互相借鉴交融，随着南北交流的日益频繁，这两大文学传统也逐步实现了交汇，最终共同迎来了盛唐的绽放。除此之外，主流文场同样经历了这样合二为一的发展过程，具体的进展，我们留待下一讲中再说。

第二十五讲
宫体浮沉

/

——堕落！南朝君臣集中创作艳情诗歌

一、"商女不知亡国恨"

梁代鼎盛时期的文坛，是复古诗派与新体诗派分庭抗礼、齐头并进的格局——前者的代表是江淹和昭明太子萧统，突出的成就是一批复古诗作，以及《文心雕龙》《诗品》和《文选》这些集大成的论著；而后者的代表是沈约和后来的简文帝萧纲，集中的成果就是对永明新诗的不断探索以及代表性的典籍《玉台新咏》。

《玉台新咏》是徐陵所编的一部以选录"艳歌"为宗旨的诗歌总集，成书稍稍晚于《文选》，共收入汉代至齐梁的诗歌共计六百九十余首，从体量来看也与《文选》旗鼓相当。从选诗标准与文学好尚来看，更是恰恰与之相反，足以见出这是新体诗文学阵营推出来与"复古派"的纲领《文选》相抗衡的一部著作。题目中的"玉台"有两种解释，一说是宫廷之中的台阶多以玉石铺成，故而以玉台指代宫廷、宫殿，二说是玉台指白玉雕饰的镜台，多为闺房绣户之物，故而指代闺阁。无论哪种解释，都不难看出这个意象本身所含有的华美、雕饰、精致、含蓄、内敛的性质，这也正是这部文集所收录作品的整体特点。而所谓"新咏"中的"新"自然是指诗歌体式的创新，也表明选录这部文集的初衷是对齐梁以来新体诗的提倡和践行，虽然其中也收录了很多前代作品，但这都是为新体诗的发展服务的，就像"复古派"的《文选》也不能忽视新体诗成就一样。

被徐陵选入《玉台新咏》的诗作，普遍来看具有以下特点：一是选材丰富、角度新颖，但主要集中在男女闺情的领域。孔子贬斥"郑卫之声"，故而历代文学选集在儒家"诗教说"的影响下对于表现男女情爱的作品都有意回避。到了齐梁时期，随着文学与政治的关系解绑，开放自由的社会风气形成，以及这类题材的诗作尤其能够满足新体诗的游戏功能和实验需求，故其成为新体诗派集中关注的重点领域。二是篇幅短小，语言平易通俗，且注重声律和对仗。这一特点的形成也不难理解，一方面因为男女闺情的主题本来就不适合写成长篇大论的古奥文字，而最宜于方寸之间朗朗上口、平白如话的短札，另一方面践行新体诗创作的实际需求，促成了作者、选者对于声律、对仗这些近体诗要素的格外关注。第三个特点也是与《文选》在体例上最显著的不同，就是《文选》只收前人诗文，而《玉台新咏》兼收在世诗人的新作。作为新体诗派的重要文学纲领和一部以探索新体诗为宗旨的文学典籍，《玉台新咏》必然不能像此前的文学选集一样，将在世的诗人革除在外，这样便不能反映出诗歌技艺发展探索取得的最新成就，也就失去了最根本的立足点。正因如此，《玉台新咏》不但将新体诗在梁代取得的新创作成就集中展现了出来，它对于文学选集的体例贡献也是具有开创性的。

对于《玉台新咏》这样一部以收录艳情诗为主的典籍，历来有很大争议，除了以儒家"诗教说"的观点对其进行思想批判，其风格的单调、审美倾向的单一以及抒情主体的缺失，也都是诗歌论家常常诟病之处。但其在文学史上的进步性同样不可忽略：首先，它代表着梁代中前期多元文坛的一种风尚，表明了文学的发展存在着另一种可能；其次，《玉台新咏》在理论和实践上都突出"新"字，大大地促成了新体诗、近体诗的技艺走向纯熟、体式发展完善；再次，男女闺情亦是社会生活中的重要内容，诗歌关注这些内容，也促成了诗歌更加深入地与人民生活相结合，为诗歌的普及和兴盛奠定了广泛的基础；最后在思想上，突破儒家"诗教说"一元主导，而去提倡性情、强调娱乐性，也有着张扬个性、反对封建礼教的进步意义。

总的来说，《玉台新咏》与《文选》并立，"新体诗"与"复古派"齐头并进，既造就了梁代文坛繁盛一时的局面，也为后世诗文的发展作出了不同层面的贡献。

二、"万幸"中的"大不幸"

梁代中前期文坛上"复古派"与"新体诗"分庭抗礼、齐头并进的局面，终于在531年被打破，这一年是梁武帝萧衍帝王生涯的整整第三十个年头。在过往的半个甲子之中，他不但肃清了齐末的混乱局面，重新巩固了江南的稳定，还大力发展经济、养民生息、重修礼法、振兴文化，迎来了南朝历史上最为兴盛发达的一段时期，甚至趁着北魏分裂的机遇一度在南北朝的对峙中占据了上风，将疆域扩展到秦岭沿线和淮河以北，接近于刘裕北伐所取得的成就。可能也正是因为统治前期作为一名有道君主的励精图治与克勤克俭过多，压抑了梁武帝萧衍作为风流才子的品性，到了执政后期，他的性格终于还是发生了巨大的转变。

作为君主的梁武帝，出于维护国家统治的需要，在早期的思想信仰上是坚定地推崇儒学的，然而魏晋南北朝时期的思想领域中，最具活力也最具魅力的却是士族中流行已久的玄学与新传入中土的佛学。作为次门士族出身又曾身为才子名士的萧衍心中对于玄学与佛学自然也有所好尚，而随着统治成就的取得和为政心态的转变，这种内心深处的对玄学、佛学的向往渐渐地就压过了对于儒学的坚持，尤其在佛学领域，梁武帝可以说是从"好佛"发展到了"佞佛"的程度。

我们所熟知的杜牧的名句"南朝四百八十寺，多少楼台烟雨中"，说明了南朝时期佛教传入中土之后蓬勃发展的局面，而梁武帝统治的后期其实正是佛教在中土发展最为迅猛的时期，在强大国力的支撑下，梁代修建起了著名的皇家佛寺同泰寺，而萧衍本人则几乎每逢重大节庆都要携太子、群臣亲去寺院中祝祷，并通过大量的诗歌唱和对佛事、佛理加以宣传。由此，自上而下地形成了一股崇佛的热潮。更为离谱的是，为了绕过群臣的谏阻而给同泰寺筹措更多的经费，梁武帝竟先后四次抛弃皇位，舍身出家，委身于同泰寺为奴，从而逼得朝廷募钱超过数亿元将其"赎回"，这不但大大地损耗了国力民力，也给思想文化和社会风气造成了十分不好的影响，其早年辛辛苦苦建立起的崇儒之风、尚俭之气一时间就全然被抛之脑后。

梁武帝的性格之所以发生了如此巨大的转变，不仅仅是因为基于前期统治的伟大成效而产生的骄傲自满，其最为属意的昭明太子萧统的去世同样给他带来了巨大的打击。萧统是萧衍与贵嫔丁氏的长子，虽非嫡出，但由于萧衍的正妻早亡无子，因而位同嫡长子，刚刚出生不久就被立为太子。我们前面介绍过，萧统为人宽厚仁孝、恭谨敦肃、勤于政事、雅好文学，故而深得萧衍的喜爱和器重。不过，526年丁贵嫔去世引发的"蜡鹅厌祷"事件使父子两人之间产生了一定的嫌隙，萧统听信身边方士之言，认为母亲去世对自己不祥，并试图以蜡鹅转移灾祸，这样的行为因为违背了仁孝之道而受到了萧衍的痛斥，自此萧衍对他日渐疏远，此后萧统心中怏怏不快，日渐憔悴，终于于531年一次游湖不慎落水之后抱病身亡。虽然父子晚年交往中有着诸多不快，但爱子与属意接班人的骤然离世终究还是给萧衍造成了巨大的打击，他在统治后期一蹶不振、沉溺佛教，想必也有着从中寻求解脱的用意。

身为统治者的梁武帝萧衍的思想转变，以及身为"复古派"领袖的昭明太子萧统的去世，使得文坛上原本均衡的两极之中，"复古派"的一极骤然坍塌，与此同时，"新诗派"的统治地位却随着一个人的身份转变而日趋巩固，这个人就是他们的领袖，继任太子且在后来又继任皇帝的萧纲。

萧纲是萧衍的第三子，萧统的同母胞弟，由于萧衍的次子萧综是养子，故而在萧统去世之后，萧纲就顺理成章地成为继任太子，这对于出身皇家的他来说，意味着前途上由臣到君的进步，本是一件从天而降的幸事，然而正是因为这一突如其来的转变，却最终造就了萧纲人生的不幸。

被立为太子之前，萧纲原被封为湘东王，奉旨出镇荆州，都督七州军事，远离朝廷的他有着相对自由的生活空间，可以发挥他游山玩水、钟情文艺的雅好，也可以远离朝中的政治纷争，不至于为琐事烦扰，更不必时时侍奉在君父身边，恪守臣子之道，战战兢兢。然而，随着被立为太子，入主东宫，萧纲的这一切处境都发生了根本性的转变，他的生活空间受到了极大的限制，只能局限在建康城周边乃至东宫之内，而兄长萧统被疏远以致抑郁而终的悲剧也时时使他警醒，唯有遵从梁武帝的眼色行事，与权臣朱异的巨大矛盾更是给他带来了无尽的困扰。

这样的太子生涯前后经历了十八年之久，虽然没有像兄长一样倒在黎明之前，但萧纲的身心同样经历了巨大的煎熬。然而，更加不幸的是，549年，被梁武帝收留的东魏叛将侯景因不满梁朝与东魏通好，率众发动叛乱，叛军一路披荆斩棘、直捣建康。近半个世纪不曾经历战事的南朝虽有重兵，却组织不起有力的抵抗，终究被侯景叛军攻占了台城，把持了朝政，已经83岁的梁武帝也被囚禁于宫中，最终活活饿死，这就是著名的"侯景之乱"。

梁武帝死后，身为太子的萧纲被侯景扶上帝位，虽然他在与侯景的交往中依然能够时时保有帝王之气，丝毫不流露出畏惧之色，但没有任何实力与势力依凭的他实际上还是成为侯景统治国家的傀儡和工具，侯景胁迫他发布诏令讨伐各路起兵勤王的军队，同时不断地给自己加官进爵，终于又在两年之后，将萧纲杀害于皇位之上，自立为帝，萧纲也就以这样的方式走完了自己屈心逆志的后半生，实在是一位"大不幸"的太子与皇帝。

三、被误会的"宫体诗"

在萧纲的后半生岁月中，为了能够对压抑、落寞的现实生活处境有所排遣，他几乎将全部的心血投入了文学活动当中，在他的组织与推广之下，"新体诗"取得了进一步的发展，既打破了与"复古派"之间的平衡对峙而实现了对文坛的统一，也在沈约创制的"齐梁体"的基础上衍生出了新的体式，由于这种体式诞生于太子东宫，故而人们也习惯性地称之为"宫体"。

关于"宫体"这个称呼，想必大家都不陌生，但凡对诗歌有一点了解的人可能都知道它是绮靡浮艳、亡国之音的代表，不过我在这里不得不说，这其实是一种误解。首先，"宫体"本身是一个很大的概念，从这个名称我们只能得出它是创作并流行于宫廷的诗歌体式，并不专指艳情诗，也包括宴饮、园林、咏物、朝会等诸多题材内容，艳情只是因为过于夺人眼球而受到了更多关注；其次，即便以萧纲为代表的宫体诗人们喜好创作和玩赏艳情诗歌，也并不代表他们就败坏风俗、道德品质低下，因为我们反复讲过，南北朝时期文学发展方向是游戏化的，作品的思想内容与诗人的人格品格虽不能说毫无关系，但的确处于相对独立的状态，事实上萧纲、庾信、徐陵等这些宫体诗人也都有着十分健全的精神品质；再次，"宫体诗"作为一种文学风格或诗歌形态而言，它是客观存在的，也符合魏晋南北朝"文升质降"的整体趋势，尤其在促成古体诗向近体诗发展转变的进程中，"宫体诗"处于承上启下的关键地位，它巩固了"齐梁体"诗歌对于声律、对仗和起承转合等艺术技法的探索，并将其推向了新的高度，为近体律诗的形成提供了范本，尤其在七言诗发展上有着不可替代的贡献；最后，"宫体诗"虽然在整体题材与内容上过于单一、局促，但也正因如此，诗人们将眼界发散到了诸多细小的事物之上，从而也将一批新的事物与意象引入了诗歌当中，同时拓展出了更多的抒情手法与咏物技巧，诗歌也进一步走下庙堂，从高高在上的抒情言志之文，演化为生活中举手投足便可信手拈来的情趣之笔。

我们来看几首萧纲的"宫体诗"，从而一窥这类诗体的面貌。先是这首著名的《咏内人昼眠》：

北窗聊就枕，南檐日未斜。攀钩落绮障，插捩举琵琶。
梦开笑娇靥，眠鬟压落花。簟文生玉腕，香汗浸红纱。
夫婿恒相伴，莫误是倡家。

乍一看这个题目，显得有些低级趣味，甚至很猥琐，而当大家仔细读完全诗就会发现，确实是这样！身为太子的萧纲正午回到房间，看到妻子正在北窗下的床上睡午觉，看着她娇媚的睡态而不禁萌生出了诗意，细致地描绘起来。他先回想了妻子睡前勾起帘障、安放琵琶的婀娜身姿，而后在静静观察中发现：她时不时在睡梦中露出笑容，头饰上的花枝被轻轻地压在身下，手臂因为接触而印上了凉席上的纹路，汗水更是透过红纱显现出来——这幅画面十分细致娇好，具有唯美主义的艺术特性，又充满了生活细节化的真实，这也正是"宫体诗"所追求的表达境界。最后，诗人玩笑式地写到，这样一位美好的女子已经"名花有主"，大家就不要误把她当作倡家之女了，言语中充满了自得之意，也间接的反映出他将昼眠的妻子作为审美对象加以艺术化再现的创作初衷。这首诗在艺术上将描摹物态的精致程度推向了前所未有的高度，体现了诗歌技艺由"写意"到"模态"的转变在齐梁时期的最终完成；同时，对于对仗的讲求和起承转合的结构也较永明时期有了进一步推进；而在声韵上，最为突出的特点是实现了"永明体"诗句中"二五异声"向"二四异声"的转变，这无疑向着平仄交错的近体律诗又更近了一步。

再来看一首《乌夜啼》：

绿草庭中望明月，碧玉堂里对金铺。鸣弦拨捩发初异，挑琴欲吹众曲殊。

不疑三足朝含影，直言九子夜相呼。羞言独眠枕下泪，托道单栖城上乌。

这首诗写得比前一首稍显含蓄一些，表现的同样是男欢女爱的主题，但无论是典故的运用还是意境的营造，都更具朦胧之感。首二句铺垫环境，将视角定在明月照耀、绿草环绕、雕金铺玉的华美宫室之中；而后两句更进一步渲染气氛，写到琴曲合鸣、众乐奏响，实则以乐写哀，铺垫出后续诗境中表现的闺房孤独之感；第三联写得曲尽其妙，女子在闺中夜以继日地守望，想要呼唤天空星斗作伴以度过难眠的长夜，又恐黎明过早地到来，彻底断绝了整晚的念想，这般矛盾纠结的情思被诗人展现得淋漓尽致；最后，诗人代女子口吻强作排遣，她不忍心承认自己枕下的泪水是忧思过度、寂寞难耐所致，只说夜中的乌鸦啼鸣过于凄厉，勾起了阵阵情伤。有人认为，这首诗是现存最早的七言律诗，这个观点是有一定道理的，至少从对仗的篇式、起承转合的章法来看，这首诗已经完全具备了唐代七律的基本特征，而整体流畅婉转、含蓄清新的风格也与初盛唐七律所追求的境界相一致，只不过在声律上还没有完全符合平仄规范，然而这种规范本身在杜甫以前的影响就微乎其微。

"宫体诗"在梁代后期的大行其道，接续了永明以来"新体诗"发展的轨迹，使得此后的南朝诗歌依然沿着这条"文升质降"的道路继续前进，近体诗也在这条探索之路上日渐趋于成型。但不可否认的是，创作环境的局促、诗歌风格的单一，以及对抒情言志传统的忽略，使得南朝诗文的发展终究是不健康且缺乏后继动力的，如果继续这样下去，不但新兴的近体诗无法获得灵魂的注入，悠久的诗歌传统也可能面临着难以接续的结局。然而，历史总有最好的安排，就在南方文坛后继乏力之时，来自外部的变动很快就给它注入了一针强心剂，并输送了新鲜的文学血液，只不过这个过程有些阵痛和曲折而已。这针强心剂来自哪里，又发生了怎样的神奇效用呢？我们下一讲再说。

第二十六讲
凌云健笔
——贵族少年的"青春修炼手册"

一、徐庾父子与"徐庾体"

在"宫体诗"的阵营中，除了身为领袖的萧纲，还有一批得力干将，其中尤以两对父子最为知名，那就是徐庾父子——徐摛、徐陵和庾肩吾、庾信，他们同为萧纲所器重，常年出入东宫参与游艺宴会和诗文创作活动，和萧纲一样对"宫体诗"的创制和发展作出了重要贡献，因而后世也将"宫体诗"称为"徐庾体"。

徐、庾二家在南朝皆属于次门阶层，这两对父子年少之时都受到了极好的文学教育，后来在仕途也都走得相对顺畅，他们基本都是由清要的学士官起家，在萧纲尚未册为太子时便在其藩府中追随服侍，因而相互之间都缔结了良好的情谊。萧纲入主东宫后，他们也顺理成章地随驾而入，并且受到梁武帝的特许，得以自由出入皇宫内苑，这使得东宫成为他们重要的生活和创作场所，我们前面介绍过，萧纲册为太子后心中压抑不安，钟情文艺以求排遣，这也正给了以诗文创作见长的徐庾父子以广阔的用武之地。

在文学创作倾向与实绩上，徐庾父子在萧纲的领导下，沿着"永明体"的方向继续推进诗歌近体化的进程，继续探索技艺、推陈出新。

在内容上，以宫廷中纸醉金迷、花天酒地的生活为主要素材和表现对象；形式上，讲求声律辞藻、对仗技巧、结构章法；在风格上，则追求绮靡缛丽，多金玉脂粉之气，也由此确立下了"宫体诗"的总体艺术标准。《梁书·庾肩吾传》评价其"转拘声韵，弥尚丽靡"，《陈书·徐陵传》称其"颇变旧体，缉裁巧密，多有新意"，本质上都是针对以上特点而言的。

徐摛现存作品不多，且基本都是从类书中辑佚所得，这些残存的诗句大多是咏物的妙笔，比如以"焜煌玉衡散，照曜金衣丹"这样新锐的比喻写橘子的鲜艳饱满，以"纤端奉积润，弱质散芳烟"这样细腻灵动的笔触写毛笔浸润墨汁后在纸上飞舞龙蛇的姿态，从中可以看出其在描摹事物形态上的精道、新奇之处，否则也不会收入类书当中供后人学习借鉴了；庾肩吾的作品流传情况要远远好于徐摛，这与身为书法家的他流传下了不少笔墨有一定的关系。我们可以看一首他的《奉和春夜应令诗》，通过这首诗就足以了解"徐庾体"诗歌的全貌，因为局促的环境、单一的题材和思想情感的缺失，注定了其千篇一律的格局：

春牖对芳洲，珠帘新上钩。烧香知夜漏，刻烛验更筹。
天禽下北阁，织女入西楼。月皎疑非夜，林疏似更秋。
水光悬荡壁，山翠下添流。讵假西园燕，无劳飞盖游。

诗歌最大的特点表现在结构上，全诗按照内容与功能可以分为三个部分：前四句为第一层，交代时间地点和总体环境，是在一个春夜里焚香滴漏、新月初升之时，所处的环境则是与芳州相对的珠帘绣户之中，这也是"宫体诗"常见的时间和地点。其后六句为第二层，是对诗歌表现主体的细致描绘，这首诗要表现的是春夜之景，因而写到飞鸟从阁楼上落下，织女星从空中流动而西，试图以此将境界拉开，但事实上描述的仍然是一室之内所能看见的片刻天宇，明亮的月光让人怀疑此刻并非夜晚，林中呼啸而过的风声更像是爽朗的秋天，假山的悬崖上瀑布飞挂，园林的青绿与月光的洁白交相叠映，仿佛流动的玉石和翡翠。最后两句是结尾一层，借此情此景表达流连光景、感念君恩的心意，这也是应制诗的常见套路。这三层结构显然与近体律诗中的"起承转合"是严格对应的，而在中间的写景部分，诗人也做到了视角错落、动静结合，可见章法已经十分纯熟了，这对唐代的山水诗都有一定的启发性。

相对于父辈而言，子辈的徐陵与庾信的成就显然更高，我们先来说徐陵。首先，徐陵编选了"新体诗派"的重要典籍《玉台新咏》，这一点我们上一讲中已经作了介绍，"宫体诗"在艺术上的诸多探索得以被确立并流传开来，这部典籍起到的作用是决定性的。同时，在儒家"诗教说"长期占统治地位的中国古代，对于这些艳情诗作的保留和记录意义也是不可替代的；其次，徐陵本人同样是一位高产的诗人，也是新体诗技艺探索的先锋，在他现存的数十首诗作中，既有新体的应制诗，也有大量从乐府民歌中吸取的养分，这些作品相对而言婉转清空、清新雅致，对于唐代的五言绝句有明确的推动作用，比如这首《陇头水》：

袅袅河堤树，依依魏主营。江陵有旧曲，洛下作新声。
妾对长杨苑，君登高柳城。春还应共见，荡子太无情。

《陇头水》是汉魏乐府旧题，但这首诗用的却是南朝乐府民歌的笔调，显然是从西曲歌中吸收了清通流畅的抒情特色，营造出的景致也疏朗空阔，虽然落脚点同样在于男女情爱，但毫不俗艳矫揉，在艺术风格上远远超过了宫体诗的境界与范畴。

早年的庾信与徐陵一样，"幼而俊迈，聪敏绝伦"，在萧纲的东宫文场中同样担任着重要的角色。杜甫评价李白"清新庾开府",这里的"清新"正是针对其早期的诗歌风格而言,在君臣、父子之间关于花鸟风月、醇酒美人、歌声舞影、闺房器物的吟咏描绘中,庾信实现了对南朝新体诗文发展成就的综合继承,形成了一种内在的"吟咏风谣,流连哀思"的美学素养,这也为他日后集南北朝文学之大成奠定了最基础的条件。

二、大动荡与再偏安

在时代的风起云涌面前,所有人都不可能逃出命运的安排,549年,侯景入都、武帝崩逝、江南震荡、衣冠逃奔,徐庾父子像他们的主公萧纲一样被推上了人生与历史的十字路口,从个人的角度来看,这无疑是他们共同的生命悲剧,然而站在历史进步与生命价值的高度来考量,这次巨大的变故也未尝不是对他们人格精神的一次考验与升华。

率先在这场变故中迎来考验的是庾信,他被萧纲临时委任为中军统帅,率领文武官员及士卒千余人在朱雀航北扎营御敌,虽已37岁却从未经历战事的他显然还不能够承担起这份守卫宫城、捍卫国统的重任,在侯景大军赶到时,庾信在惊惧之中弃营而逃,致使官军不战自溃,侯景叛军兵不血刃地攻克了台城,严密控制了梁国的军政大权。毫不避讳地说,庾信在这一事件中的所作所为,完全担不起一个士大夫的基本人格,但这的确也是梁朝后期士族过于养尊处优、生活腐朽堕落的缩影,庾信晚年对梁国的败亡耿耿于怀,很大程度上也与这一经历有着不可分割的联系。

与庾信弃忠绝信的奔逃之路不同,徐摛选择了对苦难的直面与对信念的坚守。他在台城失陷、朝野动荡之际,只身留在了宫中,守护在萧纲身旁，并与之一同接见了叛军首领侯景，面对被坚执锐的枭雄，他岿然不动，义正言辞地说道："侯公当以礼见，何得如此？"那份严厉与刚毅，使侯景也不得不感到敬畏，恭谨下拜，心中更是对其充满礼敬与忌惮。很难想象作为宫体诗人的徐摛留给世间的竟是这样伟岸忠直的背影。可惜的是，一年之后，由于无力改变国破君辱的局面，徐摛终究在满腔怨愤中抱憾离世。

而庾信之父庾肩吾的选择则是以另一种方式保全忠义之念，那就是摆脱侯景控制下的朝廷，为梁国延续新的独立国运。他乘乱逃出建康，来到了长江上游的荆州，投奔梁武帝第七子、时为湘东王兼荆州刺史的萧绎，在他的辅佐和积极谋划之下，萧绎依托讨贼兴复的大旗招揽人才、壮大实力，很快就发展成为足以左右天下局势的一股力量。然而，庾肩吾没有想到的是，野心勃勃的萧绎表面上标榜中兴志愿，实则不但按兵不动，任由君父、皇兄死于侯景之手，还在暗地里打击其他梁代宗室的残余势力，先后翦除或驱赶了对自己构成威胁的皇子皇孙们。终于在简文帝萧纲遇害后，于江陵自立为帝，而后率军东下，扫平了侯景的势力，又杀害了侯景所立的三位少主，权欲熏心的本质暴露无遗。庾肩吾对这一切虽有不满，却也无可奈何，毕竟萧绎是自己拥立的梁代的继任之君，他自己在这一过程中也作出了至关重要的影响，接受了其赏赐的高官厚禄，因而终于在不久之后怀着羞愧与懊悔的心情溘然长逝。

此后，梁国的核心由建康转移到了江陵，原本已是偏安江南的南朝政权，经历了第二次更进一步的偏安，疆域面积大幅缩减，社会经济文化水平严重倒退，数百年积累起的繁盛局面一夕而丧、荡然无存。然而，苦心经营谋得皇位的梁元帝萧绎在治理国家上并不是一位有为的君主，尽管已经处在四面夹击中极致偏安、苟延残喘的处境之中，他依然还是醉心于安逸和享乐的生活，素来雅好文学、喜爱藏书的他，在江陵城中建起一座高大的藏书楼，将能够搜罗到的古今善本一并放置其间，又常与身边的文人才士流连其间，创作诗文，而他所好尚的文学风气依然是绮媚颓靡的"宫体诗文"，这就实在是真切地演绎出了什么叫"商女不知亡国恨，隔江犹唱后庭花"。我们来看一首萧绎的诗作：

> 玉节威云梦，金钲韵渚宫。霜戈临堑白，日羽映流红。
> 单醪结猛将，芳饵引群雄。箭拥淇园竹，剑聚若溪铜。
> 亟睹周王骏，多逢鲍氏骢。谋出河南贾，威寄陇西冯。
> 溪云连阵合，却月半山空。楼前飘密柳，井上落疏桐。
> 差营逢霪雨，立垒挂长虹。

这首诗的题目叫《藩难未静述怀诗》，意思是说国家的动荡还没平息，心中有些想法想要表露在这首诗里。然而我们通观整首作品，却惊人地发现，没有一字一句提及对父兄命运的担忧和对黎民苦难的怜悯，有的只是严整的对仗、精致的用典和细心雕琢的诗境。倘若真的感怀于家国之难，实在很难理解怎么会有兴致去欣赏"楼前飘密柳，井上落疏桐"这样的纤弱小景。我们之前说，"齐梁体"诗歌追求声律、辞藻、对仗、结构是文学艺术层面的进步与诗歌史发展的必然，不过面对天下大运与国计民生，文学该如何找寻恰当的定位、发挥独到的价值，想必还是应当有所公论，不得不说，在国家危亡的时刻还去过分注重形式之美，而忽视了思想内容的正义性追求，这样的文学观实在是不合时宜的。

三、"词客哀时且未还"

徐庾父子之中唯一没有受到"侯景之乱"直接波及的是徐陵，他于548年受梁武帝指派出使东魏，当江南震荡、国破家亡的时候，他还稽留在北地没有回来。在梁武帝统治的中后期，随着南朝经济社会发展的繁荣和北朝汉化改革的逐步完成，南北朝之间的关系也渐渐地由对抗走向交流合作，频繁的通使成为这一时期的政治常态。为了在外交场合中宣扬国威，彰显自己的优越性，出使邻国的大任往往都由声名与成就俱高的文学之士承担，而出于吸收引进先进文化的需求，北朝对这些文学使臣也都极为看重和礼遇。

然而令所有人都始料未及的是，原本太平祥和、国运昌隆的梁朝在"侯景之乱"爆发后的短短数月之间土崩瓦解。不久之后，东魏的拓跋氏政权也禅位给了高氏家族主导的北齐，徐陵奉使勾连的两个政权一时都亡了国，他成了一个彻头彻尾的"黑户"而被北齐扣了下来，当然最主要的原因还是北方政权爱惜他这样的人才，希望其能够为自己所用。作为土生土长的南朝臣民，徐陵自然不情愿留在北方，因而在梁元帝即位后反复要求回到南朝复命，但他的要求却又一次次被北齐统治者所搁置，再后来又经历了数年的不懈努力与挣扎，徐陵才终于在梁朝灭亡后重新回到了南方，成为陈国的文坛领袖、政坛栋梁。

不过还有一些使臣就没有徐陵这样相对圆满的结局了，因为各种原因终身滞留北地的使臣大有人在，其中最著名的还是徐陵的好朋友庾信。

从庾信的早年经历来看，他似乎是一个不折不扣的贵族公子哥，在东宫内外温香软玉、声色犬马，在大敌当前时望风而溃、临阵脱逃，即便在国家败亡、退守江陵之后，还一度围绕着梁元帝创作着绮媚丽靡的宫体诗文。尽管在这样的生活中他已经将南朝诗文艺术的深厚养分吸收到了极致，但在刚健风骨、深沉情思与高尚品格这几个角度上，此时的庾信实在还是乏善可陈，甚至不值一提。

新的变故与机遇发生在554年，在大国夹缝中苟延残喘的梁元帝小朝廷为了寻求强大的庇护，决心与北朝中的西魏政权交好，作为南方大难过后仅有的拿得出手的文人，庾信奉命出使长安。谁都没有想到，庾信这边前脚刚入长安，西魏大军就在宇文泰的授意下攻入江陵，将偏安的梁朝灭了国，梁元帝萧绎先是狠心焚毁了自己心爱的藏书楼和数万卷珍品典籍，后又被自己的侄子——昭明太子萧统之子、此时已经投靠西魏的萧詧装入土袋之中，活活闷死。庾信和徐陵一样，出了趟远门，发现自己家的塔被偷了，只好就此稽留在了北方。

与东魏、北齐一样，西魏的当权者对于南朝来的文士同样十分敬重，这主要有三方面的原因：第一，"侯景之乱"后，江南大乱，大批文人才士流离失所、无处可依，北方政权正想借机大量笼络人才，为自己所用，巩固汉化改革带来的成果，并为进一步统一天下积蓄力量；第二，梁朝土崩瓦解之后，南北大势已然定分，南朝式微、北朝强盛注定成为难以改变的格局，因而及早笼络南士之心，对于日后安定南方、顺利统治有极大益处；第三，随着近年来南北之间文化交流的日益频繁，南朝先进的诗文、艺术传入北方，并在贵族文化圈中大肆流行，贵族们也希望能够与这些南来的文士交往，以更好地提升自己的文化修养、顺应潮流发展。

正因如此，庾信在西魏、北周一度做到了车骑大将军、开府仪同三司的官职，这两个官职都属于"散官"从一品，位同三公，但就是有职无权、位高权轻，与南朝的"清流官"有些类似。所不同的是南朝"清流官"的不问政事是士族们自己为求清净的主观选择，只要想对国家建言献策随时都可以出来讲上几句，而北朝散官的虚职则是制度所限，是对这些外来外族士人的有意防范，有着不可逾越的障碍。因而虽然北朝给他的品级比在南朝时还高，但对于庾信而言，终究是颇为失落的，但同时也足以见出北朝执政者对他的充分礼遇。

北周的王室对于庾信也是十分推崇，诸多王公贵族乃至皇帝，都时常与他进行文学唱和，甚至关系甚笃，如同布衣之交，其中就包括喜爱文学的明帝宇文毓、武帝宇文邕，以及赵王宇文招、滕王宇文逌等人。他们时常邀庾信宴饮赋诗、讲论文艺，接受着他所代表的南朝最高艺术美学的熏陶，同时也将他们北方特有的刚健之气、豁达之情、疏放之风耳濡目染地传递给了这位南朝"宫体诗人"，弥补了他人格精神中的重大缺陷。

更为重要的是，虽然北朝的礼遇丰厚、王公的态度亲善，但北方终究还是属于异国他乡。随着年岁的增长，许多江南旧梦总会在夜深人静之时重新涌上庾信的心头，这份对于美好青春与多情故国的留念，这份思归不得、有志难伸的苦闷，乃至对于逝去故主和先父先祖的丝丝愧疚，都使他限于深深的矛盾挣扎之中，且每在"暮春三月，江南草长"之时愈发浓烈。他也曾多次请求放回南朝，但始终不能如愿，因而也只好将无限深沉的情思诉诸笔端，化作了一篇篇经典的诗文流传后世。而此时的庾信也才真正成为一个从人格思想到艺术魅力都完整、可敬的伟大诗人。杜甫评价说"庾信平生最萧瑟，暮年诗赋动江关"，所表达的也正是这个意思。

那么庾信在北朝到底经历了怎样的生活，又创作了哪些值得铭记的千古名篇呢？我们下一讲再说。

第二十七讲
文章老成
——新时代"苏武"与前世"杜甫"

一、尴尬的北朝文学

梁代后期南北文化的交流日趋频繁，然而事实上，与其称之为两种文化间的交流，倒不如说是南朝单方面向北朝的文化输出，因为相比起南朝诗文的蓬勃发展，北朝文学的成就实在显得过于寒酸。

北朝文学的发展落后于南朝是必然的，主要在于以下几点原因：一是文化重心在晋末的南移。永嘉之乱中，大量士族南奔，这些人几乎是中原文坛的全部主力，来到南方站稳脚跟之后，自然也就将此前文学发展的成果继承和延续了下来；反之滞留北方的本就是实力和影响力有限的士族，再经过战乱的摧残，大多也就凋零殆尽了。第二个原因是南北政治局势的差异。南朝始终处于汉族王朝的统治之下，无论东晋还是宋、齐、梁、陈，历代君主都深知发展文艺的重要性，且很多也都是文学的爱好者和参与者，加之南朝政权的发展和过渡都相对稳定，因而为文学发展创造了良好的环境；反之，北朝始终处于少数民族统治之下，既缺乏文化传统，又难免存在着胡汉之间的文化隔阂，从十六国纷争到东西魏分治，大多时候都处于战乱不休的状态，文学发展的环境要恶劣得多。第三个原因则是思想传统的不同。南朝虽然也是以儒学为主导，但玄学、佛学等思想同时发展并行，思想领域相对自由活跃，这就孕育出了多种文学形式、风格与追求，各种文学思想和创作实践也在碰撞交流之中不断发展进步；至于北方则始终笼罩在汉代经学思想之下，宗经复古、述而不作的观念根深蒂固，加之士族多修筑坞壁自保，极少相互交流，无论是文学的思想、内容还是形式自然也就缺乏创新性的发展。

但北朝文学也并不是一无是处，至少在以下几个方面，就有着南朝所不能企及的优势：首先是刚健通脱的气质和质朴真率的风格。之前我们介绍过南朝民歌与北朝民歌的概况，想必大家对北朝乐府民歌那种豪放洒脱、直抒胸臆的风格留下了深刻的印象，这源于北方长期胡汉杂居下形成的基本社会风气，因而表现在文人创作之中也不例外，他们绝作不出南朝诗文那种含蓄柔媚、曲折婉转的文字，这种刚健之气也是南朝诗文中见不到的。其次是疏朗开阔的境界和磅礴壮大的气势。南朝诗文诞生的环境都是清山丽水，乃至亭台池苑，相对而言境界比较狭小、风格比较单一，审美追求也趋于秀美，北朝诗文则恰恰相反，城邑乡野、高山长河、草原大漠，无一不是北朝文人活动和创作的场所，这就使得他们的可写之景、可塑之境、可抒之情要比南朝文人们丰富得多，也深刻得多。最后则是对于抒情言志传统的保留。南朝诗文发展的一大趋势是游戏化、娱乐化，虽然这一变化有助于艺术技巧的提升，但抒情言志功能的缺失也在一定程度上使其走入了歧途，而北朝文学正因为宗经复古思想的根深蒂固，对于儒家"诗教传统"和抒情言志的功能都有着很好的保留，这也使文学没有彻底脱离生活，沦为文字和声韵的游戏，丧失其传道明心的社会意义与现实价值。

在庾信入北之前，北朝文坛上成就最高、影响最大的文人当属被称为"北地三才"的魏收、温子昇和邢邵。他们三位都是北齐的文人，其中魏收最为出名，他作了"二十四史"之一的《魏书》，这是唯一一部成书于北朝时期的正史，代表了北朝学术尤其是史学的突出成就，魏收也有一些诗文传世，以思理见长，文采方面显得中规中矩；邢邵年少便有文名，好以山水游宴为娱，是北朝文人中少有的以文辞典丽见长的作家，相传他每出一文便能引得京师纸贵；三人之中诗文创作成就最高的当属温子昇，从现存作品来看，他的诗文明显有模仿南朝的痕迹，体现出其独到的文学品味和学习能力，同时又能结合北地特有的风物、意象，从而形成自己的风格，比如这首《春日临池》：

光风动春树，丹霞起暮阴。嵯峨映连璧，飘飖下散金。
徒自临濠渚，空复抚鸣琴。莫知流水曲，谁辩游鱼心。

从诗歌的主题到整体意境，显然都是从南朝诗文中学来的，像"连璧""散金"这样充满华贵气息的意象，明显是从齐梁诗歌中借鉴而来，结尾处用"高山流水""濠梁之游"的典故则反映出诗人较高的学术修养。尤为可贵的是，整首诗境界比之南朝诗歌要开阔不少，尤其"丹霞起暮阴"一句，将天地间的阴晴光影变化展现出来，融壮阔与秀美于一体，可谓尽得南北文学之长。也正因如此，当温子昇的部分诗文流传到南朝后，就连梁武帝也不禁感慨称赞其是"曹植、陆机复生于北土"。

当然，话说回来，无论温子昇还是邢邵、魏收，他们的成就尽管代表着北朝文学的高峰，但总体来说刚刚达到了南朝的平均水平，是远远不能与曹植、陆机相提并论的，真正能够将北朝文学提升到更高水平的，还要数那些入北的南朝文人，也正是在这样的背景下，庾信迎来了他"文章老更成"的光辉舞台。

二、"庾信文章老更成"

相比于诞生了"北地三才",尚有部分旧士族可以装点门面的东魏、北齐,以关西为根据地的西魏、北周政权更像是一片文学的荒原,尽管从皇帝到诸王都对先进文化充满了兴趣,其薄弱的文学传统却始终没能孕育出任何可以称道的成果,直到庾信的到来。身为南朝皇帝的御用文人、早已名满天下的庾信刚刚来到北朝,便瞬间成为文坛上众星拱月般的存在,两任君主、两位亲王都对他另眼相待,无数的大臣更是频繁向他示好。备受推崇的庾信很快便投入了应接不暇的文学活动之中,在他的带动下,西魏、北周的文坛也出现了不亚于南朝的繁盛。

对于庾信而言,最主要的文学创作活动还是与雅好文艺的王公贵胄们唱和,带有"齐梁体"风格的应制诗依然是其创作的主要面向,他将前半生在南朝修炼出的诗歌技艺合盘托出,同时结合北地特有的景物、境界和风尚、品味,使得文字艺术上已经近乎极致的"齐梁体"诗歌,在画面感与抒情性上实现了新的推进。我们来看一首《奉和赵王喜雨诗》:

> 玄霓临日谷,封蚁对云台。投壶欲起电,倚柱稍惊雷。
> 白沙如湿粉,莲花类洗杯。惊乌洒翼度,湿雁断行来。
> 浮桥七星起,高堰六门开。犹言祀蜀帝,即似望荆台。
> 厥田终上上,原野自莓莓。

题目中的"赵王"是宇文招,他与庾信交往最为密切,这首作品就是二人共同赏雨时所写的唱和之作。诗歌在结构上严格遵循"齐梁体"规范而分为三层:前四句交代背景,渲染暴雨将至的紧张气氛,虹霓横贯太阳，大风吹动云彩，宴会之中的人们瞬间感受到了电闪雷鸣；其后六句细致描绘雨中景象，集中突出了雨势浩大的局面，大雨浸染的白沙如同沾湿的脂粉，池上莲花也仿佛洗刷干净的杯盏，这两句描写于尽态极妍之中不失诗化的浪漫。而后四句则境界开阔，尽显出北地特有的雄壮气势，惊鸟扑打着沾湿的翅膀飞过，大雁也被打断了行列，汹涌的水势上涨，仿佛桥梁都星星点点地浮在水面，堰池也近乎六门大开，任其倾泻而出。若非亲身在北方目睹了此番骤雨，恐怕庾信也写不出这番气势磅礴的雨中即景，这也正是北方文学为齐梁新体诗注入的鲜活养分；最后四句借雨景生发出感悟，雨水孕育着生机，故而诗人也以此作结，表达出对于举国上下原野田地一派欣欣向荣的期许，这种关心国计民生的情感落脚点同样是此前娱乐化的南朝新体诗所不曾有过的立场。既保留和发挥了南朝诗歌长于体物造境的艺术专长，又吸收了北朝开阔壮大的境界和思想内容上的现实主义关怀，庾信走出了诗歌发展史上兼容南北的关键一步，也将魏晋南北朝诗文的整体水平推上了一个新的台阶。

当然，这种公开场合的应制诗歌还不足以代表庾信诗歌创作的最高成就，因为在这样的环境中他还不可能将满腔的情怀都倾诉出来，只可能在应制诗现有的框架下进行有限的创新。而在独坐抒怀的诗篇之中，他的乡关之思、忧生之叹真正彻底地得到释放，那种真诚、热烈而又难以压抑的思想情感与纯熟的诗歌技艺相融合，才真正铸就出了那些足以"动江关"的"暮年诗赋"。

我们先来看两首这样的短诗，第一首是《望渭水》：

> 树似新亭岸，沙如龙尾湾。犹言吟溟浦，应有落帆归。

渭水距离长安城不远，是关中地区的主要河流，身处北国的庾信恍惚之间远眺，只觉得此情此景似曾相识——只因南朝故都的建康城外同样是这番景象，碧树连江、白沙茫茫，而这一昔日里抬眼可见的景象，如今只能在梦中神游，也不知何日才能乘着归帆重新踏上这片故土。诗歌虽然短小，却意境悠远，情致深沉，于时空对比之间顿觉天地沧桑、宇宙无情，足以感人肺腑。再来看一首《忽见槟榔诗》：

绿房千子熟，紫穗百花开。莫言行万里，曾经相识来。

从题目来看，这是一首很典型的"永明体"咏物诗，事实上也的确如此，诗人在前两句中细致描绘了槟榔花朵的娇艳繁盛和果实的饱满鲜活，以精美的艺术手法的展现了物态；而后两句中，由物及情，引发了对旧时旧国的追思，槟榔多生长在南国，早年的庾信常常见到，故而此番偶遇才这般勾人心魄。在这首诗里，我们看到了一个久违的诗学概念——兴寄，诗人笔下的槟榔不仅仅是一种花果，更是乡愁的浓缩与寄托，因而它除了具备形态之娇艳，还饱含着浓厚的情感，这种情与态在一个物体上的和谐统一，正是"齐梁体"诗歌探求了多年而尚未寻得的前进关键。

三、"摇落秋为气，凄凉多怨情"

最能体现庾信诗歌创作最高成就的，还当属组诗《拟咏怀二十七首》，很难想象，这是庾信走出"新体诗"的舒适圈，在他此前从未涉足的"复古诗"领域取得的更伟大的突破。这组作品受到了阮籍《咏怀八十二首》的直接启发，同样有着"兴寄玄远，旨意遥深"的特点，但其对于事物描绘的细致程度与阮籍的写意式表达自然不可同日而语，所蕴含的情感也因世殊时异而别有风味，这使得他完全摆脱了阮籍的影子,既成就了一组传世的杰作,也在诗歌发展承上启下的征途上迈出了坚实的一步。

我们就来通过其中的几首具有代表性的作品来一观庾信这组代表作的整体面貌,先来看其一:

步兵未饮酒,中散未弹琴。索索无真气,昏昏有俗心。
涸鲋常思水,惊飞每失林。风云能变色,松竹且悲吟。
由来不得意,何必往长岑。

组诗题目为《拟咏怀》,故而开篇用典就先致敬了《咏怀八十二首》的作者阮籍及其同时代的嵇康,说他们离开了酒与琴,恐怕也难免沦为俗人,这是在强调人生之中信仰与追求的重要,更是庾信的自我勉励,想到自己的前半生在浑浑噩噩中度过,何尝不是"无真气""有俗心"呢?而阮籍与嵇康因何会将生命与琴、酒融为一体,成为超凡脱俗的伟大之人呢?是因为时局和环境的变化,只有在干枯河床中的鱼才会明白水的重要,受惊的鸟雀也更盼望安息的树林,身处令人色变的风云之下,就连松竹草木也逃不过命运的悲吟——在情感上,庾信获得了与阮籍、嵇康超时空的共鸣。在历史车轮滚滚向前的轨迹中,个人的得失浮沉是多么微不足道,毕竟不得意才是人生的常态,能够想到这一点,也就不必非要去山林之中隐居以求超脱了。从立意的落脚点来看,庾信更进一步超越了嵇康和阮籍,因为与二人的避世相比,而他的选择是在入世、顺世的同时坚守本心,由此尝试个人生命体验与时代发展趋势之间找寻一种平衡,虽然这一选择带来的结果未必是尽如人意的,但至少进行了一次伟大的尝试,对盛唐文人精神的养成有着先导的意义。

再来看其四,主要表现的是稽留异国的忧愁与深重的相关之思,这也是整组诗中最集中表现的内容:

> 楚材称晋用，秦臣即赵冠。离宫延子产，羁旅接陈完。
> 寓卫非所寓，安齐独未安。雪泣悲去鲁，凄然忆相韩。
> 唯彼穷途恸，知余行路难。

整首诗几乎通篇用典，反映的核心主题就是流离异国他乡：从楚国木材被晋国使用、秦国大臣戴着赵国冠帽，写到子产离晋宫而受用于郑、陈完去陈国而受宠于齐，再到黎侯安居于卫国、重耳流连于齐土，最后写孔子涕泣离开鲁国、张良怀念韩国为相的岁月，看似典故的随意堆砌，然而细细看来，其实层次分明、用意显然。以上四组典故其实正对应了四组"背井离乡"的情况：楚材与赵冠属于客观事物，随行就用，没有情感的悲喜；子产与陈完皆因受到排挤，为躲避灾祸而离开故国，势在必然；至于黎侯与重耳，既有逃难的需求，又耽于别国的美景乐土，可以算是为利所趋；孔子与张良则由于不被重用，失去了用武之地，故而为了追求理想与价值另赴他乡——他们的"背井离乡"都有着充足的条件或必然的需求，相比起来唯有庾信的稽留北国属于节外生枝，似乎显得毫无意义，因而他才在诗歌的结尾感慨"唯彼穷途恸，知余行路难"，心中那份无奈、遗憾、悲苦恐怕只有相同遭遇的人才能有所体会吧。

组诗之中成就最高的一首当属其十一：

> 摇落秋为气，凄凉多怨情。啼枯湘水竹，哭坏杞梁城。
> 天亡遭愤战，日蹙值愁兵。直虹朝映垒，长星夜落营。
> 楚歌饶恨曲，南风多死声。眼前一杯酒，谁论身后名。

首句化用了宋玉《九辩》中的名句"悲哉秋之为气也！萧瑟兮草木摇落而变衰"。既是针对北方秋日眼前实景发出的感叹，也表达了对于年华老去、世事无常的无尽忧思，流露出深刻的宇宙意识，也奠定全诗乃至整组诗哀怨悲凉的感情基调。其后八句以隐喻的手法，揭示了诗人经历的时运与身世浮沉：湘妃啼竹、杞梁城坏喻指江陵城破，天亡日蹙、长星夜落隐喻梁国败亡，楚歌多恨、南风不竞则表明自己只身流落北地、归途无着。这几句诗既有南朝诗歌的文采与典丽，又饱含着北方气格中特有的境界与胸怀，体现了集南北大成而取得的新成就，以及诗歌中兴象追求的回归。而从风格来看，本篇也完全摆脱了"齐梁体"雕饰缛丽颓靡的文风，而凸显出贞刚节义的人格品质以及身与国同的家国情思，这既是文学倾向的转变，也是一种生命意识的升华。最后，诗人在无限愁苦之中故作豁达之情，试图继续追求顺化大运与坚守品格的统一，然而其中的难度之大，想必他自己要比我们更加明白。

《拟咏怀二十七首》体现了庾信后期的诗歌创作的最高成就，这既标志着他走出"宫体诗人"的身份，成为一名融合南北诗风的伟大作家，同时也在诗歌艺术演进的道路上实现了承上启下的过渡。在这组作品中，新体诗的技艺与复古诗的思想内容实现了完美的结合，南朝诗的性灵独具与北朝诗的风骨凛然做到了融洽的兼容，玄学与佛学思潮下文艺化、个性化的追求与儒家正统观念中标举的家国情怀、宇宙意识实现了和谐统一，因而庾信也当之无愧地成为魏晋南北朝文学的集大成者，铸就了五百年间的第一高峰。

随着庾信稽留并老死北方，南北朝文学的中心也随之由南朝转移到北朝，此后的北朝文坛步入了蓬勃的发展期，并逐步孕育出了唐诗的新高峰，而南朝文学则仍然在"宫体诗"的歧途上继续越走越远，这条路的终点会在何处？南朝诗文又将以怎样的姿态告别历史舞台呢？我们下一讲再说。

第二十八讲
春尽江南

——当扬州的最后一朵桃花凋落

一、"阴何苦用心"

除了复古诗派和宫体诗人这两大派别,梁代文坛上还有两颗明星,那就是何逊和阴铿,他们不从属于任何一个文学派别,却又与两者都保持着密切的联系,在转益多师中扬长避短,形成了自己独有的诗歌风格。

何逊年少知名,早年曾颇受梁武帝和沈约的赏识,更是与另一永明体代表诗人范云关系甚密,结为忘年之交,因而在早期的的文学倾向上,他受到永明新诗的影响是较多的,其诗歌工于炼字、音韵和谐、对仗工整、善于描摹景致,这都是吸收了新体诗的艺术养分;同时,何逊贫苦的出身和坎坷的成长经历,也使得他没有成长为过分追求娱乐化的宫体诗人,而是在诗歌中保留了诸多"不平之鸣",以及反映坎壈遭际的辛苦之词,在一些写景诗中能做到真情流露、情景交融,这在南朝诗人中是不多见的。

我们来看一首《还渡五洲诗》,这篇作品集中体现了何逊诗歌的风格特点:

>我行朔已晦，沂水复沄流。戎伤初不辨，动默自相求。
>睠言还九派，回舻出五洲。萧散烟雾晚，凄清江汉秋。
>沙汀暮寂寂，芦岸晚修修。以此南浦夜，重此北门愁。
>方圆既龃龉，贫贱岂怨尤。

题目中的"五洲"当是南京玄武湖上环、樱、菱、梁、翠五块绿洲的总称。从诗歌的内容来看，表现的是诗人一月之内出往荆州又回到都城的沿途所见与心路历程，开篇六句正交代了这一背景。其后四句重在写景：穿行于弥漫横江的大雾之中，每到傍晚时分雾气才会消散，露出广阔的视野，然而看见的却是凄清的一片秋色，沙滩上沉寂没有生机，芦苇丛也高高耸立，不见人烟。最后四句，诗人写到了身处此情此景之中的心境：身处南浦夜色，回望北门宫阙，仕途的坎壈龃龉带来的愁绪一时都涌上心头，然而这一切都是贫贱的出身所致，又能怨得了谁呢？想必何逊此番沿江巡行归来，本是满怀壮志渴望有所进取，终究却一无所获，故而眼中所见、心中所思统一在了萧瑟悲苦的氛围之中。

何逊最出名的一首作品当属《扬州法曹梅花盛开》：

>兔园标物序，惊时最是梅。衔霜当路发，映雪拟寒开。
>枝横却月观，花绕凌风台。朝洒长门泣，夕驻临邛杯。
>应知早飘落，故逐上春来。

这是一首典型的齐梁体咏物诗，然而何逊在继承齐梁诗歌艺术成就的同时，还注入了许多新意。兔园是本是梁孝王梁园的别称，这里指代建康城中的皇家园林，这里的草木变迁最能反映出时序的变化，尤其梅花开放便预示着新岁将至，最能引人惊诧；每当梅花盛开的时候，总是伴随着路上的飞霜与寒冬的雪花，在寒风吹拂下傲立上扬州的四处枝头——这四句既有细致美好的景物描绘，又蕴含着对梅花凌寒傲然品格的赞扬；最后四句，诗人由景及情，用了汉武帝、陈皇后和司马相如、卓文君的典故，表达了对年华老去、美人见弃的慨叹，实则也流露出自己怀才不遇的悲苦，故而得出"应知早飘落，故逐上春来"的结论，看似用拟人的手法写梅花的尽早绽放，同时也是表达自己对于早日有所成就的渴望。这首诗在齐梁咏物诗中兴寄独绝，既在手法上以人喻花，又在情感上以花喻人，构思十分新颖、精妙。

阴铿虽然与何逊齐名，并称"阴何"，实际上却比对方小近五十岁，主要生活的年代已经是梁代后期以至陈朝了。阴铿早年追随萧纲，与徐庾父子一样出入宫掖，参与"宫体诗"创作，因而也有很好的诗歌艺术修养，且与徐陵培养了良好的友谊；"侯景之乱"中，阴铿险些遇害，受人搭救后过起了颠沛流离的生活，后来又是在徐陵的引荐下为陈国朝廷效力，也受到了君王的赏识，任官数年后病逝。他的诗风与何逊相近，既沿袭了齐梁诗歌声调嘹亮、尽态极妍的传统，又擅长雕琢字句、追求新鲜隽永的语言，尤其擅长在寻常景致中摇曳生新；其在"侯景之乱"中逢凶化吉、艰辛辗转的苦难岁月，也给他的诗风增添了不少深沉、凝重的气质。

我们来看一首阴铿的代表作《晚出新亭》：

大江一浩荡，离悲足几重。潮落犹如盖，云昏不作峰。
远戍唯闻鼓，寒山但见松。九十方称半，归途讵有踪。

结合阴铿的生平和诗歌结尾"九十方趁半"的说法来推算，这首诗正是在江南动荡的环境中创作出来的。新亭位于建康城内，是文人雅士常常聚集的地方，诗人从这里离开，既意味着告别都城，也意味着告别了熟悉的京都文人旧梦，故而有浓浓的依恋与不舍。开篇境界宏大，以长江的浩荡比喻离愁的浓重，同时也隐含着历史长河之中聚少离多的自然之理，体现出深刻的宇宙思考。中间四句写景，承接着浩荡与离悲两条线索，于景物描写之中依然投射了丰沛的情感：浩荡的江水时起时落，然而即便潮水低落之时，汹涌翻滚的波涛依然如高张的车盖一样壮大雄伟，水面之上云雾沉沉，两岸连山的峰峦在云雾遮盖之下也没有完整的行状；在这样苍茫迷蒙的环境中，耳中能听到的只有远处隐隐传来的戍鼓，眼里能看见的只有萧索寒山上的干枯的松枝——在这样环境中行进的诗人，心中的情绪又怎会不随之低沉？或者说，也许正是过于浓重的离情别绪，使得他的眼中只能看到这样凄凉萧索的景象吧，就像沿途环境没有丝毫变异一样，他内心的情感也泛不起一丝生机。最后，诗人感慨生命的价值与归宿，转眼间人生已近半百之年，却丝毫不知道归途该在何处，因为面对着眼前的时局，他能感到的只有无尽的绝望。

何逊与阴铿没有入北的经历，因而他们比庾信更能代表南朝文学在"宫体诗"之后的前进高度，无疑，生命的坎壈和时局的动荡作用在诗人的人格锤炼和文学创作上，对文学的思想内容提升起到了应有的促进作用，也使得齐梁新诗出现了新的生机。然而地位和影响都有限的何逊和阴铿，并不能以自己取得的新成就影响到一代文坛、文风的发展和进步，这是他们的遗憾，也是南朝文学的遗憾。于是，随着他们的相继凋零，南朝新体诗也错过了最后的进步机遇，此后便沿着"宫体诗"绮丽颓靡的道路一直走了下去，直至与南朝一起消亡在历史长河之中。

二、最后一声高唱

548年"侯景之乱"发生后，南朝陷入了长达十年的动荡。先是乱贼侯景掌控了梁国朝廷，杀害四任君主后自立为帝、改朝换代；而后梁元帝萧绎举兵攻杀侯景，平息了叛乱，转而为了巩固皇位又开始与萧氏的手足兄弟混战；再后来，西魏攻入江陵，梁元帝身死，掌权的陈霸先、王僧辩又为争立新君而大打出手；内部的争端告一段落后，北齐又乘势来攻，袭扰江淮。最终，陈霸先在以上所有纷争中幸运地笑到了最后，他于557年接受梁国傀儡君主的禅位，登基为帝，建立了南朝的最后一个政权——陈朝。

陈朝不仅是南朝最后一个政权，也是疆域最小、国力最弱的一个。当时，长江中游襄阳以上的地区属于南梁，这是江陵攻破后建立起来的一个傀儡政权，实际上处于西魏、北周的控制之下；而在东边，作为江南屏障的淮河南岸地区也已经完全落入北齐之手，南朝的防线已经退守到了长江沿线，这样算下来，陈朝实际统治的疆域连宋、齐、梁三朝的一半都还不到，仅仅局限于长江下游地区。而在朝廷内部，同样面临着诸多挑战，一方面，皇权的衰落导致士族势力的抬头，朝廷对于地方事务的掌控极其有限；另一方面，常年的战乱和外在的强大威胁，也使得南方经济文化大为衰退，社会长期处于恐慌与躁动之中。

面对这样的处境，陈霸先深感如履薄冰，稍有不慎国家就会面临全面崩溃，因而他在为政方面崇尚宽和简朴、任贤使能、养民生息，同时努力拉拢世家大族，维护朝廷内外的稳定，本人更是夙兴夜寐、克勤克俭，才渐渐使得局势稳定下来，然而他本人也过于殚精竭虑，不久便病逝了；其后，陈霸先的侄子陈蒨即位为陈文帝，他沿袭了叔父的施政方略，且进一步整顿吏治、兴修农田水利，使南朝的经济与国力得到了恢复发展；陈文帝去世后不久，陈霸先之子陈宣帝陈顼即位，他继续开垦荒地、鼓励农业生产，还一度夺回了长江以北的淮泗领土，南朝一度出现了中兴局面。

在陈朝初年三代君王励精图治、艰苦朴素的影响下，南朝文坛也一度出现了回振，"宫体诗"在很长时间内失去了舞台，取而代之的是拥有一定风骨与进取精神的诗人诗作，其中的代表人物是张正见。张正见来自北朝，出身于北齐的清河张氏，是典型的经学世家出身，因而在思想上保有很强的宗经复古观念，反映在文学创作中，表现为强烈的现实关注与厚重的家国情怀。他现存的诗歌多为乐府旧题，其中一些篇目抒写从军生活与塞上风光，词义贞刚，还有一些表达宦海浮沉的感悟，尤其擅长表露君臣际会下有为的壮志。

张正见从军题材的代表作有《度关山》和《从军行》，我们来看前者：

关山度晓月，剑客远从征。云中出迥阵，天外落奇兵。
轮摧偃去节，树倒碍悬旌。沙扬折坂暗，云积榆溪明。
马倦时衔草，人疲屡看城。寒陇胡笳涩，空林汉鼓鸣。
还听呜咽水，并切断肠声。

首先要声明的是，这是一首乐府诗，诗歌的抒情主体是虚构的主人公而非作者本人，内容也不是其真实经历的加工和写照，虽然故事是虚构的，但却同样能反映作者的一些思想和情怀。在故事的开头四句，先交代了主人公是一位北方的游侠剑客，他追随云中的军队于拂晓时分度过关山，奇袭敌军，渴望以此建功立业，无论是主人公的形象还是整体的语气、风格都显得铿锵有力、飒沓生姿，也为全诗奠定下了刚健的风格；其后八句写沿途风光以及行役的艰难困苦，车轮崩摧，树木折断，符节流落，旌旗倒挂，前方的沙场之上层云堆积，天地无光，困倦的战马口衔着草料继续前进，疲惫的征人频频遥望远处的城池以作为继续迈步的精神支撑。陇坂上时而传来萧瑟的胡笳声，那是敌人的信号，夹杂着空林下汉军战鼓的鸣响，预示着短兵相接的临近，开头酝酿出的高昂志气，随着漫长的行军和沿途的苦难而渐渐消退，这像极了人生中的踌躇满志在现实的残酷中被磨平了棱角；最后，诗歌以画面作结，在呜咽的河水边，一位战士断肠的哭声与之相应，成为全篇的定格。这是一个余味悠长的结局，诗人没有明说两军交战之后的情况，或疲兵不堪一击，或奋力拼死一战，都是可能的结局，而这也预示着内忧外患的南朝今后逃不出的两种命运终点。

再来看一首《帝王所居篇》：

> 崤函惟帝宅，宛雒壮皇居。紫微临复道，丹水亘通渠。
> 沈沈飞雨殿，蔼蔼承明庐。两宫分概日，双阙并凌虚。
> 休气充青琐，荣光入绮疏。霞明仁寿镜，日照陵云书。
> 鸣鸾背鸧鹒，诏跸幸储胥。长杨飞玉辇，御宿徙金舆。
> 柳叶飘缇骑，槐花影属车。薄暮归平乐，歌钟满玉除。

这首诗体现了张正见身为北朝经学旧族出身的士子，其思想观念中鲜明的复古和宗经意识，这首诗更像是一首西晋诗歌，无论在立意还是风格上都标举雅正，强调王道教化的意义，这也顺应了陈朝初期恢复社会经济文化发展秩序的需求。开篇四句先交代帝王居的整体地势特点，依靠崤山、函谷关，屏障宛城、洛水，在这典型的表里山河之地中，复道行空、通渠交汇的紫薇之所便是理所当然的帝王所居，这四句不仅仅是对地形的描写，更重要的是要宣扬一种正统观念；而后十六句则全部是对宫廷之中细节景物的描绘和对生活图景的畅想，从远远望见的氤氲着皇家之气的飞雨殿、承明庐，到阳光下熠熠生辉的双阙、青琐门、绮疏阁和仁寿殿，这是群臣入朝觐见的道路，也是君王处理政务的场合。在巍峨的宫室中勤勤恳恳、保修德政，这也是身为臣子的张正见对君主的由衷期许，而后笔触转入对后宫生活的描写，君主临幸后妃既合于天地阴阳交汇的自然之理，也是养育皇嗣的必然需求，诗人站在这样的高度上对其场景加以描绘，就丝毫不显得艳俗，比之"宫体诗"要高出好几个境界。同时，他提倡君王与民同乐，这也符合儒家思想中对于大同世界的描绘，同样是宗经思想的体现。这首诗吸纳了南朝新体诗体物造境的长处，但在风格上摒弃柔媚而追求典雅，在思想上放弃娱乐而尊崇经义，是以北朝之质改造南朝之文的典型例证。

张正见病逝于陈宣帝时期，虽然他的诗歌整体成就算不上太高，影响也十分有限，但却体现了陈朝初期社会和文坛复苏的基本风貌。可惜的是这一复苏的进程没能持续太久，也没有使南朝行将灭亡的命运发生本质性的改变，因而在发出了最后一声高唱之后，南朝和南朝文坛迎来的将是一发不可收拾的沉沦。

三、"落红满地归寂中"

582年，陈宣帝病逝，其子陈叔宝继承皇位，就是历史上有名的陈后主，他在位期间一改父祖三代帝王励精图治的作风，耽于酒色、废弛朝政，使得陈朝艰难积攒起的国力再度被挥霍一空。同时这位陈后主也是一位才子皇帝，尤其擅长诗文与音乐，在他的主导下，沉寂许久的"宫体诗"再度活跃起来，这绮媚缛丽的靡靡之音也奏响了南朝诗文最后的余韵。

众所周知，陈后主宠爱张丽华，为之不惜劳民伤财，大兴土木建造宫室，还亲自上阵谱就新诗新歌以为娱乐，其中最著名的作品便是《玉树后庭花》：

> 丽宇芳林对高阁，新妆艳质本倾城。映户凝娇乍不进，出帷含态笑相迎。

妖姬脸似花含露，玉树流光照后庭。花开花落不长久，落红满地归寂中。

华丽的殿宇、芬芳的园林以及高峻的楼阁交相辉映，在这华美的景致之中，倾城绝色、娇艳丽质的美人新妆初成，显然这位美人就是陈后主心中张丽华的艺术缩影；这位美人透过窗户露出他的倩影，一会儿又从帷幕中面带微笑地迎面走来，她的脸庞就像含着露水的鲜花，红润美丽，她的身影更像是碧玉雕成的宝树，流光溢彩照耀着春光无限的后庭。有的版本没有收录最后两句，因而此诗是否确为陈后主所言也存在着一定的争议。从文意来看似乎与前文衔接不够紧密，怎么突然从对美景美人的赞美就转入了对好景不长的担忧和留恋了呢？恐怕是好事者所加，不过这两句的确一语成谶地揭示了陈后主乃至整个南朝最后的结局，随着南朝被北朝统一，一切繁华的色彩都不可避免地归于沉寂。

589年，时为晋王的杨广率隋朝大军渡过长江，兵临建康城下，在排山倒海般的压力下，陈朝军队丝毫无力抵抗，很快便一败涂地。陈后主自知末日已至，却也无可奈何，只好依旧沉迷于花天酒地之中，于是，隋军顺势攻入皇宫，陈后主藏身于枯井中被俘，后送往中原安置，以尽余生。随着陈国的灭亡，南朝历史告一段落，自汉末以来长达400年的分裂也终于落下了帷幕，中华大地重归统一于隋。

然而，漫长岁月中留下的文化版图上的分歧，并不会随着政权的变革而突然消失，要真正建立起一个统一的全国性的诗坛，还任重道远。这个任务很快落在了一个人的身上，那么他究竟是谁？又能否完成历史交付的使命呢？我们下章再讲。

第二十九讲
分久必合

——那些年我们一起误会过的"昏君"

一、三股文化势力

589年,隋军南下平陈,统一全国,结束了魏晋南北朝长达四百年的分裂;在此之前12年,北周于577年灭北齐,率先实现了北方的统一。然而,不得不承认的是,政权与疆域的隔阂容易消除,长期分裂背景下因各地特有的自然环境、民风民情、思想观念而形成的各具特色的文化传统却深深地根植于人们的心中,相互之间的隔阂和抵牾难以骤然消弭。于是,虽然隋代实现了王朝的大一统,却并没有建立起一个统一的、规范化的文化氛围和文学环境,渊源于南朝、北齐和北周的三股文化势力依然表现得根深蒂固。

其中,南朝文化是我们相对熟悉的,也是三大文化势力中发展最为成熟、影响最广泛和深远的,由于南方文化势力的主体是东晋南渡后在江东地区占据统治地位的世家大族,因而我们也习惯性地称之为江东士族文化。江东士族文化根植于门阀士族制度与清浊分流的政治环境中,文人士子多依凭门资出身为进步之阶,且在相继兴起的玄学与佛学思潮影响下,其在人格追求上尚清虚自守、安流止足,喜好游冶于诗文才艺,有较高的文学艺术修养,但少质朴实干的精神,缺乏现实关注,对于儒家正统思想的理解与继承也趋于弱势，这是南朝文化的主体面貌。在这一文化特质的影响下，南朝诗文发展的主流趋势，是文艺化、游戏化、骈偶化、声律化的，内容以留恋风景、摇荡性灵为主，在文学魅力、艺术形式与美学修养上处于绝对的领先地位，代表着文学创新所取得的最高成就，但总体上文胜于质，在思想境界、精神内涵和现实功用上有较大的缺失。

再来说说北齐文化。北齐统治的地区主要是今山东、山西、河北、河南一带，也就是传统意义上的中原地区，自古是北方的政治、经济、文化中心，其文化势力的主体也是汉魏以来形成的具有悠久历史与相当规模的经学大族，他们没有随晋室南奔，而是选择在北方筑坞壁自守，因为其强大的稳定性、封闭性，且没有外来先进文化的影响，虽然经过了较长时间的少数民族政权统治，仍能最大程度地保留以正统儒家思想为规范的的社会风俗习惯与文化传统，我们也将这股文化势力称之为山东旧族文化。山东旧族的士子们，秉持着以经学、儒术传家的理念，且在浓厚的家学氛围和礼乐环境中成长，多形成了奉儒守官、干求功名、经世致用的人格精神；同时，东魏、北齐统治者虽以少数民族为主，却多是汉化改革的支持者，也对儒家文化抱有提倡和推崇的态度，因此促进了"山东旧族文化"的形成和巩固，使之成为在北方相对具有进步地位的主导文化形态。在这一文化影响下形成的北齐诗文，较多地保留了儒家"诗教说"的传统，在内容上多以述怀言志、讽喻现实为主，也有一些伦理说教性的题材，其思想内涵中更有着鲜明而浓厚的功名意识与济世热情，诗风明显复古，整体上质胜于文，在艺术上显得板滞、僵化而少创新精神。

至于北周文化，其实是三股文化势力中基础最为薄弱、影响力最有限的，它纯粹依托于西魏、北周的统治权力而形成、发展，因其统治集团主要是凭借军功起家的活跃在关中、陇右地区的军事豪强，故而我们也将北周的文化势力称之为"关陇豪族文化"。关陇地区多边疆、塞上，长期处于胡汉杂居的状态，也是中原王朝抵御北方少数民族入侵的前沿阵地，因而在漫长的岁月中形成了重军功、尚侠义、轻死生的文化传统。这里的文人士子多少兼有武士、侠客的身份，个性豁达张扬、刚健通脱、率性潇洒、大气磅礴，但同时也不拘礼法、粗犷不文，既不喜欢儒家礼乐的束缚，也对文采声律没有兴趣，只追求自然而然的节义与随性所致的自由。在这一风气下形成的北周诗文，在内容上多与边塞风光、行军征战以及节义任侠有关，风格贞刚俊迈、洒脱不羁，带有一种原始的质朴色彩，但在思想上缺乏正统观念的升华和指引，在艺术上也少技巧和修饰，难以形成和保持相对稳定的艺术水准，故而成就和影响都不及北齐和南朝诗文。

综上所述，推崇艺术魅力的江东士族文化、主张儒学道统的山东旧族文化，以及坚持率性洒脱的关陇豪族文化共同构成了魏晋南北朝后期及隋初的地域文化版图。其中，江东士族文化取得的成就最高、影响力最强、生命力也最为鲜活，其次是山东旧族文化，而关陇豪族文化显然与前两者还存在着较大的差距。然而，历史的趣味正在于，最弱势的关陇豪族文化所依附的周隋政权和关陇军事集团，恰恰成为魏晋南北朝历史的最终胜利者，甚至包括此后影响更为深远的唐代，其统治者同样也是关陇军事集团出身，当相对落后的文化势力在政治权力上实现了对先进文化势力的统治，这就在文化发展的方向上创造出了一个巨大的疑问，三股文化势力之间的角力，在政治强权的干涉下，最终又将何去何从呢？

二、文学的"救星"

一般来说，越是弱势的文化，越容易在其内部产生一种强烈的自我封闭和自我保护意识，北周和隋代早期的关陇豪族文化便是如此。

关陇豪族文化的早期领袖，是西魏、北周的第一位当权者宇文泰，深知关陇豪族文化在与江东士族文化、山东旧族文化的比较中处于下风的他，既不满足于这样的现状，也不愿虚下心来向对方学习，而是试图另起炉灶，想要凭空构建起一种新的文化传统。宇文泰认为西周礼乐是儒家文化的正统，也是中华文化的核心与精髓所在，况且自己的政权眼下所处的正是西周故地，是山东旧族文化和江东士族文化共同的文化源头，因而只要严格的遵循和复兴周礼，西魏、北周的文化水平就可以迅速得到发展提升，而达到西周礼乐一样天下共尊的高度。于是他按照《周礼》的记载重新调整了国家的职官制度，并严格规定以《尚书·大诰》的文体和风格作为全国朝野内外通行且唯一的文学规范，由此在西魏、北周文坛上掀起了一股"大诰体"的风潮。但事实证明，这种忽视历史发展趋势而一味复古自守的文化方针严重脱离了社会实际，也丝毫没有生命力与可持续性，最终也只有在一片狼藉之中草草收场，宇文泰标举周礼而对关陇豪族文化进行的第一次改革宣告失败。

隋朝建立后，隋文帝杨坚在统一国家文化建设的迫切需求下，同样致力于对关陇豪族文化地位的提升，他选择的道路是关中文化本位政策，即对山东旧族文化和江东士族文化这两股势力及其所属的文人采取遏制、打压的态度。隋文帝本人不敦诗书，鄙薄儒家礼乐，削弱山东士族的政治地位和文化影响，同时也对南朝流行的轻浮、绮靡、浓艳的文化风气十分厌恶，将其斥为"亡国之音"。在他的影响下，隋代前期的主流文坛文士们也都主动杜绝山东、江东文化的影响，而只致力于创作带有关陇文化豪气的诗文，就连一些由齐入周、由陈入隋的文人，更是放弃了自己原有的文化传统，而主动融入关陇豪族文化的圈层之中，致力于创作一些歌颂隋代文治武功、推崇豪侠意气的作品。这些文人当中，有一些在融入关陇豪族文化时能够把握其精神内核，同时处理好与自身原有文化之间的融洽关系，但大多数也只是陷入了机械的模仿，既失去了自身特色，又难以真正融入新的文化势力。这也是关中文化本位政策本身在促进文化交融这一事业上的不足之处，况且以政治强权迫使先进的、强势的文化屈从于原始的、弱势文化，这并不能看作一种文化上的发展与进步，反之恰恰是一种历史倒退的行为。

真正促成三股文化势力和谐统一、融合发展、共同进步的关键人物是隋炀帝杨广，在大多数人的印象中，杨广是著名的昏君和亡国之君，然而从文学与文化发展的角度来看，他的确是名副其实的文学的救星与功臣。杨广之所以能在文化策略上作出不同于周、隋前代君王的选择，与他独特的人生经历是密不可分的：首先，杨广有一位南朝宗室妻子，也就是后来的萧皇后，她是《文选》的编者、昭明太子萧统的曾孙女，家学渊源深厚，杨广与她非常恩爱，因而在夫妻生活中时常受到南方生活习惯和文化的渗透，渐渐地对江东士族文化有了一定的好感；其次，杨广作为平陈统帅，早年曾驻扎在位于南北前线的寿春，为经略江东做军事与文化上的准备，在此期间，他大量阅读文学典籍，对于南朝文化有了更加全面而深入的了解，真正感受到了其内在魅力与先进性；再有，平定南朝之后，杨广又致力于巩固隋王朝在江东的统治，在此期间，他一方面极力保存江东固有的文化成就与风俗传统，以稳固南朝民心，同时他还主动结交士族，对他们加以笼络和任用，在这一过程中他更是对南朝的士风、文风都产生了浓厚的兴趣，从而影响到了他执政以后的南北文化政策。

总的来说，杨广对于整合三股文化势力所作的努力和贡献主要有以下四点：一是对不同文化价值的认可。正如前面所说，杨广在平陈及巩固江南期间，对于江东士族文化表现出了高度的认同与保护，而针对山东旧族文化同样如此，我们知道科举取士的制度起源于隋，其实正是在杨广治下得以巩固，而考试的内容恰恰是山东旧族文化的两大内核——儒家经义与经世致用,这说明杨广对于其在国家统治中发挥的作用有着高度的认可,这种认可也正是文化融合的必要前提。杨广的第二点突出贡献在于废除了其父坚持的关中本位政策,而在国家治理和文化活动中,对不同文化势力采取一视同仁的态度。杨广即位之后,大量选拔、奖掖山东和江东士子,使关陇军事贵族统一朝堂的格局被打破,转而呈现出更为多元的局面,朝堂之上既有杨素、牛弘等传统的关陇贵族,也有薛道衡、房彦谦等山东儒生和虞世基、虞世南等南朝士子,他们各司其职、各尽所能,都颇受礼遇和重用,这种多士济济一堂的环境也有助于不同文化间的碰撞与交流。第三点则是努力促成不同地域间社会经济文化的沟通交融。三大文化势力中的上层文士们可以通过入朝为官的途径,很快实现彼此间的交流互动,但只有当作为文化基础的底层民众间的沟通联系真正频繁起来,才能从根本上促成全国不同地域文化的统一发展。于是,在杨广的主导下,贯穿南北的大运河开凿并通航,并依靠现有的水系同时联通东西,诚然这是一项劳民伤财的大功程,但其对于全国各版块间加强沟通交流与融合发展的贡献是不可估量的,正如晚唐诗人皮日休的评价:"尽道隋亡为此河,至今千里赖通波。若无水殿龙舟事,共禹论功不较多。"最后不得不说的是杨广确立下的南北文风并重的文艺政策。他兼采南北雅俗音乐,命令太常在南朝齐梁乐府和北朝所保留的汉魏乐府的基础上,同时吸收西域及海外传入的各具特色的民族音乐,综合起来制定属于隋代的新乐,并颁令天下实施,新的隋乐兼具南北文艺之长,既在形式上吸收了南朝清新、艳丽、声律、辞采的成就,又有北齐保留下的抒情言志、观照现实、传道明心的思想品格,还兼具北周文化自身气势磅礴、刚健俊朗的风气,可谓集天下文化之大成,也为唐乐的制定提供了良好的借鉴。

　　杨广本人更是亲自参与到文学创作活动当中,他存诗四十余首,是隋代最为高产的诗人。其作品涵盖乐府诗、复古诗和新体诗等多种门类，风格上多元并存、各尽其妙，正与他兼收并蓄的文艺理念相合。他成就最高的诗作当属《春江花月夜》，这本是南朝诗文中典型的"宫体诗"题目，却在杨广的手下焕发出别样的光彩：

> 暮江平不动，春花满正开。流波将月去，潮水带星来。

这首诗丽而不艳、柔而不淫，有正言之风、雅语之气，全诗写春江月夜的美好景色，前两句淡淡地流露出南朝特有的清新柔媚之气，而后两句境界大开，极富动感，于摇星带月之中，彰显出宏大的气象与胸怀，而这无疑是北方粗犷、豪雄的性格在诗中的完美体现。而事实上，这种开和变换之间形成的张力，既和谐统一于自然之境，又于宇宙与人生之间碰撞出无尽的矛盾和深刻的哲思。

正是在杨广兼容南北的文化方略的促进下，以及其现实创作活动的示范下，原本相互隔阂的江东士族文化、山东旧族文化和关陇豪族文化才真正走上了旨归一致的融合发展之路，这也是诗歌在隋唐攀上新的高峰所不可或缺的必要前提。

三、新时代，新诗人

除了隋炀帝杨广，短暂的隋代还有两位代表性的文人，分别是卢思道与薛道衡，他们代表了隋代诗文创作的最高成就，也体现了三大文化势力整合的成果。

卢思道出身于范阳卢氏，是北方第一大族，自幼聪明擅辩、博闻强识，受家学影响而精通儒家经义，他早年仕官北齐，后入于北周，又入于隋，在文学方面曾受教于"北地三才"之一的邢邵，兼通南北诗文之长，尤以七言诗最为知名，对仗工整，善于用典，气势充沛，语言流畅，已开初唐七言歌行的先声。他的代表作是《从军行》：

> 朔方烽火照甘泉，长安飞将出祁连。犀渠玉剑良家子，白马金羁侠少年。
> 平明偃月屯右地，薄暮鱼丽逐左贤。谷中石虎经衔箭，山上金人曾祭天。
> 天涯一去无穷已，蓟门迢递三千里。朝见马岭黄沙合，夕望龙城阵云起。
> 庭中奇树已堪攀，塞外征人殊未还。白雪初下天山外，浮云直向五原间。
> 关山万里不可越，谁能坐对芳菲月。流水本自断人肠，坚冰旧来伤马骨。
> 边庭节物与华异，冬霜秋霜春不歇。长风萧萧渡水来，归雁连连映天没。
> 从军行，军行万里出龙庭，单于渭桥今已拜，将军何处觅功名。

诗歌分为明显的前后两个部分，前半部分写将士沙场征战的飒爽英姿和豪雄气概，气势磅礴、慷慨激昂，饱含刚健进取之气；而后半部分转入思妇心境的描写，笔触细腻、深情婉致、哀怨缠绵。两相对比之中，南朝诗文的含蓄深婉和北朝诗歌的骨气卓绝，都淋漓尽致地展现出来，且交汇于一个主题之中，可谓精妙绝伦。

薛道衡出身河东薛氏，也是传统的经学旧族，他与卢思道齐名，也有相似的仕宦经历，他专精好学、博通经史，也擅长五言诗的创作，颇有令名雅声。其成就最高的一篇作品是《昔昔盐》：

垂柳覆金堤，蘼芜叶复齐。水溢芙蓉沼，花飞桃李蹊。
采桑秦氏女，织锦窦家妻。关山别荡子，风月守空闺。
恒敛千金笑，长垂双玉啼。盘龙随镜隐，彩凤逐帷低。
飞魂同夜鹊，倦寝忆晨鸡。暗牖悬蛛网，空梁落燕泥。
前年过代北，今岁往辽西。一去无消息，那能惜马蹄？

"昔昔盐"这个题目是南朝艳曲之名，主要写闺中的夜晚生活，薛道衡身为北方经学旧族，将这个南朝"宫体诗"题目运用的得心应手，本来就反映出南北诗风交融的成果。而就这首作品的内容与风格而言，虽然有一些轻薄绮艳的词句，却并不影响整体意蕴的清俊超逸、清新雅致，尤其"暗牖悬蛛网，空梁落燕泥"一句情境和谐、兴象浑然，极为细腻深刻地刻画出了思妇的心境，堪称熔炼了南北诗歌精髓的点睛之笔。

整体来说，隋代文坛存在的时间很短，代表性的文人也不多，但却在决定中国文学命运走向的紧要关头有着不可替代的意义，作为魏晋南北朝的终结，也作为隋唐的开端，很好地完成了承上启下的使命，在它的身后，一个更为波澜壮阔、群星璀璨的文坛高峰已经呼之欲出了。

第三十讲
海纳百川
——魏晋南北朝诗文的主线与支流

一、何为古？何为近？

此前的二十九讲中，我们细致回顾了魏晋南北朝各个时期、各大地域、各类文体、各种文学思潮与文学流派的发展历程，对于这段缤纷繁盛、异彩纷呈的文学"自觉"时期有了较为充分和细致的认识，在最后一讲，就让我们再度回望这段文学史，去从复杂而多变的头绪和要素中，抽离出文学发展的主线与支流，从而实现一次认识上的理论提升。

一言以蔽之，魏晋南北朝文学发展最鲜明的主线就是古体诗向近体诗的发展，其开端是汉末五言诗的定型，其结局是唐初五言律诗的确立。大体来看，这一过程可以划分为三个阶段：一是汉魏，属于古体诗的逐步成熟阶段；二是晋宋，处于古体诗向近体诗过渡的阶段；三是齐梁以后，属于近体诗的发展完善阶段。认识到了这些，也就从本质上提纲挈领地抓住了魏晋南北朝诗文发展的整体框架。

不过，在得出结论的时候我们喜欢追求简单化，但在面对现实问题的时候，最好还是思考得复杂一些，因为在很多看似简单的表述背后，其实都暗藏玄机，比如在魏晋南北朝文学发展主线问题的表述中，想必很多人都习惯性地忽略一个问题——说魏晋南北朝文学发展的主线是古体诗向近体诗发展，那么究竟何为古体，何为近体呢？这其实是一个很大的诗学命题，要解释这个问题，我们还得一步一步来看，首先来说"古"和"近"的问题。

众所周知，"古"与"近"是一组相对的时间观念，只有在确立了一个参照系之后，它们才具有真正的指代意义，而随着参照系的不同，其指代的时间与概念自然也就发生了变化。比如，站在我们现在的角度来看，"古"的范畴就是1840年以前，因而我们现在把古代所有的诗、词、歌、赋都统称为"古诗文"，而把新文化运动以后的诗称为"新诗"或"近现代诗"。而在古体诗、近体诗的问题上，我们一般把参照系建立在唐代，因为这是中国古代诗歌成就的最高峰，在这个体系中，所谓的"古"就是唐朝以前，"近"就是唐及唐以后。所以如果这么看的话，魏晋南北朝整体处于唐以前，那么这一时期的产生的诗就都是"古体诗"，这也是当前大多数人心目中最普遍的认识。然而，问题在于，以唐代为中心的参照系是唐人建立的，因为唐诗的成就极高、诗学贡献极大、影响力极强，而使之扩展成为通行的标准，一直沿用至今。在此之前，参照系始终是以当前的时代为中心不断变化的。也就是说，在魏晋南北朝时期，以唐诗为中心的参照系没有形成之前，"古"与"近"始终是处于动态变化的，自然而然，究竟何为古体诗、何为近体诗也就不可能有定论。比如在两晋，陆机、潘岳主导的"太康之风"就是近体诗，到了晋宋之际，谢灵运、鲍照代表的"元嘉体"就是近体诗，而在齐梁时期，沈约、谢朓主张的"永明体"就是近体诗，这种动态变化的概念才是符合魏晋南北朝文学发展实际的认识。

同时，还有一个观点不得不在这里指出来，那就是在古体诗与近体诗这个维度中，"古"与"近"反映出的不仅仅是时间的概念，更大程度上，它们代表的其实是文学取向与艺术风格。这个问题很好理解，就好比说现代人模拟杜甫的风格写了一首七言律诗，我们仍然会说，他写了一首"古诗",而不把这首诞生于现代的作品称为"现代诗",这个时候,"古诗"与"现代诗"标示的并不是诗歌的年代、时间,而是创作倾向和风格特点。在这一认识的基础上,钱钟书先生曾提出了一个很有趣的观点——"唐人可以写宋诗,宋人也可以写唐诗",这里的唐诗、宋诗都是诗学风格的代称,只是因为这种风格突出的流行于唐或流行于宋,就用了这个名字来指代而已。这样来看的话,其实古体诗和近体诗也存在这样的问题,它们本质上体现的是诗歌风格的差异,只是在"古"和"近"两个时段内谁更占据主导和优势地位而已,因此我们只需要更加关注诗歌风格的发展演变及其在文坛上的强弱表现,对于时间与参照系的问题就没必要那么纠结了。

二、诗之"体"

说完了"古"与"近"的问题,我们再来说说古体、近体中的"体",所谓"体",我们现在往往称之为"体裁"或"文体",这大致不错,然而"体裁"这个概念背后蕴含的深意却同样常常容易被忽略。说起诗歌的体裁,大家往往想到的是五律、七律、五古、歌行、排律这些,其区分无非是句数字数的多少和声律对偶的有无,然而事实真的只是这么简单吗?

就拿古体诗与近体诗来说,如果问近体诗的体裁是什么,大家都会脱口而出:近体诗就包括五七言律诗和绝句,还有相应的排律,当然这个答案首先已经是不正确的,但不妨事,我们姑且顺着多问一句,律诗具体指的又是什么呢?我想很多朋友也都可以进一步给出更为详尽的定义和规范:律诗的句数一定是八句,每句的字数统一为五字或七字;结构上两句为一联,分别对应意义上的起、承、转、合;一联之中要讲究对仗，对应的位置词性相同、意义相关；声音上要平仄交错，一三五不论，二四六分清，回避"孤平"和"三平三仄尾"等声病；联末要押韵，且必须是中古韵系中的平声韵。能答到这种程度的朋友，诗歌修养已然不低了，然而却还是不得不说这样的认识只是皮毛而没有深入精髓。

正如我们前面所说，古体诗与近体诗的本质区别是诗歌风格的差异，因而这些所谓的平仄、押韵、对仗、结构的条条框框，也只是为了适应这种风格差异，或者说为了满足不同风格的诗歌表达需求而产生的一些外在表现，是"体之标"而非"诗之本"，这对大多数人来说是一个颠覆性的观点。但只要我们深入细致的思考以下这个问题，就不难理解这一观点的正确性：我们不妨先从古体诗与近体诗中各选出一篇没有争议且题材相近的标准之作，比如古体诗中我们选择曹操的《苦寒行》，而近体诗就用被誉为"古今七律第一"的杜甫的《登高》，这两首作品都是传世的名篇，这里就不必列出原文了，它们都属于登览抒怀的题材，内容中既有环境的描写、也有诗人情志的抒发，因而具有可比性。通过对比，我们可以得知：作为古体诗的《苦寒行》记叙、描写的手法更为细致、生动，抒情手法相对直白、故事线索和情感脉络显得单一流畅，语言和整体风格清隽质朴；而《登高》，显然以凝练的抒情、议论见长，更善于营造整体浑然的诗境，情感线索繁复交错，语言警策、韵味悠长，这是作为近体诗的典型特点。在对以上两种截然不同的风格有了较为清楚认知的基础上，我们再引入一首作品——崔颢的《黄鹤楼》。从平仄、对仗、结构等格律规范上来看，它与七言律诗几乎是格格不入的，但从风格上来说，大家认为《黄鹤楼》是与《苦寒行》更为接近还是应该与《登高》划到一起呢？答案是不言自明的，同理的名篇还比如杜甫的《望岳》，如果用严格的格律规范来作为标准，那它们都应该划入古体诗，但事实上无论是从创作思想还是从艺术风格来看，他们都是与近体诗更为接近的，认识到古体诗与近体诗的本质差异在于艺术风格而非格律规范，就能从根本上避免这样的误解与疑惑。

事实上，"体"所蕴含的概念本身就不单单是格式、规范的问题，正如我们之前在介绍《文心雕龙》的"文体论"时反复强调的那样，一种文体的外在格式、规范之所以形成，一定是服务于它的功用和表达需求的，也就是说，"体"本身是外在形式与内在风格的统一，这在古代的文人心中也一直是一种共识。所以大家要修正一种认知，就是近体诗是先有了相应的艺术风格追求，才配套地产生了平仄、押韵、对仗、结构等格律，这些外在要素正是因为适应了追求浑然诗境、警策语言、丰富主题内容、悠长韵味等等特点，才最终确立下来的。

我们现在所讨论的古体也好，近体也罢，一方面是最有代表性的两种体裁风格，另一方面它们也都只是整个魏晋南北朝时期形成的众多"诗体"中的两个而已，除此之外，还有哪些呢？严羽在《沧浪诗话》中梳理出了不下数十种：以时论之，有"建安体""黄初体""正始体""太康体""元嘉体""永明体""齐梁体""南北朝体"；以人来分，有"苏李体""曹刘体""陶体""谢体""徐庾体"；按照格式，才分出了"古诗""近体""绝句""杂言""口号""歌行""乐府"等。这里面有一些概念我们是熟悉的，也有相对固定的格式规程，比如"大谢体"中的三条规则、又比如"永明体"中的"四声八病"，这说明它们的风格外在表现十分鲜明，但并不能忽略其以文学风格作为"体裁"具体特征的本质，与那些外在格式上没有鲜明表现的"体裁"并无二致。

"辨体意识"是诗歌的创作、欣赏和研究中是十分重要的一种思维，当我们看到一篇作品时先要区分它的体裁，而在这一过程中，既要关注其平仄、押韵、对仗、结构等外在格律规程，更重要的还是在于探究清楚这一体裁的风格导向，及其源流变化，这样才能更加得心应手的把握住诗歌艺术的发展规律。在这一点上，我们必须要强调，魏晋南北朝时期既是文学"自觉"的时期，也是多种文体、诗体创制、定型的时期，比如五言律诗的源头在于沈约、谢朓，七言律诗的源头在于萧纲、庾信，杂言歌行的源头在于鲍照，绝句的源头在于吴歌西曲，只有牢牢地抓住了这些"体裁"的原始形态，才能进一步分析其后续的艺术流变，也才能够在"辨体"这一角度上探究清楚诗歌到底经历了怎样的发展与进步，其历代诗人的成败得失又在何处。

三、近体诗律的形成原理

弄清楚了"体裁"是一个内在风格与外在形式相统一的综合概念之后，我们不禁还要探究一个问题，那就是这种统一关系的建立基于什么原理？为什么讲求平仄、对仗的形式就适应于浑然意境的营造和悠长韵味的展现呢？本质上，这是由汉语语言在语音、语法、修辞等方面的特性所决定的。关于这个问题十分推荐大家去阅读我的老师葛晓音教授的著作《先秦汉魏六朝诗歌体式研究》，这本书对于汉语的语言特性在诗歌中的影响和表现分析的极为透彻。这里呢，我们着重介绍一下近体诗形式格律逐步确立的过程，及其与诗歌内在风格追求变化之间的关系。

近体诗的外在形式格律上主要由对仗、声律、篇式三大板块组成，它们各自的发展轨迹也是不一样的。其中，对仗的渊源最长，要追溯到西晋诗歌，也就是我们前面所说的"古体诗向近体诗过渡阶段"的开端。在五言诗初创阶段的汉末和建安诗歌中，对仗的手法是不多见的，诗歌语言中常见的句式结构是单行散句，也就是说一句五言诗独立的表达一个完整的含义，而不依靠上下句的交错见意来完善表达，大家可以回顾我们讲过的曹操的《蒿里行》《苦寒行》，曹植的《白马篇》《名都篇》，以及诸多汉末古诗等，它们都是如此，也正因为这一特点，使其在记叙、描写的过程中很容易展开生动、细致的描绘，比如《名都篇》中写"左挽因右发，一纵两禽连；余巧未及展，仰手接飞鸢"，能够使丰富的情节、动作、场面紧凑衔接，从而提升有限诗句内纵向的表达容量，这是单行散句的特长所在。进入西晋以后，诗歌雅化的倾向使得诗句中对于丰富容量的追求有所下降，转而关注境界的烘托与气势的营造，在这一点上，对仗所起到的作用显然是重大的，上下两句关联性的内容既能强化相似主题的表达与展现，同时还在直观语言之外形成语言逻辑上的照应，这就形成了所谓的"言外之意"，使得诗歌整体更加富有余韵，比如陆机《赴洛道中作》的环境渲染名句"振策陟崇丘，案辔遵平莽。夕息抱影寐，朝徂衔思往"显然是一联之间上下句互文见义，表达的都是一个意思，但用对仗呼应的语言，既强化行途艰难漫长的意境，又蕴含着关山迢递、夜以继日的逻辑关联。从魏到晋，诗句的主要组成模式从单行散句到对仗成联，反映的是创作倾向上从注重记叙、描写的细致到追求渲染境界、言外之意的变化。

　　再来说声律的发展，众所周知，这一进程始于齐梁时期的"永明体"，我们在前面也讲过。主要谈到了"永明体"中规避"蜂腰病"要求"二五字异声"，到五言律诗中要求"二四字平仄相对"的变化及其原因。除此之外我们还要说明两个问题，一是平仄相对的意义何在，二是为什么要平声押韵。关于第一个问题，从沈约到刘勰都有过详尽的论述，沈约说"欲使宫羽相变，低昂互节，若前有浮声，则后须切响"，意思是说要运用声调要素在诗中形成和谐的音乐效果。刘勰则说："古之佩玉，左宫右徵，以节其步，声不失序；音以律文，其可忘哉！"这个认识就比沈约更进了一步，因为他将声音与情感对应了起来。声调有高低，情感有起伏，这二者之间是存在对应关系的，尤其在追求境界和韵味的近体诗里，这种关系对应的就更为明确，因而必须讲求，"四声"之中，平声宽平、高扬而舒缓，上、去、入三声曲折、低回而短促，两相对比足以产生相应的音响特点和情感对应效果，因而就逐步确立了平仄相对的规范。至于平声押韵的规则，这也是与近体诗整体追求浑融境界的倾向有着密切关系的，因为韵在诗歌声律中处于极为重要的地位，它是重复性最高的音节，足以奠定整首作品的情感基调，而平声相对于上、去、入三声而言，选择性更多、变化性更强，也就更适宜作为韵部的选择。

最后再来说篇式的问题，这是近体诗格律中发展历程最为曲折，定型也最晚的一个板块。古体诗是不限句数的，这一点不难理解，正如我们前面所说的，它的叙事结构是纵向的，单行散句的连缀没有过多的限制，只要一直写下去且线索连贯就可以，这也是为什么早期诗歌中出现了大量的长篇巨作。而进入西晋以后，诗歌的连缀模式由单纯的纵向转为了纵横交错，此时在篇式上出现的鲜明特点就是分层书写，层间的横向对仗结构与层间的纵向连缀结构相结合；齐梁以后，文坛上对于诗歌凝练化、整体化的追求再度提升，于是诗歌篇幅大多固定在了六句或十二句，也就是晋诗当中一层的体量，这样一来就避免了层间连缀不畅、诗歌主旨不统一的问题，但带来的缺陷就是主旨内容的简单化与扁平化；于是，隋代及初唐文人才在借鉴南朝民歌四句短篇的基础上，确立了四句为一个意义单元、两个意义单元整合为一首作品这样的篇式结构，随即诗中各联起、承、转、合的功能定位也就随之确立了下来，如此既保证了横向对仗结构能够最大限度的发挥整体性效应，也在内部形成了短暂的纵向起伏，扩大了结构性的张力。

可以说，近体诗律的形成是魏晋南北朝诗文艺术经过漫长发展而孕育出的希望的种子，它被深耕于唐代肥沃的土壤之中，也必然在社会稳定、政治清明、经济繁荣、文化发展这些丰厚阳光雨露的滋养下蓬勃生长，最终成长出唐诗这样一颗参天巨木！